아파서
살았다

아파서 살았다: 류머티즘과 함께한 40년의 이야기

발행일 초판5쇄 2020년 10월 23일(庚子年 丙戌月 己亥日) | **지은이** 오창희
펴낸곳 북드라망 | **펴낸이** 김현경 | **주소** 서울시 종로구 사직로8길 24 1221호(내수동, 경희궁의아침 2단지)|
전화 02-739-9918 | **이메일** bookdramang@gmail.com

ISBN 979-11-86851-68-5 03810 | 이 도서의 국립중앙도서관 출판시도서목록(CIP)은 서지정보유통지원시스
템 홈페이지(http://seoji.nl.go.kr)와 국가자료공동목록시스템(http://www.nl.go.kr/kolisnet)에서 이용하실
수 있습니다.(CIP제어번호: CIP2018001892) | Copyright © 오창희 저작권자와의 협의에 따라 인지는 생략했
습니다. 이 책은 지은이와 북드라망의 독점계약에 의해 출간되었으므로 무단전재와 무단복제를 금합니다. 잘못
만들어진 책은 서점에서 바꿔 드립니다.

책으로 여는 지혜의 인드라망, 북드라망 www.bookdramang.com

아파서 살았다

류머티즘과 함께한 40년의 이야기

·

오창희 지음

BookDramang
북드라망

헤아릴 길 없는 사랑을
주고 가신 어머니 영전에
이 책을 바칩니다.

떼어 버릴 수도,
반길 수도,
없는!

'아프면서 살았다'와 '아파서 살았다'

요즘도 관절의 변형은 진행 중이고 통증도 수시로 찾아온다. 왼쪽 팔꿈치는 누가 반갑다고 힘주어 잡기라도 하면 나도 모르게 "악!" 소리가 절로 나고, 손가락은 장갑을 끼기 어려울 만큼 변형이 되었다. 손목과 어깨 역시 마찬가지다. 관절의 운동 범위가 점점 더 좁아진다. 어떤 날은 아침에 일어나면 목 관절 통증이 심해서 머리가 천근만근 무거울 때도 있다. 엄지발가락과 새끼발가락은 마주 보며 휘어 들어가 서로 만날 날이 머지않을 듯하다. 주치의는 관절 변형은 어쩔 수 없다고 한다. 가끔은 옷을 갈아입기 힘들거나 양치를 하기 힘든 날도 있다. 그럴 때면 발병 초기처럼 기본적인 일상마저 스스로 해 나갈 수 없는 그런 날이 또 오지 않을까 하는 불안감이 스치기도 한다. '이렇게 자꾸 글을 쓰다가 관절이 더 망가지면 어떡하지' 하는 불안감에 순간 휩싸이기도 한다.

관절 때문에 힘들어하는 나를 본 사람들은 짐작하기 어렵겠지만, 나는 운동을 무척 좋아한다. 어린 시절에는 남녀 종목을 불문하고 몸을 많이 움직이는 놀이들을 즐겼다. 아침 일찍 학교에 가는 이유도 수업 시작 전 친구들과 놀기 위해서였다. 학교가 파한 뒤에도 운동장이나 동네에서 늘 친구들과 어울렸다. 날씨가 추워서 친구들이 바깥에 나오지 않을 때는 마당에 나와 혼자 구슬치기도 하고 고무줄놀이도 했다. 오빠들을 따라다니며 썰매도 타고 스케이트도 타고, 축구나 농구를 하면 끼지는 못할망정 늘 그 주변에서 얼쩡거렸다. 중학 시절에는 손가락에 물집이 생길 정도로 탁구를 쳤다. 요즘은 그런 욕망 자체가 아주 옅어지긴 했지만, 아주 가끔은 자전거를 타고 온몸에 바람을 맞으며 달리거나, 높은 산에 올라 시야가 확 트인 곳에서 세상을 내려다보거나, 하루 종일 걸어서 피곤한 몸으로 곯아떨어지는 달콤함을 맛보고 싶을 때도 있다. 아마도 아프지 않았다면 약간은 위험스러운 종목을 포함한 다양한 스포츠를 즐겼을 것 같다.

여전히 통증 때문에 괴롭기도 하고 그 때문에 좋아하는 운동도 마음껏 할 수 없는데, 왜 책 제목은 '아파서 살았다'인가? 2012년 감이당 연말 학술제에서 '아파서 살았다'는 소주제 아래 한 시간 정도 나의 류머티즘 동행기를 발표한 적이 있다. 그때 좀 께름칙했다. 행사 준비 팀에서는 내 글의 주제를 그렇게 봤던 모양이지만, 정작 당사자인 나는 '아프지 않았다고 해서 못 살 건 없었는데, 아니 안 아팠으면 더 편하게 잘 살 수 있었을지도 모르는데…' 하는 생각을 했다. 그러니 아파서 힘들기는 했지만 그래도 사니까 살아지더라는 뜻으로 '아프면서 살았다' 정도로 말하는 게 적절할 것 같았다.

그런 생각을 가지고 감이당에서 공부를 시작했다. 동서양의 고전을 읽고 글도 쓰고 학인들과 부대끼며 깨달은 건, 산다는 것은 결국 스스로가 삶의 주인이 되어 자기 안의 생명력을 북돋워 가는 여정이라는 것, 그건 오직 자신만이 할 수 있는 일이라는 것, 내게 이런 깨우침을 준 데에는 류머티즘의 공이 크다는 것 등이었다. 그리하여 그로부터 만 5년이 지난 지금 난 '아파서 살았다'를 기꺼운 마음으로 받아들인다. 그리고 내 류머티즘 동행기의 제목으로 삼고, 여기에 '아프면서 살았다'에서 '아파서 살았다'에 이르기까지 40년의 여정을 담았다.

'희망'이라는 귀신

초등학교 6학년 때였던 것 같다. 귀한 손님이 오신 날, 어머니가 떡쌀을 빻아 오라는 심부름을 시키셨다. 중간 과정은 생각나지 않고, 친구 집에서 만화책을 보다가 늦게 돌아왔다는 사실만 기억한다. 내 행동은 어머니를 화나게 했고, 손님이 가신 뒤, 어머니가 싸리

회초리로 종아리를 치셨다. 마땅히 맞을 짓을 했기에 조금치도 억울하다는 생각 없이 매를 맞았다. 그런데 그때 어머니가 하시던 말씀은 좀 무서웠다. "그렇게 정신 빼고 살다가는 어느 귀신한테 잡혀가는 줄 모르고 살다 간다. 정신 똑바로 채려라(차려라)." 어머니는 그런 의도로 한 말씀이 아니었겠지만, 귀신이 잡아간다는 말이 당시 우리 집의 지리적(?) 특성과 맞물려 오래도록 공포로 남아 있었다. 집은 학교 사택이었다. 운동장을 다 지나서 있었고 주변은 논이었다. 그리고 학교가 들어서기 전 그곳은 공동묘지였다는 말을 들었다. 그래서 밤이 되면 변소에 가기도 무서웠다.

이 책의 머리말을 쓰려고 이런저런 메모를 하다가 문득 '정말 정신 안 차리고 살다가는 어느 귀신이 잡아가는 줄도 모르고 살다 가겠구나' 하는 생각과 함께 그때 그 장면이 떠올랐다. 우리 주변에는 점점 더 다종다양한 '귀신'들이 우글거린다. 사랑, 성공, 건강…. 이들은 우리들 각자의 욕망을 용케도 알아서 맞춤형으로 나타나기에 그게 나를 쥐도 새도 모르게 잡아갈 귀신이라는 걸 눈치채기는 쉽지 않다.

처음 류머티즘을 앓기 시작하고 전투 모드로 살았던 십 년간 내 욕망에 맞춤형으로 등장한 귀신은 '명약'이었다. 내 몸을 아프기 이전 상태로 온전하게 회복시켜 줄 명약. 어떤 치료를 해야, 어떤 약을 먹어야, 어떤 의사를 찾아가야 나을 수 있을까에 매달렸다. 다른 삶은 병이 나은 이후에나 생각해 볼 일이었다. 그러나 거기에 골몰하는 동안 시나브로 내 삶이 증발해 버렸다. 이걸 알아차린 건,

두 무릎을 인공관절로 갈아 끼운 뒤였다. 그때서야 '명약'으로 포장한 '희망'이라는 귀신의 맨얼굴을 보았다. 그러면서 질문이 쏟아졌다. '꼭 나아야 되나?', '이대로 살면 안 되나?', '건강이 삶의 목표가 될 수 있나?' 등등. 그 이후 병과 함께 살기로 했고, 그러면서 "뭐하꼬?"(무엇을 하며 살까)로 방향 전환이 일어났다.

"질문하지 않으면 걸을 수 없다"

이 문장을 처음 만난 건 감이당에 오기 전, 고미숙 선생님의 『공부의 달인 호모 쿵푸스』의 머리말에서다. 거기서 선생님은 멕시코 신화를 인용하면서 살아 있는 모든 존재는 질문이 없으면 단 한 걸음도 앞으로 나아갈 수가 없고, 평생 남이 출제한 질문지에 답 쓰기에 바쁘며, 그건 자신을 노예로 만드는 지름길이라고 했다. 이어서 예로 든 질문들은 내가 그때까지 한 번도 해 보지 않은 것들이었다. 다 맞는 말인 것 같은데 그 질문이라는 것이 어떻게 해야 나오는가 하는 의문이 생겼다.

나도 살면서 그런 질문을 몇 번 했었다는 걸 알게 된 건 감이당에서 공부를 하면서였다. 앞에서 말한 것처럼, 난 이미 20년도 더 전에 '꼭 나아야 되나?', '이대로 살면 안 되나?', '건강이 삶의 목표가 될 수 있나?' 같은 질문을 하면서 생각과 삶의 방향을 바꾼 적이 있다. 그런데도 공부를 하기 전에는 그런 질문을 했고, 그것이 내 삶의 방향을 바꿨다는 걸 알아채지 못했다. 그건 그냥 어느 날, 저기 어디 높은 허공에서 느닷없이 내 뇌 속으로 들어왔을 뿐, 어디서 어떤 경로로 왔는지는 알 수 없었다. 나도 그런 질문을 했다는 걸 알고 난 이후 비로소 어떻게 내게서 그런 질문이 나왔을까가 궁금해졌다.

그때 나는 두 무릎 인공관절 치환술을 받고 칠팔 년 만에 걸을 수는 있게 되었지만, 류머티즘 자체가 호전된 건 아니기에 여전히 통증도 있고 활동에 장애도 많던 상황이었다. 십 년을 분투한 결과가 수술로 귀결된 마당에 또 어떤 치료에 기대를 걸어야 하나, 앞으로는 다시 하나씩 이렇게 수술을 하면서 살아야 하나, 하는 생각에 참으로 막막했다. 더 이상 길이 없는 것 같았다. 그때 느닷없이 어디선가 질문이 날아왔던 것이다. 그 뒤 2007년 대퇴부 골절상을 입고 2년간 칩거 중일 때도 그랬다. 붙는다던 날짜가 훨씬 지났는데도 뼈가 붙질 않아 불안하던 차에 미국발 경제 위기가 닥쳤다. 뼈는 붙질 않고, 이런 사고를 다시는 안 당하리라는 보장은 없고, 경제 상황은 내 소관 밖이고, 이런 몸으로 자본주의 사회에서 살아가려면 얼마큼의 돈을 벌어놔야 편안한 노후를 보낼 수 있을까 심히 불안했다. 그 끝에 다시 질문이 튀어나왔다. '과연 돈이 노후를 보장해 줄 수 있나?', '내가 왜 내 몸에 대해 알려고 하지 않았을까' 등등. 이렇듯 절벽 앞에 서거나, 낭떠러지까지 몰린 상황에서 비로소 질문이란 것이 생겼다. 그리고 방향 전환이 일어났다.

난 류머티즘이 싫다

불교에서 말하길, 화두를 들고 깨달음에 이르려면 두 가지가 있어야 한단다. 어떤 상황에서도 그걸 놓지 않고 들고 가겠다는 간절함과 끈기.

우리는 살면서 참 많은 문제들에 부딪힌다. 그 중에서도 오래도록 따라다니는 문제들이 있다. 그런 문제는 우리를 끈질기게 붙들고 늘어져 주기는 하지만, 너무 골치가 아프기 때문에 어떻게든 피하려 하거나 못 본 척 그냥 뭉개거나 하며 산다. 그걸 정면으로 맞닥뜨려 갈 데까지 가 봐야, '이 길이 아닌가 벼' 하면서 방향을 바꾸거나, 아예 마음을 비우거나 할 텐데, 거기까지 밀어붙이는 게 여간 힘든 일이 아니다. 그러니 고생은 고생대로 하면서도 배우는 바 없는 손해 보는 장사를 늘 되풀이하며 살고 있다. 이러지도 저러지도 못할 난감하고 절실한 문제를 내 삶의 축으로 삼는 것이 나에게 좋은 일이라는 걸 미처 알아차리기도 전에, 어떻게 하든 그걸 떼어 버리지 못해 안간힘을 쓰는 것이다.

나 역시 처음 류머티즘에 걸렸을 때는 그걸 떼어 버리기 위해 십 년간을 분투했다. 어쩔 수 없어 함께 살기로 마음을 바꿔 먹긴 했지만, 그 이후에도 기회만 있으면 이 병과 이별하기 위한 노력을 게을리하지 않았다. 피하고도 싶었고 대충 뭉갤 수 있으면 그러고도 싶었다. 그렇지만 눈만 뜨면, 아니 잠자는 시간마저도 잊을 수가 없고, 살아 움직이는 한 정면으로 마주할 수밖에 없으니 어찌해 볼

재간이 없었다. 이놈의 지긋지긋할 정도의 끈질김과 나의 간절함이 맞물려 '지금껏 왜 내 몸을 의사에게만 맡겨 두었을까', '어떤 삶이 건강한 삶일까' 등등 평소 생각지도 않던 이런저런 질문들을 마주하게 되었다. 그리하여 지금은 그것들을 들고, 버릴 수도 없고 반길 수도 없는 그 '사이'에서 길을 가고 있다.

그 덕분에 얻은 게 있다. 관절이 몹시 아파서 활동에 불편을 겪을 때면, 여전히 피하고 싶다는 생각이 불현듯 올라온다. 그러나 거기까지다. 그리고 왕성하게 활동하던 사십대 십여 년을 따라다니던 '이게 아닌데…, 이게 아닌데…' 하던 공허함, '이렇게 살다가 어느 날 죽음이 닥쳤을 때, 뒤돌아보면 삶이 참 허무할 것 같다'는, '돌이킬 수도 없는 그때, 그런 생각이 든다면 그 회한을 어찌 감당할 수 있으려나' 하는 불안감은 어느 정도 떨쳐 버렸다.

그렇다고 류머티즘에 감사할 생각은 추호도 없다. 나는 정말 이놈이 싫다. 그런데 "만약 이런 병에 걸리지 않았다면 지금보다 더 잘 살았을까?"라거나, "안 아팠다면 삶이 더 만족스러웠을까?"라고 자문했을 때, "그렇다"라고 답할 자신은 없다. 그러니 내 삶에 재앙처럼 닥쳐 온 류머티즘이란 놈이 나를 지금 여기까지 밀어붙이는 데 혁혁한(?) 공을 세웠음은 인정하지 않을 수가 없다. 그걸 부정하는 건 내 삶을 부정하는 것이므로.

혹시라도 지금 류머티즘을 앓고 있거나 다른 난치병을 앓고 있는 분이 특별한 치료법이 있을까 하는 기대를 갖고 이 책을 선택한다면 크게 실망할 것이다. 이 책은 치유에 초점을 둔 것도 아니거니와 책을 쓴 당사자인 나는 여전히 류머티즘을 앓고 있고 앞으로도 이 병이 나을 가망은 거의 없기 때문이다. 그러나 우리들 안에, 비록 지금 앓고 있는 병 자체를 낫게 할 힘은 없어도 그것을 내 삶에서 어떤 방향으로 활용할 것인가 하는 선택권은 있다. 이러한 선택권이 자신에게 있다는 사실이 저마다의 '류머티즘'을 안고 살아가는 우리에게 힘이 될 수 있음을 믿는다. 이 책은 주로 여기에 초점이 맞춰져 있으며, 그 점을 독자들과 나누고 싶다.

*　*　*

어떤 사람이 어느 미술가에게 그 그림을 그리는 데 얼마나 오래 걸렸느냐고 물어보았습니다. "5분이 걸렸고 그리고 나의 온 생애가 걸렸습니다"라고 그는 대답했습니다.
이 책도 그와 같습니다.

『꽃들에게 희망을』의 저자 후기의 일부다. 이보다 더, 지금 내 심정을 전할 수 있는, 적절한 표현을 찾지 못했다. 이 책이 있기까지 나의 온 생애에 영향을 준 '모든 것'에 감사하고, '모든 분'들께 진심으로 감사를 드린다. 특히 류머티즘과 함께 살아온 40년의 세월 동안 함께한 모든 분들——부모님과 형제, 조카, 친척, 친구들, 선생님들, 주치의 선생님과 간호사, 병원에서 고락을 함께했던 많은 환자들, 수녀님과 신부님들, 나를 위해 기도해 주신 많은 분들, 독서지도를 하면서 만난 학생들과 학부모와 동료들, 감이당의 학인들과 여러 선생님들, 그리고 "공부가 다 되고 책을 쓰는 사람은 없어요. 책을 쓰면서 공부를 하는 겁니다"라는 말씀으로 용기를 주시고, 지난 추석 연휴 동안 오로지 '먹고, 쓰고, 걷고, 자면서' 초고를 완성할 수 있도록 감독(?!)해 주신 고미숙 선생님께 감사드린다. 그리고 시답잖은 글을 책으로 내는 거 아니냐는 걱정에 무슨 소리냐며 격려하고, '마감'으로 압박해 준, 김현경 대표님과 김혜미 선생님을 비롯한 북드라망 가족들께도 감사드린다.

2018년 1월 4일
인문의역학 연구소 감이당
2층 '공작관'에서 오창희

4부 내 몸의 주인 되기(2007~2015)

5부 길 위에서(2015~)

프롤로그

필요한 건
'명약'이 아니라
'해석'

1980년인지 81년인지 하여간 그 어름에 대구 동촌중학교 사택, 내 방에 누워 이런 생각을 한 적이 있다. '만약 우리 집에서 누군가 한 사람이 아파야 한다면, 그것도 류머티즘을 앓아야 한다면 누가 아픈 게 그나마 다행일까.' 그러면서 열여덟 명의 식구들을 순서대로 떠올려 보았다.

아버지는 경제를 책임지고 계시니 변고가 생기면 우리 집 전체에 타격이 크고, 어머니는 살림을 맡고 계시니 자리에 누우시면 집 안 꼴이 말이 아닐 테고, 오빠와 올케들은 어린 조카들이 딸려 있으니 곤란하고, 성장이 덜 끝난 조카들이 아프다는 건 너무 잔인한 일이고, 그렇게 하나씩 제외해 가니 남은 사람이 셋째오빠와 나. 오빠는 막 취직을 해서 결혼을 앞두고 있으니 부모님 근심이 크실 테지. 그러니 자랄 만큼 자랐고 책임 질 사람도 없는 내가 아픈 게 가장 낫겠다는 결론을 내렸다.

그때 내가 이런 생각을 한 이유는 말이 되든 안 되든 당시 상황에 대한 설명이 필요했기 때문이다. 1978년 처음 관절에 이상이 생긴 이래 온갖 좋다는 약을 다 먹고 치료에 매진을 했는데도 병세는 점점 나빠져 아예 자리에 드러눕게 되었다. 병원에서도 딱히 이유를 모른다고 하니, 그렇게라도 나를 납득시켜야만 그 막막함을 견딜 수 있을 것 같았다. 그 이후 여러 가지 해석들을 만났다. 어릴 적 다친 걸 치료하지 않아 어혈이 뭉쳐서 그렇다든가, 편도선에서 시작되는 열과 관련이 있다든가, 몸 안의 면역체계에 이상이 생겨서라든가. 그런 해석에는 나를 누군가에게 맡겨 놓은 채 마냥 호전되기만을 기다리는 것 말고 스스로 무언가를 해볼 수 있는 여지가 없었다.

그렇게 살아온 세월이 30년이 훌쩍 넘어가고 있을 즈음 '감이당'에 왔고 사주명리를 만났다. 오래전 어머니가 친척에게 내 사주를 물어보신 적이 있다. 그때는 미신 정도로 치부하고 귀담아듣지 않았다. 그런데 그것이 내가 태어나는 그 순간 탯줄이 끊어지고 내 힘으로 숨을 쉴 때, 폐호흡을 통해 내 신체에 각인된 천지의 기운을 기호로 표시한 것임을 알게 되자 조금 다른 시각으로 보게 되었다. 한여름 대낮의 뜨거운 기운을 몸에 새긴 사람과 한겨울 새벽의 찬 기운을 몸에 새긴 사람의 기질이 다른 건 당연한 것. 서툴게나마 사주팔자(四柱八字)! 즉 네 개의 기둥, 여덟 개의 기호를 가지고 저간의 우여곡절들을 설명해 보고자 하는 마음이 생겼다.

내 사주의 특징

시주	일주	월주	연주
庚(金) 경(금)	戊(土) 무(토)	辛(金) 신(금)	戊(土) 무(토)
申(金) 신(금)	午(火) 오(화)	酉(金) 유(금)	戌(土) 술(토)

사주 여덟 글자를 오행에 배치해 놓으면 사주의 전체적인 구성

이 보인다. 내 사주의 특징을 간략히 설명하면 다음과 같다.

일간 무토(戊土)

일간(日干)은 태어난 날의 천간이다. 전체 사주를 이끌어 가는 글자다. 그것이 무토(戊土)라는 뜻이다. 이를 자연물에 비유하면 큰 산이나 드넓은 벌판이다. 사람이 공들여 가꾸는 좁은 땅이 아니라 자연 그대로 펼쳐진 야생적인 땅. 그래서 무토가 일간인 사람은 거친 환경에서도 버티어 내려는 기질을 가지고 있다. 무토는 대지의 넓은 스케일만큼 포용력이 있으나 드넓은 땅이 어지간한 천재지변이 아니고는 변화가 어렵듯이 고집도 세다. 때로는 고집이 끈기로 나타나기도 하고 그러한 끈기가 느리지만 자신을 변화시키는 힘이 되기도 한다.

비겁(比劫 : 土) 발달

비겁은 비견(比肩)과 겁재(劫財)를 아울러 일컫는다. 비겁은 자신의 힘을 확장하려는 기운이다. 나는 겁재는 없고 태어난 해의 기호가 비견이다. 그러니 비견이 발달했다고 할 수 있다. 관계로 보면 형제·자매, 친구 등 나와 동등한 사람들이다. 이런 관계를 편안해하고 그들과 잘 지낸다는 뜻이다. 나는 전학을 여러 곳 다녔는데, 가는 곳마다 두세 명의 친한 친구들이 있고, 그 친구들의 보살핌이 극진했다. 형제는 다섯인데 나를 제외하고는 모두 결혼을 했으니 배우자까지 하면 모두 여덟. 어렸을 때부터 지금까지 형제들의 사랑

또한 한결같다.

식상(食傷 : 金) 과다

식상이란 쉽게 말해 먹을 복이고 나를 표현하는 기운이다. 내 사주에서는 여덟 글자 중 네 글자가 식상인 금(金) 기운이다. 그것도 기둥으로 박혀 있다. 태어난 달의 천간과 지지, 태어난 시의 천간과 지지가 모두 금의 기운이라는 뜻이다. 그러니 식상의 기운이 여간 센 게 아니다. 그래서일까. 류머티즘을 치료할 때도 안 먹어 본 약이 없을 정도로 다양하게 먹었다. 또 먹을 복이 많으려면 사람들을 만나는 걸 좋아해야 하고 만나면 이야기가 오간다. 난 호기심도 많고 노는 것도 좋아하고 먹는 것도 좋아한다. 특히 친구나 가족들과 음식을 먹으며 이야기할 때 행복하다. 내가 독서지도를 직업으로 선택한 것도, 아픈 동안에 늘 일기를 썼던 것도 이와 무관하지 않은 것 같다.

재성(財星 : 水) 없음

재성이란 간단히 말해 일복이다. 일복이 많다는 건 일을 잘한다는 말이기도 하다. 일을 잘한다는 건 마무리를 야무지게 한다는 뜻도 된다. 그리고 일을 잘하면 돈을 만질 기회도 많다. 돈을 벌든 잃든 남의 돈을 관리하든 어쨌든 돈과 관련된 일이 많이 일어난다는 뜻이다. 그런데 내 사주 여덟 글자에는 재성이 없다. 그래서일까 돈 벌 궁리를 하는 일에는 크게 관심이 없고 돈 계산을 하는 것도 머리가 아프다. 특히 큰돈이 오가는 일은 부담스럽다. 그래서 돈이 많은 사람이 부럽지 않다. 그 돈을 관리하려면 얼마나 머리가 아플까 싶기 때문이다. 일복이 없다 보니 마흔이 돼서야 겨우 돈을 벌기 시작했다. 식상의 기운으로 아이들을 가르치며 경제적인 부분을 스스로 해결해 왔으니 그나마 다행이다.

관성(官星 : 木) 없음

관성은 조직이기도 하고 명예이기도 하며 시련이기도 하다. 그리고 여자에게는 남편이기도 하다. 이런 관성이 내게는 전무하다. 재성은 여덟 글자에는 없지만 지장간(支藏干: 땅의 기운을 나타내는 지지 중에 감추어져 있는 천간)에 숨어 있는 게 하나(신申의 지장간 임壬) 있다. 그러니 완전히 없다고는 할 수 없다. 그러나 관성은 여덟 글자에도 없고, 지장간에 숨어 있지도 않고, 가임기(20~50세) 동안 대운(사주에서 10년마다 바뀌는 기운)에도 들어오지 않았다. 이런 경우를 무관(無官)사주라 하고, 남자 또는 조직과 인연이 없다고 해석한다. 그래서인지 조직에 들어가는 걸 극도로 싫어했다. 또한 어떤 재능(?)을 타고난 사람만 연애를 한다고 생각했다. 나는 그런 능력을 타고나지도 못한 데다가 부모님이 엄하고, 금욕적이며, 연애 적령기에 아팠기 때문에 연애다운 연애를 못했다고 생각했다. 그런데 알고 봤더니 그런 사주를 타고난 거였다. 물론 이성에 대한 호기심이나 욕망이 전혀 없었던 건 아니다. 그때에도 여전히 식상의 기운을 썼다. 편지를 주고받거나 만나서 이야기를 하거나.

인성(印星 : 火) 고립

인성은 어머니 자리다. 그리고 공부 운으로 해석하기도 한다. 일간인 나를 다시 태어나게 하는 공부. 그리고 나를 도와주는 세력이기도 하다. 일지 오화(午火)가 내게는 인성이다. 내가 깔고 있는 기운이 인성인 것이다. 비록 고립이긴 하지만. 고립이란 주변에 자기와 같은 오행도 없고 자기를 생(生)해 주는 오행도 없다는 뜻이다. 한마디로 그 오행에 힘이 되는 세력이 없다는 말이다. 그래서 그와 관련된 것에 애로가 있다고 해석한다. 그럼에도 불구하고 어머니를 비롯해 인복이 많았다. 아마도 그 인복은 내가 겪은 류머티즘이라는 애로로 인해 생긴 인복이 아니었나 싶다.

류머티즘과 내게 찍힌 바코드

앞에서 본 대로 내 사주의 가장 큰 특징은 식상이 과다하다는 것이다. 나는 호기심도 많고 하고 싶은 것도 많았다. 그리고 글로든 말로든 몸으로든 나를 표현하기를 좋아한다. 이런 성향은 기운을 안으로 수렴하는 방식이 아니라 발산하는 방식으로 드러난다. 다시말해 나는 기운을 과다하게 쓰는 기질을 타고났다.

나의 식상에 해당하는 오행은 금기(金氣)다. 어떤 오행이 지나치게 과다하면 그 오행과 관련 있는 신체 부위에 문제가 생길 수 있다고 해석한다. 금 기운이 과다할 때 폐나 대장, 또는 뼈에 이상이 있을 수 있다. 이때 화기(火氣)가 적절하게 있어서 과다한 금 기운을 제어하거나, 아니면 목(木) 기운이나 수(水) 기운이 있어서 금 기운을 빼 주거나 해야 전체 오행이 제대로 순환이 된다. 그런데 목기와 수기는 아예 없고 화기는 고립이니 금기가 더욱 치성할 수밖에 없다. 게다가 어릴 때부터 놀이를 좋아해서 남녀 종목을 가리지 않았고, 학창 시절에도 자전거며 탁구며 이런저런 구기 종목들도 무리다 싶을 정도로 즐겨했다. 그러니 메마른 관절이 버틸 재간이 없었을 것이다.

이렇게 타고난 기운의 배치가 그해의 기운, 즉 기후, 몸 상태(그해 봄 축농증 수술을 받았다), 심리적인 상태 등등과 겹쳐지면서 류머티즘이라는 질병으로 드러난 게 아닐까. 이것이 사주명리를 만나고 난 뒤 내 수준에서 해석한 류머티즘을 앓게 된 원인이다.

대운과 류머티즘

40년간 류머티즘과 함께 지내고 있는 중이라고 하면, 같은 병을 줄곧 앓고 있는 걸로 생각하기 쉽다. 그런데 모든 건 변한다. 사는 곳도 변하고 기후도 변하고 생각도 변하고 관계도 변하고 병을 대하는 내 태도도 변해 왔다. 그런 가운데 내 몸과 병 또한 변하지 않을 리가 있겠는가. 감이당에서 공부하는 동안 그간의 류머티즘 병력이나 그걸 대하는 내 태도에 어떤 변화의 리듬이 있음을 알게 됐다.

사주명리를 배우고 나서는 그 리듬이 대운의 흐름과 겹쳐지고 있음이 보였다.

그래서 대운의 흐름을 염두에 두고 그간의 이력을 정리해 보자고 생각했다. 그 리듬을 바탕으로 그간의 일들을 해석하고 앞으로 일어날 많은 일들을 스스로에게 납득시킬 수 있는 힘을 길러 보자고. 물론 사주명리가 삶을 해석하는 유일한 틀은 아니다. 그러나 인생 전체를 큰 흐름 속에서 읽어 내는 데 유용한 도구 중 하나임에는 틀림없다. 물론 사주를 모른다고 해서 이 글을 읽는 데 애로가 있는 것은 절대 아니다. 다만 사주를 알고 보면 그만큼 다른 재미가 있을 것이다.

대운이란 각 개인을 중심으로 볼 때, 10년 주기로 바뀌는 천지의 기운이다. 다음은 나의 대운과 그간의 병력을 관련지어 간략하게 기술한 것이다.

* 1세~9세(1958~1966) 신유(辛酉)대운 / 10세~19세(1967~1976) 경신(庚申) 대운 : 류머티즘의 병인을 쌓다   태어나서 20세가 되기 전까지는 대운이 모두 금(金) 기운이다. 타고난 사주에도 금 기운이 치성한데 대운에까지 금 기운이 무더기로 들어오니 관절에는 치명적이었을 듯싶다. 언젠가부터 무릎, 발목, 손목 관절이 좋지 않았고 소리가 많이 났다. 윤활유가 전혀 없는 느낌이었다. 그런데다가 놀이와 운동을 좋아해 다치는 일이 많았으니, 태어나서 20년 동안 병인을 차곡차곡 쌓으면서 산 셈이다.

＊ 20세~29세(1977~1986) 기미(己未)대운 : 류머티즘이 발병했고 치열하게 투병하다 기토(己土)와 미토(未土)는 나에게 비겁이다. 그 중에서도 내가 타고난 사주에는 없는 겁재다. 미토는 흙이지만 늦여름에 복사열을 잔뜩 받아 뜨거워질 대로 뜨거워진 흙이다. 아예 이글이글 타오르는 불이라면 과다한 금을 녹여 쓰기 좋게 제련할 수 있겠지만, 그저 뜨거운 흙이다 보니 금을 더욱 건조하게 할 뿐이다. 태어난 후 스무 살까지 과다한 금 기운이 대운으로 들어온 통에 이미 지칠 대로 지친 관절이 기미대운을 만나 더 좁여지는 상태가 되어 버렸다. 이 대운 기간에 뜨거운 분지인 대구에서 10년을 살았고 죽도록 아팠고 피나게 싸웠다. 그리고 그 시발점은 할머니가 돌아가시던 날 밤이다. 사주명리에서 할머니는 식상에 해당한다. 싸움의 방법 또한 주로 먹는 것이었고, 이 역시 식상의 기운이다. 그렇게 애를 썼건만 겁재 대운 10년간은 백약이 무효였다.

＊ 30세~39세(1987~1996) 무오(戊午)대운 : 류머티즘과 동행하며 독립을 준비하다 비견인 무토와 인성인 오화가 들어오면서 내 기운을 돕고 화기로 금 기운을 약간 제어하면서 나름의 출구를 찾는 시기다. 마침 1987년 아버지가 퇴직을 하시고 서울 큰오빠네 집으로 합가를 했다. 그 이듬해 인공관절 수술을 하고 걷기 시작했다. 그러면서 어느 날 갑자기 병과 함께 살자는 생각이 들었고, 그때부터 함께 살 수 있는 방안을 강구하느라 좌충우돌했다. 한편으로는 자연식을 비롯한 자연요법을 하고, 다른 한편으로는 무슨 일을 하며 살까를 고민

하며 10년을 보냈다. 무오대운 후반부에 독서지도사 교육을 받으면서 세상 속으로 나갈 준비를 하고, 이 대운이 끝나는 해인 1996년에 부모님을 떠나 독립을 했다.

* 40세~49세(1997~2006) 정사(丁巳)대운 : 홀로서기를 하며 왕성하게 활동하다 천간 정화와 지지 사화는 모두 화(火) 기운이다. 내게는 인성이기도 하다. 인성은 나를 돕는 기운이다. 그리고 이 화기는 나의 과다한 금기를 녹여서 제련할 수 있는 유일한 오행이다. 내 사주 여덟 글자에 오화가 하나 있긴 하다. 그런데 그게 고립무원의 처지다. 그러다가 이때 화 기운이 기둥으로 들어와 금 기운을 제어한다. 이 기간 동안 가장 많은 활동을 했다. 활동 영역도 넓었다. 대구, 대전, 부산, 제주도까지. 아이들 독서지도도 하고, 독서지도사를 대상으로 강의도 하고, 대학원에도 진학했고, 당시 유행했던 인터넷 카페도 몇 개 운영했다. 어머니와 여행도 하고 나들이도 자주 했다.

* 50세~59세(2007~2016) 병진(丙辰)대운 : 내 몸의 주인이 되는 공부를 하기로 마음먹다 병화는 인성, 진토는 비견이다. 인성과 비견이 함께 들어온 시기다. 친구들과 함께 공부하고 싶은 욕망이 생기기 시작하고 실제로 공부공동체인 감이당에 왔다. 그리고 나를 위한 공부로 방향을 전환해야겠다는 생각을 하던 차에 대퇴부 골절상을 입었다. 그해가 2007년, 병진대운이 시작되던 해다. 그후 2년을 칩거하면서 서서히 방향 전환이 일어났다. 이어서 찾아온 미국발 경제 위기,

감이당생활, 어머니의 병환과 죽음을 겪으면서 이런저런 질문들을 갖게 됐다.

* 60세~69세(2017~2026) 을묘(乙卯)대운 : 관성이라는 낯선 대운을 만나다

천간 을목과 지지 묘목, 둘 다 내게는 관성이다. 이제 이 대운 첫해를 보내고 있다. 앞으로 어떤 삶이 펼쳐질지는 모른다. 그러나 지금까지와는 전혀 다른 기운의 장으로 들어가고 있음은 분명하다. 사주 여덟 글자에 없는 낯선 기운과 부딪치며 내가 겪어 보지 못한 리듬이 만들어질 테고, 좌충우돌 사건들이 터질 것이다. 그래서 조금 불안하기도 하지만 관성 대운과 만나는 장에서는 어떤 일들이 나를 단련시킬지 설레는 마음이 더 크다.

1부 투병

(1977~1986)

1.
류머티즘을
만나다

룸메이트, 할머니가 돌아가시다

1978년 5월 7일(음력 사월 초하루) 저녁 무렵, 아버지와 나는 종숙부 댁에 있었다. 집안은 음식 냄새로 가득 찼고 친척들로 북적댔다. 그날은 육촌 오빠가 신혼여행에서 돌아오는 날이었다. 아직 신혼부부가 오지도 않았는데 어머니의 전화를 받은 아버지가 집으로 가실 채비를 하셨다. 며칠 전부터 감기 기운이 있던 할머니의 병환이 심상치 않다는 전화였다. 아버지는 나에게 다시 연락할 테니 좀 더 있다가 오라고 하셨다. 두근거리는 마음으로 저녁을 먹고 있는데 다시 전화가 왔다. 서둘러 집으로 가니 할머니와 내가 거처하던 안방에는 병풍이 쳐져 있고 그 뒤에 할머니의 시신이 모셔져 있었다. 병풍 앞에 앉아 한참을 울다가 어머니의 만류로 건넌방으로 가

혼자서 눈물을 찔끔거렸다. 그러다가 고꾸라져 잠이 들었다. 얼마나 지났을까. 어렴풋이 초인종 소리가 났고, 곧이어 대문을 열어주라는 어머니 목소리에 잠이 깼다. 서울에서 새벽같이 내려온 오빠들이었다. 그런데 일어날 수가 없었다. 꼬리뼈 오른쪽 부위에 뼈가 어긋난 듯한 예리한 통증이 느껴졌다. 할머니의 죽음으로 인한 충격과 옹색한 자세 때문에 생긴 일시적인 증상인 줄 알았다. 그것이 이처럼 오랜 투병생활의 시작이 될 줄은 꿈에도 생각지 못했다.

난 경상북도 오지에서 3남 2녀의 막내로 태어났다. 오빠와 언니들은 일찌감치 대구로 서울로 유학을 가고, 난 할머니와 부모님과 함께 살았다. 아버지는 직장일로, 어머니는 집안 대소사로 바쁘셨다. 어린 시절 나는 자연스레 할머니와 함께 지내는 시간이 많다. 할머니는 큰 소리를 내는 법이 없으셨다. 웃음도 소리 없는 함박웃음을 웃으셨다. 추운 겨울, 학교에서 돌아오면 아랫목에 앉히고 언 손을 녹여 주며 화로에 묻어 두었던 따끈한 군밤을 까 주기도 하셨고, 대나무 고리짝에서 이런저런 간식을 꺼내 주기도 하셨다. 그러던 할머니께서 내가 중학교에 다닐 무렵부터 방 밖 출입을 못 하셨다. 그러나 방 안에서는 콩나물을 다듬거나 조각보를 만드시거나 구멍 난 양말을 깁기도 하셨고, 가끔 햇살이 밝게 비치는 오후가 되면 두루마리 편지를 읽기도 하며 소일하셨다. 나는 그런 조용하고 깔끔한 할머니를 좋아했고, 고등학교 3년을 제외하고는 늘 할머니와 함께 잤다.

할머니는 아흔이 넘자 대소변을 가리지 못하셨고, 수저를 들고 식사를 하시는 이외의 모든 일상에 누군가의 손길이 필요했다. 아침에 일어나면 나는 어머니가 조반상을 차리실 동안 할머니 수발을 들었다. 세숫물을 떠다가 수건을 두르고 얼굴을 씻긴 다음 옷을 갈아입히고 저고리 고름을 매고 머리에 자주 댕기를 드려 비녀를 꽂아 드리고, 그러고 나서 등교할 채비를 했다.

이렇게 20년을 함께 지내던 할머니가 돌아가셨다. 그때 내 나이 스물한 살, 할머니는 향년 93세. 이렇게 가까이에서 죽음을 본 것은 처음이었다. 믿기지가 않았다. 사람이 언젠가는 죽는다는 건 알고 있었지만 내 가족 중 누군가가 죽는다는 것, 그리고 죽음이 이렇게 느닷없이 온다는 건 생각지도 못했다. 그리고 정말 혼란스러웠던 건 살아 있음과 죽음이 이렇게 겉보기에 아무런 차이가 없다는 것이었다. 할머니는 그냥 주무시는 것 같았다. 평소에 늘 그러셨던 것처럼. 염을 하고 입관을 하면서 조금씩 실감이 났다.

그러나 맘껏 슬퍼할 수가 없었다. 할머니가 돌아가시던 날 밤에 시작된 통증이 장례 기간 내내 사라지질 않았다. 누군가가 일으켜 주면 서서 걸을 수는 있었지만, 혼자서는 누웠다가 일어날 수가 없었다. 게다가 누운 채로는 웃을 수도, 큰 소리로 말을 할 수도, 기침을 할 수도 없었다. 재채기라도 할라치면 나도 모르게 비명이 터져 나왔다. 나의 오랜 룸메이트, 할머니의 죽음을 슬퍼할 겨를이 없었다. 행인지 불행인지….

드디어 병명을 얻다

할머니 장례를 마치고 경북대학병원에 갔다. 내 나름으로는 짚이는 데가 있었다. 몇 해 전, 아마 고등학교 시절부터였던 것 같다. 낮에 조금 많이 움직인 날 밤에는 잠자리에 누우면 그 꼬리뼈 부위가 뼈가 어긋난 듯 불편했다. 이리저리 몸을 흔들어 "뚝" 하는 소리와 함께 뼈가 제자리에 들어가는 느낌이 든 후라야 비로소 편안하게 잘 수가 있었다. 그리고 그 증세는 그보다 더 오래전, 초등학교 6학년 겨울방학 때 널뛰다가 다친 데서부터 시작된 거라는 생각이 들었다. 발을 굴리는 순간 널판이 휙 돌아가고 내 몸은 공중에 뜨면서 옆으로 누웠고 그대로 땅에 떨어졌다. 그때 오른쪽 엉치 부분을 다쳤고 며칠 좀 힘이 들었다. 그 이후 조회 시간이면 오른쪽 맹장 부위가 당기고 아파서 오래 서 있을 때는 항상 오른쪽 다리를 좀 굽히곤 했다. 담당 의사에게 이런 설명을 상세하게 했고 의사는 열심히 받아 적었다. 그리고 두어 장 사진을 찍더니 뼈에는 아무 이상이 없고 디스크도 아닌 것 같다며 자세를 바르게 하고 될 수 있으면 앉아 있는 시간을 줄이라고 했다.

처방대로 따랐고 그 이후 더 심해지는 것 같지는 않아서 그럭저럭 학교도 다녔다. 그러다가 그해 여름방학 친구 두 명과 무주 구천동에 갔다. 태어난 이후 수학여행을 제외하고는 친구들과 가는 첫 여행이었다. 우리는 집집마다 다니며 부모님께 허락을 받고 들뜬 마음으로 버스에 올랐다. 서너 시간을 가자 그 부위에 통증이 느껴졌다. 얼마나 벼르던 여행이었던가! 통증을 참으며 민박집에 짐을 풀고 계획대로 등산에 나섰다. 점점 통증이 심해졌다. 산 중턱쯤에 있는 어느 절에 도착했을 때는 더 이상 올라갈 수 없을 만큼 심해졌다. 일정을 취소하고 집으로 돌아와 열흘 가까이 누워서 지냈다. 통증이 가라앉고 2학기가 시작되자 다시 학교에 나갔다. 그때까지만 해도 비록 힘들긴 했지만 병원에서 별 이상이 없다고 했고 병명도 딱히 없는 걸 보면 일시적인 문제거니 생각했다.

그해 12월, 양쪽 가운데 손가락이 붓고 아팠다. 동상인 줄 알았다. 겨울방학을 하면서 막 다니기 시작한 피아노 학원, 그곳의 열어 둔 창문으로 찬바람이 들어와 그런가 싶었다. 피아노 치기를 그만뒀다. 그런데도 쉬 낫지 않았다. 다음 해인 1979년 1월, 부모님과 함께 단골 한의원에 갔더니 류머티스성 관절염인 것 같다고 했다. 한약을 서너 제쯤 먹었다. 그러나 상태는 점점 악화되어 갔다. 옷을 입을 수도 머리를 빗을 수도 없었다. 그해 5월, 중간고사를 겨우 마치고 할 수 없이 다시 1년 전에 갔던 그 대학병원을 찾았고 마침내 '류머티스성 관절염'이라는 병명을 얻었다.

삐뚤빼뚤 쌓아 올린 블럭

입원한 뒤 스테로이드와 진통소염제를 먹고 하루 한 번씩 온찜질을 하는데도 아픈 부위는 점점 늘어만 갔다. 처음 입원할 때만 해도 목, 어깨, 팔꿈치, 손목, 손가락, 턱 관절 등 상체의 관절이 아팠는데 차츰 무릎과 발목에도 통증이 왔다. 7월 초, 주치의가 더 이상 병원에 있어도 별다른 방법이 없으니 집에 가는 게 편하지 않겠냐고 했다. 사실 그랬다. 아래층 정신과 병실의 열린 창으로 들려오던 이상한 고함 소리들, 밤이면 어디선가 들려오는 통곡 소리, 늦은 밤 깜깜한 병실에서 통증에 시달리다가 듣는 침대 바퀴 구르는 소리와 낮은 울음소리, 이른 아침 비슷한 또래의 여자 환자가 있던 맞은 편 병실의 비어 있는 침대와 코를 찌르는 소독약 냄새, 어느 날 물리치료실에 다녀오는 길에 온몸에 붕대를 감은 환자를 보고 소스라치게 놀랐던 일 등등. 지금도 그 당시를 생각하면 순간 몸이 움찔하고 두피가 바짝 조인다.

그나마 주치의 선생님이 세심하게 보살펴 주셨고, 어머니와 번갈아 가며 병실을 지켜 주던 외육촌 언니와 오빠, 그리고 가끔씩 찾아오는 친구들 덕분에 그럭저럭 지낼 수 있었지만, 그 당시 나는 늘 밤마다 악몽에 시달렸고 하루 빨리 집에 가고 싶었다. 그러던 차에 그런 권고를 받으니 망설일 필요가 없었다. 길고 힘들었던 병원생활을 끝내고 집으로 왔다. 그리고 집에 있으면 우울해질 수 있으니 다닐 수 있을 때까지는 학교에 다니라는 처방에 따라 3학년 2학기 등록을 했다. 학교에 갔다가도 통증이 심하면 중간에 집으로 와야 했다. 집으로 돌아오는 길은 참으로 착잡했다. 지금도 선명하게 기억나는 장면이 있다. 버스가 칠성시장을 지날 때였다. 머리에는 큰 고무다라이에 채소를 가득 담아서 이고, 등에는 아기를 업고, 굽 높은 슬리퍼를 신고 가던 아주머니. 차창 밖으로 그 아주머니를 바라보던 나. 그리고 유독 굽 높은 슬리퍼에 가 있던 내 눈길.

그 무렵 어느 날이었다. 학교에 가려고 집을 나서는데 예의 그 꼬리뼈 오른쪽 부위에 날카로운 통증이 느껴졌고 가던 길을 멈췄다. 그때 퍼뜩 머리에 떠오르는 이미지. 삐뚤빼뚤 쌓아 올린 블럭. 어느 하나가 삐뚤게 놓이면 무너지지 않게 하려고 그 다음 것을 조금 어긋나게 쌓고, 또 그 다음 것을 반대 방향으로 어긋나게 쌓고 그렇게 조금씩 어긋나게 된 블럭 기둥. 이것이 아픈 내 몸에 대해 내가 인식한 첫 이미지였고 해석이었다. 그리고 그 잘못된 블럭을 쌓은 첫 출발은 널을 뛰다가 떨어진 그 순간이라고 생각했다. 그러니 비록 시간이 오래 걸리더라도 그걸 바로잡으면 몸이 다시 바르게 될 것 같은 생각이 들었다. 그 이후 나는 병원에 입원을 할 때면 빠짐없이 이걸 설명했고 의사는 열심히 받아 적었다. 그러나 그뿐이었다. 그건 그저 입원 환자에게 하는 형식적인 절차에 불과한 것 같았다. 그런 건 사진에 찍히지도 않았고 이미 류머티즘이라는 병명이 나왔으며 그에 따른 치료를 하고 있으므로 다른 생각이 끼어들 여지가 없어 보였다.

그해 가을이 깊어지자 병세는 더욱 악화되어 누운 채 일어나지도 못하는 상태가 되었다. 가는 날보다 '못' 가는 날이 더 많은 학교. 10·26(1979년, 박정희 대통령 저격), 12·12(1979년, 전두환의 군부 쿠데타), 5·18(1980년, 광주 민주항쟁)로 이어지는 우리 현대사의 비극이 아니었다면 아마 나는 대학을 졸업하지 못했을 게다. 학교에 가지 '않'아도 되는 날이 계속됐다. 그동안 열심히 약을 타다 먹고 찜질을 했지만 통증은 심해지고 관절의 운동 범위는 눈에 띄게 좁아졌다. 의사가 류머티즘이라고 말했을 때만 해도 이제 병명을 알았으니 병원에서 시키는 대로만 하면 나을 수 있으리라 믿었는데 증세는 점점 심각해졌고 설상가상으로 약 부작용까지 나타나기 시작했다. 아스피린 장기 복용으로 이명증에 시달렸고, 알레르기성 비염에, 결막염, 원인 모를 두드러기, 통증으로 인한 불면증까지. 병원 치료로 나을 수 있을까 하는 의구심이 들었고 이러다가 치료 시기를 놓치는 건 아닌가 하는 불안감이 생겨났다.

'명약'은 어디에?

그 불안감을 파고드는 오만 가지 처방들. 어머니가 전국을 돌면서 '명약'들을 구해 오셨다. 모두 누군가가 먹고 완치되었거나 큰 효험을 보았다고 소문이 난 약들이었다. 가장 먼저 선택한 건 한약. 어머니가 직접 달인 것만도 100제가 넘는다. 별의별 맛이 다 있었고, 복용법도 다양했다. 신맛, 떫은맛, 쯥쯜한 맛, 들쩍지근한 맛, 매운맛, 그리고 그것들이 다양한 비율로 어우러져 내는 참으로 창의적인 맛들. 또 뜨거운 걸 마시면 죽을 수도 있어 꼭 식혀서 먹어야 하는 약, 무랑 같이 먹으면 머리가 하얗게 된다는 약 등. 나중에는 한약 냄새만 맡아도 구역질이 나서 베란다에 연탄 화덕을 놓고 달였다. 어머니는 약사발을 건네시며, "정성드레(정성들여) 마세라(마셔라). 약은 짓는 사람, 딸이는(달이는) 사람, 먹는 사람, 이 세 사람 맘이 맞아야 효험을 본다"라는 말씀을 자주 하셨다. 어머니는 지극정성으로 달이셨고 나도 간절한 맘으로 먹었다. 그런데 눈곱만큼의 차도도 없었다. 차도는커녕 날이 갈수록 심해져만 갔다.

양약과 한약이라는 '허가된 명약'의 순례로 효과를 보지 못하자 '허가받지 못한 명약' 순례로 방향을 틀었다. 늙은 호박에 지네를 넣어 삶아 먹기도 하고, 개뼈다귀 삶은 물을 상복하다가 수년간 소양증(가려움증)에 시달리기도 하고, 토끼인 줄 알고 먹은 고양이도 몇 마리나 되는지 모른다(요즘도 나는 고양이를 무서워한다. 그 오묘한 눈빛을 보면 내가 자기네 종족을 먹은 걸 알고 있는 것 같아서). 말발톱 볶은 가루를 막걸리에 타서 마시고 종일 취한 상태로 지낸 적도 있고, 뱀술을 한 잔 마시고 심장이 터질 뻔하기도 하고(덕분에 술에 취하면 정말 혀가 꼬인다는 걸 알게 됐다), 조치원인가 어디에서 처방받은 백장닭(흰수탉)에 한약재를 넣은 약은 아예 마당에다 가마솥을 걸어 놓고 여름 내내 달여 먹었다. 토끼 생간을 먹을 때는 절대 못 먹겠다고 버티다가 어머니께 호되게 꾸중을 듣고 울면서 먹었다.

동물만 먹은 게 아니다. 식물도 만만찮게 먹었다. 바위에 낀 오래된 이끼도 먹고(맛이 제일 고약했다), 엉게나무(개두릅나무) 삶은 물에 목욕도 하고 그 물에 감주(식혜)도 해 먹고, 열을 빼려고 감자를 갈아 밀가루로 반죽한 것을 전신의 관절에 붙였다가 털까지 뜯기는 고문을 당하기도 했다. 이 밖에도 먹어서 약이 된다는 건 뭐든 먹었다.

그러다가 아버지 몰래, 어머니는 부엌 모퉁이에서, 나는 방 안에서, 해가 뜨는 동쪽을 향해 "남묘호랭게교, 남묘호랭게교"를 암송하다가 아버지 눈에 띄어 호되게 꾸중을 듣기도 했다. 어머니가 어느 점집에 가서 알아보니 집안에 있는 목신(木神)이 문제를 일으킨 거라며 굿을 해야 한다고 했는데 아버지를 설득할 엄두가 나지 않았다. 궁여지책으로 약식 굿을 하기로 하고 무당이 집으로 와서 손톱, 발톱, 머리카락을 잘라 바가지에 담아서 대문께로 뿌리고 식칼을 던질 때는 이런 짓까지 해야 하나 싶어 한심한 생각이 들기도 했다. 또 검정 헝겊에 손가락만 한 무슨 나무 토막을 싸서 몸에 지니고 있기도 하고, 나중에는 침과 뜸 치료도 받았다. 어혈 때문에 생긴 병이라 그걸 빼내야 낫는다며 일주일에 이틀은 침구사가 와서 부항을 붙여 피를 뽑았고, 나머지 닷새는 내가 침으로 아픈 부위에 구멍을 뚫어 피를 뽑았다. 전신에 쑥뜸을 뜨는 것으로도 모자라 뜸자리가 크게 헐수록 효과가 있다며 일부러 약을 붙여 헐리기도 했다.

그러나 병세는 요지부동…. 그 무렵, 친척 한 분이 조심스레 어머니 아버지 눈치를 살피며 기도원에 가 보는 게 어떻겠냐고 했다. 이쯤 되자 불교 신자인 어머니도 이과 출신인 아버지도 낫기만 한다면야 기도원 아니라 어디든 못 갈 곳이 없다는 태세셨다. 그런데 대구 근교에 있다는 기도원을 답사하고 오신 부모님은 "정신 알고는 못 있을 곳이더라" 하시며 고개를 저으셨다.

무척 우울하다. 창밖으로 보이는 건 미루나무 앙상한 가지 끝과 잿빛 하늘뿐.(1980. 11. 7.)[*]

올해는 좀 더, 내년에는 좀 더… 이런 속임수에 당한 것도 벌써 몇 차례인가. 내일이면, 내달이면, 내년이면, 겨울이 지나면, 이렇게 살아온 세월이 벌써 2년이나 흘렀다.(1981. 1. 1.)

2년이 넘도록 하루도 쉬지 않고 아버지는 돈을 대고 어머니는 약을 구해 오고 나는 먹고 붙이고 찌르고 뽑고 지지고 빌어 대는데도 어쩜 그리 꿈쩍도 않는지…. 이젠 어디에 희망을 걸어야 하나? 오른쪽 벽에 난 작은 창으로 보이는 하늘과 미루나무 가지들. 나를 저 세상 속으로 걸어가게 해 줄 '명약'은 어디에 있을까?

* 아픈 동안 쓴 일기가 열다섯 권쯤 된다. 학창 시절엔 일기 쓰기 숙제를 정말 싫어했고 스스로 일기를 쓰지도 않았다. 그런데 아프면서 언제부턴가 나도 모르게 일기를 쓰고 있었다. 당시 일기 쓰기는 막막한 상황에서 하나의 출구가 되어 주었다. 온갖 감정들을 공책에 쏟아 놓으면 마음이 좀 후련했다. 이 책에서는 당시 나의 감정이나 상황을 생생하게 전달하고 싶은 대목에서 중간 중간 일기를 인용했다.

2.
다시
병원으로

'용한' 의사

'병은 한 가지, 약은 열두 가지'라는 말이 있다. 양방에서 한방으로, 한방에서 민간요법으로, 기도에 굿까지. '명약'은 끝이 없었다. 차라리 약이 없으면 좋겠다는 생각이 들 때도 있었다. 그리고 전지전능하신 신이 있어서 "넌 이제 더 이상 좋아질 수 없다. 그러니 낫겠다는 희망은 버려라"라는 말을 해줄 수 있다면 얼마나 좋을까 하는 철없는 생각을 하기도 했다. 선택의 괴로움이 그만큼 컸다. 새 처방으로 바꾸자니 먹던 약을 조금 더 먹어 보면 효험이 있지 않을까 하는 미련이, 하던 처방을 더 지속하자니 안 될 놈을 붙들고 씨름하는 게 아닌가 하는 불안감이, 이런 것들이 고통을 가중시켰다. 살면서 그때처럼 선택의 어려움을 절감했던 적이 없다. 선택 앞에 괴로워하면서도 혹시나 하는 희망을 품고 그렇게 치료에 매달린 지 2년이 좀 지난 1981년 가을이었다. 추석을 쇠러 온 큰오빠와 올케가 경기도 광주에 '용한' 의사가 있다며 서울로 가자고 했다.

큰오빠와 함께 찾아간 곳은 경기도 광주의 어느 정형외과였다. 나이 드신 아주머니, 할머니들로 북적였고 한결같이 효험이 있다고 입을 모았다. 나는 우선 의사면허증이 있는지를 살펴보았다. 대기실 벽에 정형외과 전문의 자격증이 걸려 있었다. 일단 그리 크게 잘못되지는 않겠다는 생각에 안심이 됐다. 의사는 무슨 주사를 놓아 주었다. 큰오빠가 일주일에 한 번씩 병원엘 데리고 다녔고, 큰올케는 그 의사가 시키는 대로 저녁마다 찜질을 해주었다.

> 얼굴과 몸이 갑자기 풍선을 불어 놓은 듯하다. 병원에 가서 얘기하니 주사 때문은 아니란다. 몸이 더 불편해진 듯하다. 무거운 것을 확실히 느낄 수 있다. 허벅지에 이상한 선이 생겼다.(1981. 12. 3.)

몇 번 정도 맞고 쓴 일기인지는 모르겠다. 이상한 선은 허벅지만이 아니라 엉덩이에도 생겼다. 나중에 보니 갑자기 불어난 몸을 감당하지 못해, 임신부의 뱃살이 터지듯 피부가 터진 것이다. 그런데 신기한 일이 일어났다. 주사를 두세 번 정도 맞자 비록 목발에 매달리다시피 해 엉거주춤한 자세이긴 했지만, 설 수가 있었고 몇 발자국 걸을 수도 있었다. 약간 의심이 갔다. 1년 전쯤엔가 무면허인 침과 뜸 치료를 받은 적이 있었다. 처음에는 침과 뜸으로 치료하더니 나중에 하얀 가루약을 주면서 같이 먹으라고 했다. 약 한 봉지를 먹은 그날 밤, 혼자서는 일어나 앉기도 힘들었던 내가 변기에 앉을 수 있게 되었다. 이를 수상하게 여긴 아버지가 성분 검사를 의뢰하셨다. 알고 보니 스테로이드였다. 그후로는 즉효가 나타나면 일단 불안해진다.

게다가 날이 갈수록 이상한 현상들이 나타났다. 떨어져 있어야 할 양쪽 눈썹은 일자로 붙어 가고 코 밑에도 거무스름하게 수염이 났다. 그뿐만 아니라 생리가 멈추지 않고 열흘이고 보름이고 계속되었다. 몸은 점점 더 불어나 오랜만에 만난 언니가 내 모습이 너무도 낯설어서 선뜻 말을 건네지 못할 정도였다. 뭔가 잘못되고 있다는 생각이 들었고 마침내 주사 맞기를 멈추었다. 나중에 알고 보니 그 주사는 코르티솔이라는 스테로이드 호르몬 주사였다. 이는 강력한 항염증 작용이 있어서 관절염이나 자가면역질환 등에 처방되는 약물이었다. 그러나 체내에 과다하게 축적되면 쿠싱증후군*을 앓게 되는데, 내게 나타났던 그 모든 이상이 일명 쿠싱증후군이었다. 그런데도 그 '명의'는 어째서 그 증상이 주사 때문이 아니라고 했을까?

큰오빠네 집에서 보낸 이 기간은 아픈 이후 처음으로 부모님

---

* 코르티솔의 과다로 발생하는 임상증후군. 중심성 비만, 남성화, 고혈압, 보름달 얼굴 등의 증상을 보임.

곁을 떠난 때이기도 했고, 서지도 못하는 몸이 엄청난 무게로 불어나 참으로 힘들었던 때다. 하지만 그 와중에도 즐거운 순간들은 있었다. 큰오빠는 위로 딸 셋을 낳고 끝에 아들을 낳았다. 나는 그 중 당시 초등학생이었던 위의 두 조카와 같은 방을 썼다. 나는 아프면서부터 라디오를 즐겨 들었다. 셋이서 당시 유행하던 가요를 자주 불렀는데, 조카들은 뜻도 모르고 내가 부르는 노래를 따라하곤 했다. 지금까지 또렷하게 남아 있는 장면 하나. 이은하의 노래였던 것 같다. 그 첫 소절, "지금 시집을 가지 않는 것은 잊기 위함이 아닙니다"를 부르며 깔깔대던 기억이 새롭다. 그건 "지금 시집을 펼쳐 읽는 것은 읽기 위함이 아닙니다"의 잘못이었다는 걸 나중에 알고 우린 또 한 번 폭소를 터뜨렸다. 지금 돌아보면 뭐 그리 우스울 것도 없는 일인데 그땐 그게 어찌 그리도 재미있었는지…. 그러다가 군복무 중이던 셋째오빠가 외박을 나오면 비좁은 방에 넷이 둘러앉아 〈형사 콜롬보〉를 보았고, 컨디션이 좀 괜찮은 날이면 짬짬이 10권짜리 『김찬삼의 세계여행』을 펴 놓고 지구본을 돌려가며 세계일주를 꿈꾸기도 했다.

두 다리에 추를 매달고

쿠싱증후군으로 보름달 얼굴을 한 채, 이듬해인 1982년 4월 말, 다시 동부이촌동에 있는 K병원에 입원을 했다. 이곳은 H건설에서 운영하던 병원이다. 건설 현장에서 다친 직원들의 치료를 목적으로 설립한 병원이라고 했다. 그래서인지 당시로는 물리치료 시설이 꽤나 잘 갖추어져 있었다. 이 병원에서는 약도 먹었지만 물리치료를 주로 했다. 아침, 저녁 침대 위에서 관절 운동을 할 때와 하루 한 번 물리치료실에 갈 때를 제외하고는 병실에서는 내내 두 다리에 붕대를 감고 그 끝에 1.5킬로그램 정도 되는 추를 매달고 있었다. 구부러진 무릎을 펴기 위해서였다. 코르티솔 주사로 인한 부기를 빼기 위해서 팔에도 붕대를 감았다. 치료라는 게 어떤 영역에서는 그다지 고상하지도 고도의 기술을 요하지도 않는다는 생각이 들었다. 구부러지면 잡아당겨서 펴고, 부어 있으면 꽁꽁 싸매서 뺀다.

이렇게 다리를 매달아 놓으니, 할 수 있는 동작이라곤 두 다리를 곧게 펴고 반듯이 누워 있는 것과 그 자세에서 똑바로 일어나 앉는 것 두 가지뿐. 고관절 부위가 뻣뻣해지고 아파서 무릎을 좀 굽히려고 다리를 당기면 곧바로 추가 당겨다가 다시 뻗쳐 놓고 만다. 옆으로 좀 돌아누우려 하면, 두 다리를 잡아당긴 상태라 다리는 바로 해 놓은 채 상체만 비틀어 꽈배기가 되는 꼴이다. 어쩌다 잠시 추를 내려놓은 걸 주치의가 보기라도 하면 "이 좋은 걸 왜 안 하고 있냐?"라며 냉큼 달아 놓는다.

그 병원에 입원한 동안에는 형제들이 돌아가며 돌봐 주었다. 평일 낮 시간엔 셋째올케가, 저녁에는 오빠 셋이 퇴근 후 번갈아 가면서, 주말에는 큰올케와 작은올케가 당번을 정해서. 낮에는 올케들이 뗐다 달았다 해주기도 하고, 물리치료실에도 가고 화장실도 들락거리니 추를 떼는 시간이 많아서 그럭저럭 살 만한데 밤이 되면 죽을 맛이다. 오빠들이 이것저것 필요한 걸 챙겨 주고 한참 얘기를 하다가 잠잘 시간이 되면 추를 달아 주고 집으로 간 뒤 나 혼자서 잔다. 자다 보면 서서히 통증이 느껴진다. 특히 고관절 부위가 참을 수 없을 만큼 아프다. 나도 모르게 앓는 소리를 낸다. 그러면 병실과 마주 보고 있는 간호사실에서 '불쌍히 여겨' 잠시 추를 떼어 준다. 그때의 그 시원함이란! 그 순간엔 아무것도 더 바랄 게 없었다.

"누구 맘대로 불쌍하다고 해?"

K병원의 병실은 2인실이었고 룸메이트는 자주 바뀌었다. 4개월 정도 입원해 있는 동안 다양한 연령대 다양한 계층 다양한 성향의 사람들이 열여섯 명이나 거쳐 갔다. 대부분 가벼운 병들로 잠시 머물다 가는 사람들이었다. 대학병원과는 달리 정형외과 병실이 따로 있는 게 아니어서 다양한 병명의 환자들이 내 옆 침대에 들어왔다. 식구들이 다 가고 혼자 남아 있는 밤이나 이른 아침에는 환자나 그 보호자들이 조금씩 도와주었다. 그러다 보니 그분들과 친하게 지냈다.

그런데 그 중 큰소리로 싸운 환자가 한 명 있다. 50대 초반의 아주머니였는데, 솔직히 처음부터 나는 이 아주머니가 맘에 안 들었다. 나를 무시하는 것 같은 말투가 귀에 거슬렸고, 아주머니의 부도덕한 행동들이 불쾌했다(나이를 먹은 지금 생각해 보면 그렇게 까칠하게 굴 건 없었다는 생각이 들지만 하여간 그땐 그런 어른이 싫었다). 그래도 나보다는 훨씬 나이 많은 어른이라서 듣는 듯 마는 듯, 보는 듯 마는 듯하며 거리를 두었다. 그러던 중 사건이 터졌다.

아침부터 찌는 더위에 질식할 것 같은 그때, 그녀가 나를 경멸한 것이다. 순간 나의 목구멍을 통해서 나온, 자신도 놀랄 만한 커다란 목소리. 이것이 도화선이 되어 그녀는 더욱 분개했다. 서로의 다툼 소리가 병실 문 밖을 새어 나가고, 간호원*이 달려와 만류를 하였다. 그러자 그녀는 더욱 기세가 등등해져 그녀를 붙들고 자초지종을 꾸며 대고 있었다. 듣고만 있던 나도 "불쌍해서 많이 참았는데 너 같은 앤 처음 본다"는 그 '불쌍하다'는 말에 누그러지던 감정이 폭발하고 말았다. "누구 맘대로 불쌍하다느니 어쩌느니 하냐?"며 따지기 시작했다. "행동에 좀 불편을 느낄 뿐, 불쌍하단 말은 당신에게나 어울리는 단어"라고 드디어 흥분해 버렸다. 그러자 싸움은 크게 벌어져 인턴 선생님이 달려오고 급기야 내과 과장님도 오셨다. 난 참아 온 서러움이 터져서 엉엉 울고 말았다. …… 담요 속에서 난 내가 엄청난 실

---

* '간호원'은 지금은 쓰지 않는 말이지만 당시에는 이렇게 불렀고, 일기를 인용한 부분이라 그대로 둔다.

수를 저질렀음을 깨달았다. 앞으로의 일들이 걱정이었다. 간호원과 선생님을 무슨 낯으로 볼 것이며, 다른 병실 환자들도 수군거릴 것만 같았다. 단 몇 초만 참았더라면…. (1982. 7. 19.)

왜 나는 "불쌍하다"라는 그 한마디에 이렇게 격하게 반응했을까? 그 말을 들었을 때 심하게 기분이 나빴다. 뭐라고 설명하기는 어렵지만 내가 쪼그라드는 것 같았다. 그날 이후 난 이 말을 입에 올리는 게 편치 않다. 그 말을 하는 순간 그때의 그 기분이 올라오는 듯하다. 나도 모르게 순간적으로 어떤 사람을 불쌍하다고 생각하고 있는 나를 발견하면 흠칫한다. 그런데 2016년 겨울, 뉴욕에서 니체의 『안티 크리스트』를 읽다가 그 여름날 아침의 그 느낌을 설명해 주는 구절을 발견했다.

연민은 생명의 에너지를 고양시키는 강장제로서 작용하는 감정과는 대립되는 것이다. 그것은 의기소침하게 만든다. 연민에 사로잡힐 때 사람들은 힘을 상실한다. 괴로움 자체로 인해 이미 삶에서 일어난 힘의 손실은 연민 때문에 더욱 커지고 늘어나게 된다. 연민을 통해서 괴로움 자체가 전염성을 갖게 된다. 경우에 따라서는 연민을 일으켰던 것[타인의 괴로움]의 양에 비하면 터무니없을 정도로 생명과 생명의 에너지에서 총체적인 손실이 연민으로 인해서 야기될 수 있다.(니체, 『안티 크리스트』, 박찬국 옮김, 아카넷, 2013, 24쪽)

그날의 내 기분을 정확하게 짚어 주는 글이었다. 나를 '불쌍히' 보는 그 눈길이 생명 에너지를 잃게 만드는 강력한 힘을 갖고 있었나 보다. 이미 통증과 여러 가지 행동 장애로 힘이 빠진 상태에 '불쌍하다'는 그 한 방이 날아온 것이다. 물론 청정한 연민은 자비의 모습을 띠게 되고 그것은 사람이 가져야 할 덕목이기도 하다. 그러나 연민에는 상대적 우월감이나 남을 업신여기는 따위의 탁한 마음이 끼어들기 쉽다. 자기 연민이건 상대에게 연민을 느끼건 이런 삿된 기운이 끼어들면 그것은 부정적인 힘으로 작동한다. 그날의 한 판 싸움은 어쩌면 위기에서 나를 지키고자 한 생명 차원에서의 반응이었는지도 모르겠다.

마지막 룸메이트

나의 마지막 룸메이트는 나보다 세 살 위인 당뇨 환자였다. 엄마 뱃속에서부터 당뇨병을 가지고 나왔다. 그 당시 거의 실명이 된 상태였고, 조카들이 찾아와 팔다리를 주물러 주어야 견딜 수 있을 만큼 온몸이 저려서 힘들어했다. 일본에서 태어나 자라서 일본 친구들한테서 편지가 오곤 했는데, 고등학교 때 대충 배운 일본어 실력으로 떠듬떠듬 편지를 읽어 주기도 하고 이런저런 이야기도 나누면서 정이 들었다.

그러다 보니 어느새 8월 말. 9월이면 새 학기가 시작된다. 80년 가을학기부터 휴학 상태인 나는 2년 이상 휴학을 할 수 없다는 학칙에 따라 복학을 하든지 자퇴서를 내든지 결정해야 했다. 주치의는 정신과 의사와 의논해 보라고 했다. 정신과 의사는 이렇게 휠체어를 탄 상태로, 더군다나 동기들도 아닌 2년 후배들과 함께 공부하는 건 큰 스트레스이고, 스트레스는 류머티즘을 악화시킬 것이라며 자퇴를 권했다. 공부는 언제든지 할 수 있으니 우선 건강을 생각하라고 했다. 아버지도 의사와 비슷한 생각이셨다. 그러나 어머니와 언니는 나의 결정에 따르겠으며, 만약 복학을 한다면 최대한 도와주겠다고 했다. 오히려 자퇴를 하면 그 자체가 더 스트레스일 수도 있다는 의견이었다. 하룻밤 고민했다. 그리고 복학을 하기로 결정했다. 뭐가 더 스트레스일지는 모른다. 어차피 둘 다 해볼 수는 없기 때문에. 그렇다면 하고 싶은 대로 하자. 졸업으로 매듭을 짓고 싶었다. 그리고 비가 억수로 쏟아지던 날 퇴원을 했다.

마지막 룸메이트는 나와 헤어지는 게 괴로워서 몸부림을 쳤다. 정말 가슴이 아팠다. 비슷한 또래였고 그녀 또한 보행은 물론 혼자서 할 수 있는 게 별로 없었다. 그런 점이 우리를 강하게 연결시켜 주었다. 그날 그녀의 괴로워하던 모습이, 휠체어를 탄 채 돌아서 병실을 나오던 그 순간의 내 마음이, 한참 동안 뇌리를 떠나지 않았다. 그러나 그녀를 '불쌍히' 여기진 않았다. 퇴원하고 3~4년이 지났을까. 어느 날 그 룸메이트의 조카에게서 이모가 하늘나라로 갔다는 연락이 왔다. 참으로 기분이 묘했다. 경북대학병원에서 어두운 밤, 고요한 복도에서 들리던 침대 굴러가는 소리를 들을 때, 이튿날

맞은편 병실 침대가 비어 있고 소독약 냄새가 코를 찌르던 때와는
또 다른 기분이었다.

병원에서도 그 나름의 일상이

복학 이후 마지막 학기를 마치기까지 3개월은 언니네 집에서 보냈
다. 우리 집은 2층이라 계단을 오르내릴 수가 없었기 때문이다. 9월
한 달은 언니의 도움으로 교생실습을 나갔다. 대구 시내에서 드물
게 경사로가 있는 J여중 2학년을 맡았다. 주로 점심시간에 학생들
과 상담을 하는 게 내게 주어진 일이었다. 학생들은 휠체어를 타고
온 교생이 신기한지 무용시간에도 체육시간에도 휠체어를 밀고 무
용실로 운동장으로 나를 데리고 다녔다. 교생실습을 마친 뒤에는
물리치료와 학업을 병행했다. 아침이면 형부가 휠체어와 함께 택
시에 태워 준다. 그러면 어머니와 나는 언니가 싸 준 도시락을 들고
오전에 수업이 있을 때는 오후에 병원으로 가고, 오후에 수업이 있
는 날엔 오전에 병원에 들러 학교에 갔다. 그때만 해도 경사로가 있
는 건물이 거의 없어서 강의실 앞에 계단이 있을 때는 어머니와 함
께 잠시 기다리다가 학생들이 지나가면 도움을 청했다. 여러 사람
들이 휠체어째 나를 들고 계단을 오를 때의 미안한 마음과 혹시나
놓치지 않을까 하는 불안한 마음에 그 짧은 시간이 너무도 길게 느
껴졌다. 점심은 교정에서 먹거나 물리치료실 앞에서 먹었다. 이러

구러 기말고사를 끝내고 대구 파티마병원에 입원을 했다.

파티마병원 672호실. 문 앞엔 나와 함께 어디를 가나 따라다니던 이름 세 글자가 또렷이 적혀 있다. 3개월 넘게 드나들었던 병원이긴 하지만 병실에 들어온 나는 뭔가 낯선 듯한 어색함을 느꼈다. (……) 좀 어두운 구석 자리. 세면대 사용이 쉴 새 없는 자리라서 무척 소란하며, 열차 사고를 당한 아주머니를 찾아오는 면회자들로 무척 어수선하다. 괜시리 눈물이 찔끔. 그래 이런 기분이 한두 번인가 뭐? 이래선 안 돼. 스스로 강해져야지. 이불을 뒤집어쓰고 마음을 정리한 후 잠자리에 들었다. '집에 전화를 걸어 볼까?' 아니, 괜히 엄마 목소리 들으면 눈물이 쏟아질 것 같다. (……) (1982. 12. 9.)

8인실이었다. 병실에도 군 내무반 비슷하게 위계가 있다. 위계는 입실 순서로 정해진다. 고참은 환자들에게 필요한 정보를 많이 알고 있다. 담당 교수를 만나려면 보호자가 어느 시간대에 와서 기다려야 하는지, 어떤 불편사항은 주치의에게 또 어떤 건 수간호사에게 이야기해야 피드백이 빨리 오는지, 침대 시트나 환자복이 더러워졌을 때 일일이 간호사들의 손을 거치지 않고 새것으로 갈 수 있는 방법은 무엇인지 등등. 그 병실에서 고참이 누군지는 침대 위치로 알 수 있다. 고참의 자리는 주로 출입문에서 가장 먼 창가 쪽이다. 조용하고 볕도 들고 겨울이면 창문 아래 음식을 보관하기도 편리한 곳이다. 난 이미 여러 병원을 드나들었기에 병원의 생리에 훤했다. 그러기에 여기서는 철저하게 신참으로 행동해야 신상이 편하다는 것 또한 알고 있었다.

신참에게는 주로 출입문 쪽 세면대에서 가장 가까운 자리가 주어진다. 그 자리는 드나드는 사람과 세면대 사용하는 사람들로 제일 번잡스러운 곳이다. 나는 고참이 된 후에도 이 자리에서 지냈다. 그 자리가 보호자 없이 혼자 휠체어를 타고 지내기에는 오히려 편리했다. 당시에는 휠체어 운전도 능숙했고 병원생활 경력도 제법 되다 보니 보호자 없이 지내는 데 큰 불편이 없었다. 발병 후 처음 입원을 할 때는 1인실이었다. 화장실도 병실 안에 있고 보호자 잠자리도 넉넉해서 편리하긴 한데 혼자 있다 보니 어머니가 병실을 비울 때면 누군가를 불러 놓고 가야 했다. 병원생활이 처음이기도 하고 혼자 있는 게 불안했기 때문이다. 그 이후 경제적으로도 부담이 되고 생활의 편의도 고려해서 차츰 많은 사람이 함께 쓰는 병실로 옮겨 가게 된 것이다.

환자들이 많다 보니 온갖 환자들이 다 있었다. 가장 끔찍했던 모습은 보따리를 이고 가다가 달리는 열차에 부딪혀 한쪽 팔과 다리를 잃고 입원한 아주머니였다. 그 아주머니는 없어진 팔다리의 통증을 오래도록 호소했다. 팔다리가 잘리고 없는데 어떻게 그곳에 통증을 느낄 수가 있는지 의아했다. 오랜 세월 함께 있었던 것이 사라졌을 때 우리 뇌가 그것을 인식하기까지는 시간이 걸리는 걸까. 그것이 사라지고 없다는 게 저렇게 분명히 보이는데도 착각을 한다는 게 신기했다. 막노동을 하는 아저씨가 밤이면 아주머니 옆에서 간병을 했는데, 누우면 바로 코를 골았다. 종일 땀에 전 양말을 그대로 신고 두 발을 포갠 채. 그 발 냄새가 워낙 고약해서 우리모두 곤욕을 치렀다. 그렇지만 아무도 말을 할 수가 없었다. 하루아침에 팔다리를 잃은 불행 앞에 냄새 따위를 말한다는 게 너무 야박하게 생각되었기 때문이다. 그러나 불행은 불행이고 역겨운 건 역겨운 것. 우린 밤마다 아저씨와 아주머니가 잠들고 나면 석유 냄새가 물씬 나는 그날 신문을 고깔처럼 접어서 아저씨의 두 발에 얌전히 씌웠다. 그 고깔이 벗겨지기 전에 우리가 잠들기를 바라면서….

정형외과 환자들의 반 이상은 갑작스런 사고로 들어온다. 따라서 당장 부서진 뼈들을 붙이고 바로잡고 해야 하니, 쇠막대를 박아서 다리를 매달기도 하고 깁스를 하기도 해서 보기에는 무시무시하다. 그러다가 시간이 지나고 뼈가 조금씩 붙으면서 차츰 휠체어를 타거나 목발을 짚고 움직이는 게 가능해지고 그런 다음 퇴원을한다. 그러기까지 오랜 시간이 걸리는 게 대부분이라 장기 입원 환자가 많다. 그러다 보니 병원생활도 익숙해지고 환자와 보호자들이 다들 친해진다. 그래서 정형외과 병동은 좀 시끄럽다. 병실에서노래를 부르는 아저씨들도 있고, 이 방 저 방 다니며 환자들의 병력을 알아서 전해 주는 보호자나 환자들도 있다. 조금 지나면 몇 호병실 어느 위치에 어떤 환자가 있는지 그 면면을 알게 된다. 그리고내과 환자들과는 달리 음식에 제한이 없으니 식욕도 왕성하다. 식사 시간이면 환자식 이외에 보호자들이 가져오는 음식들을 서로 나누어 먹는다. 특히 쌈이나 생야채가 인기다. 오래도록 병원생활을 하다 보면 싱싱한 것들이 먹고 싶어진다. 상추쌈, 배추쌈, 오이, 당근 등등.

그래서인지 정형외과 화장실 변기는 툭 하면 막혀서 사용 불가 사태가 벌어진다. 이른 아침이나 밤에 그런 사고가 발생하면 휠체어와 목발 부대가 엘리베이터를 타고 화장실 원정을 간다. 볼일을 다 보고 나면 아무도 없는 병원 로비에서 노래도 부르고 한바탕 스트레스를 해소한다. 당시 같은 층에 일곱 살 여자아이가 교통사고로 발뒤꿈치가 잘려서 입원하고 있었다. 그 아이는 '섬집 아기'라는 동요를 좋아했고 우리는 자주 그 노래를 함께 불렀다. 화장실 원정차 내과 환자들이 모여 있는 층으로 가 보면 복도가 조용하다. 링거를 매단 대를 잡고 조용조용 말없이 걷는 환자들이 드문드문 보일 뿐, 정형외과와는 그 분위기가 완전 딴판이다. 조용하고 내성적인 사람들이 내과 질환을 많이 앓고, 좀 시끄럽고 가만히 있지 못하는 성격의 사람들이 사고로 다치는 경우가 많아서 그런 게 아닌가 싶기도 하고, 극단적인 경우 사지는 없어도 사는 데 큰 문제가 없지만 오장육부에 병이 들면 생명 자체가 위험해서 그런 게 아닌가 싶기도 하다.

입원 후 시간이 좀 지나고부터는 그 병원 원목실(병원사목실의 줄임말로, 환자들의 신앙생활을 돌보는 부서) 담당 세실리아 수녀님과 성가를 부르기 시작했다. 수녀님은 성악을 전공하고 고등학교에서 교편을 잡았는데 뇌에 종양이 생겨서 시력을 거의 잃는 바람에 수녀원으로 돌아오셨다. 물리치료가 없는 주말이면 수녀님과 함께 빈 강당이나 복도 모퉁이에서 성가를 불렀다. 세례도 받기 전 성가부터 배운 셈이다. 성가를 몇 곡 부르고 나면 속이 후련하고 기분도 좋아진다. 이렇게 병원 안에서도 환자들마다 그 나름의 일상들을 꾸려 갔다.

서서 보는 세상에는

파티마병원에서는 하루의 대부분을 물리치료로 보냈다. 평일에는 오전과 오후, 두 차례 물리치료를 받았다. 오전에는 마사지와 서는 연습을 했다. 아침 회진이 끝나면 휠체어를 타고 물리치료실로 내려간다. 일단 욕조에 들어가 전신 관절을 마사지한 다음, 침대에 누운 채 무릎과 배에 벨트를 하고 침대를 조금씩 세워 가며 서는 연습을 한다. 점심을 먹고 잠시 쉰 다음 다시 물리치료실에 내려가면 관절에 찜질을 하고 치료사가 시키는 대로 관절과 근육 운동을 한다. 물리치료가 끝나면 어느새 저녁 먹을 시간이다.

처음에는 30도 정도의 각도로 30분 정도 서 있었다. 두어 달쯤 지나자 90도의 각도를 유지하면서 몸무게를 어느 정도 지탱할 수 있게 되었다. 처음에는 온통 가짓빛이던 다리도 점차 제 빛을 회복하고 힘도 좀 생겼다. 3~4개월쯤 지난 1983년 봄, 물리치료실 복도에 있는 지지대를 잡고 처음 두 발을 딛고 서던 날, 창밖으로 수녀원 앞마당의 감나무 잎이 보였다. 두 발로 서서 보는 세상은 79년 가을 이후 처음이다. 자리에 누운 채 언제 다시 두 발로 서서 저 세상 속으로 걸어갈 수 있을까를 생각했던 그때의 세상은 그들만의 것이었고 나와는 따로 존재하는 것 같았다. 이런저런 생각으로 스스로를 다독이며 자위했지만 그 세상 바깥에 홀로 떨어져 있는 듯한 소외감은 어쩔 수가 없었다.

그러나 두 발로 서서 보는 세상에는 내가 있었다. 내 몸의 무게를 지탱하고 선 발바닥에서부터 어떤 힘이 올라왔다. 그 뻐근한 기운은 허벅지를 타고 팔뚝으로 전해졌다. 지지대를 잡은 손에 더욱 힘이 주어졌다. 어느새 나도 이 세상 속에 들어와 있었고 왠지 모를 자신감이 생겼다. 이젠 더 이상 맥없이 누운 채 세상이 내게 와 주기만을 바라지 않아도 되었다. 환희라는 말에 담을 수 있는 느낌이란 바로 이런 게 아닐까. 온 세상이 나에게로 오는 듯한, 내가 두 팔을 벌리고 뚜벅뚜벅 걸어서 세상 속으로 들어가는 듯한, 표현하기 어려운 이 기분, 환희!

3.
아픈 건 아픈 거고
청춘은 청춘이다

내친 김에 실컷 울자

지지대를 잡고 서는 연습을 한 지 얼마 되지 않아 퇴원을 했다. 그 사이 우리 집은 앞산 밑 승마장 아래 삼두아파트로 이사를 했다. 계단이 있는 아파트 2층이었다. 이종사촌 오빠의 도움으로 통원치료를 계속했고, 집 안에서 목발을 짚고 조금씩 걷는 연습을 했다. 병원이나 성당에 갈 때는 휠체어를 탔다. 휠체어를 타고 앞산 아래를 오가는 것도 좋았고, 병원에서 돌아오는 길에 저 멀리서부터 보이는, 그때그때 달라지는 산빛을 감상하는 것도 즐거웠다. 그렇게 끝도 없이 달리고 싶은 맘은 간절한데 어느새 집 앞이다. 차에서 내릴 때의 그 아쉬움이라니!

그렇게 일 년쯤 보내고 1984년 갑자년(甲子年)이 되면서 목발을 짚고 조금씩 바깥에 나가기 시작했다. 이렇게 겨우 걸음마를 시작하던 그해 2월부터 친한 친구들이 하나둘 결혼을 했다. 대학 동창 중 가장 가까이 지내던 경미, 태경, 해연이 연이어 시집을 갔고, 아픈 이후 함께 자고 먹으면서 가장 많은 시간을 같이 보낸 외육촌, 양순언니까지도 싱글벙글 웃으며 면사포를 썼다. 게다가 초등 시절 단짝 광희는 결혼과 함께 미국 버지니아로 이민을 갔다. 이렇게 이어지던 친구들의 결혼 릴레이는 그해 12월 말, 남자 동창생의 결혼 소식으로 정점을 찍었다.

사실 84년 한 해는 친구들의 결혼으로도 기억에 남는 해이지만 이 친구 생각으로 아주 많이 힘들었던 한 해이기도 하다. 십대 초반에 '친구가 되고 싶다'는 편지 한 통을 받았다. 당시는 남학생에게서 편지를 받는다는 게 엄청난 사건이던 때라 답장은커녕 문제의 편지를 어떻게 해야 할지 몰라 당황스러웠다. 그 이후 얼마 안되어 나는 아버지를 따라 전학을 갔고, 다시 그 친구를 만난 건 대학에 들어와서다. 대학 1학년을 다니면서 편지를 주고받았고 친구들과 함께 그 친구를 만나기도 했다. 그러다가 2학년 때부터 아프기 시작했고 3학년이 되면서는 아예 자리에 눕는 바람에 더 이상 편지를 쓰기도 어려웠다. 그러다 보니 자연스레 연락이 뜸해졌고, 각자의 생각 속에서 서로의 이미지를 만들어 갔다. 그렇게 4,5년이 흐른 1984년 여름, 그 친구가 결혼을 생각한다는 편지를 보내왔다. 뭔가 마무리를 해야겠다는 생각에 그해 연말, 부모님과 함께 설을 쇠러 서울에 와서 그 친구를 만났고, 만나는 장소에는 큰올케가 데려다 주었다. 늘 그랬던 것처럼 각자의 일상을 이야기하고 친구들 소식을 주고받은 뒤, 그 친구가 결혼한다는 말을 했고, 나는 축하한 다는 말과 함께 처음으로 악수를 하고 쿨하게 헤어졌다.

사흘 뒤인 일요일, 조카를 데리고 성당에 갔다. 미사가 시작되고 얼마 지나지 않아 눈물이 흐르기 시작했다. 그러잖아도 울고 싶었는데 뺨 맞은 셈이랄까? 참으려고 했지만 이미 멈출 수가 없었다. 미사가 끝나고 사람들이 돌아간 뒤에도 눈물은 그치지 않았고, 내친 김에 아예 대놓고 울어 버렸다. 아는 이 하나 없는 낯선 성당, 이보다 더 좋은 울음터가 없다. 아프고 나서야 맘 놓고 울 곳이 없다는 걸 알았다. 『열하일기』를 읽다가 연암 박지원이 드넓은 요동 벌판을 보고 참 좋은 울음터라고 했을 때, '그래, 연암도 살면서 울고 싶을 때가 한두 번이었겠나. 남자 체면에 함부로 울 수는 없었을 테고, 그러다가 드넓은 요동벌판을 보자 바로 좋은 울음터라는 생각이 들었겠지. 안 그러면 그 하고 많은 것 중에 울음터를 생각했을 리가 없지'라며 내 맘대로 해석을 하고는 그런 허허벌판에서 맘 놓고 실컷 울어 보고 싶다는 생각을 했었다. 어쨌든 실컷 울고 나니 그간에 쌓인 것들이 눈물에 씻긴 듯 맘도 몸도 좀 후련했다.

몰래 한 가출

1984년 갑자년은 아버지한테 뒤늦은 반항을 한 해이기도 하다. 친구들은 하나둘 결혼을 하면서 독립을 하고, 아버지 퇴직도 얼마 남지 않았는데 내 병은 크게 나아질 기미가 보이지 않았다. 책을 읽고 일기를 쓰는 것으로 그때그때 쌓인 감정을 풀면서 지냈지만, 이런저런 찌꺼기들이 쌓였던 것 같다. 그걸 털어내기 위해서는 가끔씩 전투가 필요했다. 그 대상이 아버지였다. 내게 그다지 잘못하시는 건 없으니, 내가 만든 명분이 어머니와 큰오빠를 억울하게 나무랄 때가 있는데, 당사자들이 항변을 하지 않으니 내가 대신 싸워 주겠다는 것이었다. 한마디로 정의의 투사를 자처한 셈이다.

1985년 2월 25일 아침, 식탁에서 아버지께 다시 한번 반항을 하고 부당한 권력 아래서 살 수 없으니 독립을 해야겠다고 결심했다. 일단 일부터 구해야지. 이 상태로 출퇴근은 불가능하니, 구미공단으로 가자. 그곳엔 기숙사도 있고 조립라인에 앉아서 자기 앞에 오는 일만 하면 되니 내겐 안성맞춤이다. 이제 아버지 앞에서 보란 듯이 집을 나가기만 하면 된다. 이렇게 마음을 먹고 장애인 재활협회를 찾아가 취업신청서를 작성했다. 목발을 짚은 모습에 걱정스런 눈빛을 보내던 담당자는 신청서의 학력란에 적힌 대졸이란 글자를 보더니 난색을 표했다. 당시는 위장취업을 해서 노동운동을 하는 대학생들이 많았고 정부에서는 이들을 색출하려 애쓰던 시절이었기에 내 계획은 무산되었다. 훗날 취직에 유리하리라 생각하고 그렇게 힘들게 받은 대학 졸업장이 도리어 걸림돌이 될 줄이야! 인생사 예측불가. 그때그때 달라지는 상황에서 좋은 것도 나쁜 것도 없는 게 삶이런가.

어렵잖게 되리라 믿었던 취업이 무산되자 오기가 생겼다. 지금까지 너무 겁을 먹고 산 거야. 그래 한번 부딪쳐 보는 거지 뭐. 가방을 쌌다. 그 순간, "집 나가고 싶을 때가 없었을까마는 다시 들어올 때의 그 남사스러움(남세스러움)을 생각하면 대문 밖에 발 내놓는 게 쉽지 않다"던 어머니의 말씀이 생각났다. 그래, 일단 사전 테스트를 해보자. 가방을 침대 밑에 넣어 두고 목발을 짚고 집을 나섰다. 버스 정류장으로 갔다. 목적지도 없는데 택시를 타고 무작정 길 위에 돈을 뿌릴 수는 없다. 나가 살려면 돈도 아껴야 한다. 일단 19번 버스를 탔다. 버스를 타 본 게 언제인지, 더군다나 혼자 타 본 게 얼마만인가! 멀미가 났지만 뿌듯했다. 한참을 가다 보니 버스는 비포장도로를 달리고 있었다. 그때서야 차 안을 둘러보니 기사와 나, 둘뿐이었다. 기사가 어디까지 가느냐고 물었고 난 엉겁결에 종점이라고 했다. 시골길로 접어드는 듯하더니 이내 종점에 도착했다. 아저씨는 내가 내리도록 기다려 주었다. 고마웠다. 그런데 버스비를 받지 않으려고 해서 갑자기 기분이 별로 안 좋아졌다. 난 그러실 필요가 없다며 지갑에서 130원을 꺼내 아저씨의 손에 건네고 고맙다는 인사를 하고 내렸다.

이제 뭘 하지? 시험 삼아 서점에나 들러 볼까 하고 시내로 가는 10번 버스 정류장에 갔으나 버스들이 모두 급히 섰다 급히 출발하는 바람에 탈 엄두가 나지 않았다. 한 대 두 대 그냥 보내고 나니 다리도 아프고 나올 때의 그 기세와 자신감은 어디로 갔는지…. 일단 앉을 곳을 찾았다. 구멍가게 앞에 먼지를 뽀얗게 뒤집어쓰고 있는 평상이 보였다. 거기에 앉았다. 저쪽 산비탈을 보니 듬성듬성 소나무가 서 있고 까만 염소 한 마리가 매애매애 울고 있었다. 문득 중학교 시절 아주 잠깐 검은 아기 염소 한 마리를 기르던 생각이 났고, 그 염소 옆에 나란히 서서 찍은 조카의 귀여운 얼굴이 떠올랐다. 연이어 그 사진의 배경이 된 온갖 꽃이 핀 꽃밭이…. 나도 모르게 미소가 지어졌다.

이럴 때가 아니지. 나는 지금 가출을 시험하러 나온 게 아닌가. 잠깐만 정신줄을 놓으면 길을 잃는다. 이 엄중한(?) 때에 추억 따위에 젖다니. 이제 어디로 가나? 막막했다. 친구와 지인들의 얼굴을 떠올려 봤지만 마땅한 곳이 없었다. 친한 친구들은 모두 신혼살림 중이고, 신부님이나 수녀님을 찾아가 볼까 싶기도 했지만 다들 바쁘신 분들이라 선뜻 내키지가 않았다. 할 수 없이 다시 종점으로 가 18번(갈 땐 19번이었는데 올 땐 18번이었던 모양. 어쨌든 일기장엔 이렇게 적혀 있다)을 타고 집으로 오다가 미용실에 들러 머리를 잘랐다. 다행히 집엔 아무도 없었다. 방에 들어와 침대에 누워 뱉은 한마디. "아, 편하다!"

그날 밤, 부모님의 코고는 소리를 확인한 뒤 나는 조용히 침대 밑에 감춰 두었던 가방을 풀었다. 그리고 일기를 쓰고 침대에 누워 곰곰이 생각했다. '그래 어쩔 수 없다. 독립할 수 있을 때까지는 좋든 싫든 여기서 살아야 한다. 그러나 이대로는 안 된다.' 그날 밤 결심했다. 내일 아버지와 '담판'을 짓기로!

이상한 답판

다음 날 저녁, 신문을 보고 계신 아버지 방에 들어갔다. 선 채로 한참 말이 없자 아버지는 돋보기 너머로 나를 쳐다보셨다.

"여쭈어 볼 게 있어요."

"뭐로?(뭐냐?)"

"아부지도 어떤 일에 대해 잘못했다는 생각을 하실 때가 있으셔요?"

"…그걸 왜 물어보노?"

"궁금해서요."

아버지는 신문을 보시는 건지 한참 말씀이 없으셨다.

"제가 보기에는 아부지가 큰오빠나 엄마한테 잘못하실 때가 있는데 사과하시는 걸 본 적이 없어요."

"……."

나는 아버지가 대답을 하실 때까지 기다렸다.

"나도 신이 아닌데 잘못을 하제."

"그런데 왜 그 사람한테 잘못했다고 안 하셔요?"

"그걸 다 말을 해야 되나?"

"안 하면 상대방이 모르잖아요."

"말을 못할 수도 있다."

"……."

"더 할 말이 있나?"

"아니요."

"그럼 나가 봐라."

더 이상 질문을 하지 않았다. 아버지도 잘못을 하신다는 걸 인정하셨다는 것만으로도 소기의 목적은 달성한 셈이라서 더 이상 나가지는 않았다. 사실 그날의 담판은 그냥 나 혼자 화가 나고 나혼자 궁금해하고 나 혼자 결판을 낸 그런 이상한 담판이었다. 막내딸의 치료를 위해 물심양면으로 애를 쓰시던 아버지로서는 꽤나당황스런 질문이었을 게다. 나도 아버지께 이런 식으로 반항을 하는 건 너무 염치없는 짓이 아닌가 하는 생각을 안 한 건 아니다. 하지만 감사한 건 감사한 거고 못마땅한 건 못마땅한 거다.

그날의 이상한 담판의 경험은 뜻하지 않게 그 이후 사람들과 관계를 맺는 방식에 많은 영향을 미쳤다. 상대에게 어떤 불만이 지속될 때, 그 사람이 다시는 안 볼 사람이 아니며, 그 불만이 도저히 혼자서는 삭여지지 않을 때, 결과가 어떻게 되든 일단 솔직하게 내생각을 털어놓는다는 원칙을 갖게 된 것이다. 그 이후 여러 차례 적용을 했다. 좀 시끄러워질 때도 있지만, 그 과정에서 문제가 무엇인지 선명해지고, 혼자서 망상을 지음으로써 생기는 쓸데없는 감정의 소모를 줄일 수 있었다. 그러나 대화로 해결할 수 없는 영역도 있다. 특히 정치적인 성향의 차이를 대화로 어찌해 볼 생각은 금물이다.

불안이 폭발하다

날짜가 어떻게 되는지 정신이 없다. 모든 걸 통증에 빼앗기고, 어제 (시월인 줄 알고) 달력을 넘겼었는데 오늘 보니 아직 구월 이다. 굽히기는 훨씬 힘이 든다. 어깨와 등의 통증은 여전하고. 손목의 열은 좀 내린 듯. 다시 휠체어의 먼지를 닦다.(1985. 9. 20. 금)

오른쪽 무릎은 영 펴지지 않으려나. (……) 지난날의 아픈 추억 들이 되살아나 눈물이 (……) 저녁식사 후, 엄마의 손을 잡고 우 린 마주보며, 서로의 고통을 참으리라, 그 속에서 서로의 몫을 감당해 내리라는 무언의 눈길을 주고받았다.(1985. 9. 22. 일)

취업도 독립도 좌절된 그해 여름 장마가 시작되면서부터 다시 통증이 심해지기 시작했다. 구토증이 동반됐고 수지침, 부항, 한약 등 여러 가지 치료 방법들을 동원해 봐도 상태는 점점 더 악화될 뿐 이었다. 그래서였을까? 당시 일기장을 보면, 이런저런 생각이 많다.

의사들은 왜 내 병만을 치료하려는 어리석은 짓을 할까? 내 병 이 나라는 인간과 동떨어져 생각할 수 있는 문제인가? 이젠 병 원 갈 필요성을 느끼지 않는다. 지식 전달에만 급급한 학교교육 의 문제점을 7년간 병원을 드나들면서 그대로 느낀다. 가슴이 답답하고 불안하고 초조하다. 무언가 내가 할 일을 미루고 있는 듯한 불안감을 떨치기가 어렵다.(1985. 11. 7. 목)

추를 매달고, 침대에 묶어서 세우고, 근 일 년을 고생고생해서 펴 놓은 다리가 다시 예전 상태로 돌아가자 실망감이 컸고 의사만 믿고 있어도 되나 하는 의구심이 생겼다. 나 스스로 뭔가를 해야 할 것 같아 초조하긴 한데, 거기서 더 나아가지는 못한 채 불안감이 쌓이면서 자기 환자를 더 깊이 탐구하지 않는다며 의사를 원망했다. 정작 아픈 건 나이고 답답한 것도 나인데 말이다. 스스로도 그걸 알고는 있지만 어떻게 그 상황을 돌파해야 할지 길을 찾지 못하니 불안감만 증폭되고 있었다. 다음은 이런 불안 심리가 폭발한 날의 일기다.

갑갑한 이 좁은 공간을 부수고 뛰쳐나가고 싶다. 무언가 모를 이 불안의 원흉(?)을 찾아내야겠다. 팽개쳐진 책과 연필, 귤, 감 가지에서 떨어져 나뒹구는 쪼그라든 감 몇 개, 난장판이 된 좁은 방. 그 모든 일그러진 것들은 바로 내 마음의 모습 그대로이다. 엄마는 몇 번이나 약 먹으라며 물과 만두를 갖다 놓으셨다.(1985. 11. 12. 화)

책상 위 물건들을 마구 집어던져 방을 난장판으로 만든 다음 날 오후, 어제 일이 몹시 부끄러웠지만 어머니가 삶은 밤을 까 주시자 못 이기는 척 받아먹었다. 어머니는 내 방 꼬라지를 보시고도 일언반구 말이 없으셨다. 내가 저지른 일이니 뒤처리도 내 몫이다. 휠체어를 탄 채 부서진 조각들을 치우고 쓸고 닦고 하자니 부끄럽기도 하고 힘이 들기도 해서, 그 이후 다시는 그런 난리는 치지 않았던 것 같다. 지금 생각해 보면 그 불안의 원인이 병 때문만은 아니었다. 아프지 않았다고 해서 불안이 없는 20대를 보냈을 리는 없지 않나. 그러니 그 나이가 되면 누구나 고민하는 문제인 어떻게 살아야 할지, 무엇을 하며 살아야 할지를 모색하는 과정에서 생길 수밖에 없는 불안이었다.

일상은 힘이 세다

이제 이 고통도 내 생활의 일부로 받아들이는 지혜가 생길 만도 한데 (……) 이젠 이 시련에서 벗어나려고만 할 것이 아니라 이 어려움을 나의 밑거름으로 삼는 (……) 어쩌면 그런 것에 고통의 신비가 있는 것일지도 모르지.(1985. 12. 5. 목)

내가 무얼 위해 사는지. 건강을 위해 내가 존재하지는 않는가, 건강의 노예가 되어 버린 것은 아닐까 하는 무서운 생각이 들 때도 있다.(1986. 1. 22. 수. 쌀쌀함)

언제부터였는지 실행에 옮기지는 못했지만 본말이 전도된 것 같다는 자각은 했던 모양이다. 그렇지만 다시 통증이 몰려오면 이런 자각은 묻혀 버리고 다시 투병 쪽으로 힘을 쏟곤 했다. 불쑥불쑥 불안이 나를 흔들어댈 때 그걸 가라앉히고 다시 중심을 잡아 주는 건 매일매일 눈 뜨면 펼쳐지는 일상이다.

밤에 정화, 정의랑 생선묵을 끓여 먹다. 공부하다가 먹는 밤참은 꿀맛 같은 것. 늘 이렇게 모여 살았으면 좋겠다는 생각이 들다.(1986. 1. 23.)

정화, 정의가 가끔 물어오는 수학, 영어 문제를 가르쳐 주면서 나도 새삼 활력이 생기는 듯하다. 인간관계! 사람은 서로에게 (무언가를) 주고받으며, 그렇게 부대낌 속에서 또다른 힘을 얻고 다짐을 새로이 하며 살아가는가 보다.(1986. 1. 26.일)

어린 조카들에게 간식을 만들어 주는 그 기분이 꽤나 좋았다. 방학이면 찾아오는 조카들 공부도 봐 주고 수다도 떨고 하다 보면, 그래도 내가 할 일이 있다는 데서 오는 안도감이 있다. 그러나 방학이 끝나고 조카들이 가고 나면 허전하고 쓸쓸해서 며칠 동안은 힘이 들었다. 다시 일상이 이어지고, 그러다 아주 가끔은 생각지도 못한 일이 일상 속으로 불쑥 끼어들기도 한다.

비몽사몽간에 들려오는 사이렌 소리와 경직된 남자의 목소리. 뒤이어 "경계경보 경계경보". '오늘이 15일인가?'* 연이어 "실제 상황". 정신이 번쩍 들고, 반사적으로 침대에서 몸을 일으켰다. (오후) 2시 30분이 조금 지나고 있었다. 가슴이 뛰고 아직도 꿈인 양 창밖을 내다보았다. 두 대의 트럭이 지나가고 아파트 주민들의 발걸음은 내가 생각한 것보다는 너무 여유 있고 침착했다. 다시 라디오에 귀를 기울였지만 여전히 경계경보가 발효 중이며 실제 상황이라고 힘주어 말한다.

난 TV의 코드를 뽑고 가스의 중간 밸브를 내렸다. (……) '어디 지하실이 없을까? 무엇부터 챙길까? 통장과 도장? 아니 그것보다는 금반지 등 패물(?)을 (……) 라면 몇 봉지와 곶감 등 먹을 것도 챙겨야지. 옷도 두텁게 입고.' 이렇게 마음속으로 대피 준비를 하다가 난 엉뚱하게도 바느질 그릇을 열고 검정실을 꿰어 아버지 넥타이를 꿰매기 시작했다. 마음이 가라앉고 (……) 그러기를 5분쯤 했을까? "중공기의 귀순"이라고 밝혀지고 경계경보 해제. 뒤이어 언제 그랬냐는 듯 부드러운 DJ의 목소리 (……) 난 괜스레 맥이 빠지는 듯했다. (……) 이상야릇한 인간의 심리이다.(1986. 2. 21. 금)

---

* 당시에는 매월 15일을 '민방위의 날'로 정해 놓고 전쟁이나 각종 재난에 대비하는 훈련을 했고, 사이렌 소리를 시작으로 훈련이 시작됐다.

혼자서 도대체 어디로 어떻게 대피를 하려고 한 것일까? 그 상황이 오래 갔더라면 목발을 짚고 금반지와 라면과 곶감을 들고 어딘가로 피신을 했을까? 그럴지도 모른다. 비상사태에는 숨어 있던 힘이 나오는 법이니까. 그런데 또 별일 아닌 일로 마무리가 됐을 때는 왜 김이 빠졌을까? 모험을 하고픈 심리가 작동을 했나? 대부분의 사람들은 평범한 일상이 지속되면 지루함을 느끼고, 그럴 때면 은근히 무슨 일이 터져 주기를 바란다. 그런데 그런 나날이 조금만 지속되면 다시 평범한 일상으로 돌아가기를 갈망한다. 나도 당시 늘 되풀이되는 일상을 뒤흔들어 줄 무언가가 일어났으면 하는 마음이 있었나 보다. 그렇지만 막상 그런 상황이 오자 두려운 마음에 나도 모르게 바느질을 하면서 마음을 안정시키고 있다.

이런 뜻밖의 사건을 겪고 나면 다시 그 지루하던 일상이 소중해진다. 그러면 다시 책도 읽고 뉴스도 보고 일기도 쓰고 어머니 대신 식사 준비도 하며 나날을 보낸다.

저녁 뉴스. 태아 성감별 금지. 늦은 감은 있으나 내심 기쁜 마음으로 뉴스를 지켜보았다. 하지만 그들의 의도와 내가 바랐던 것과는 너무나 동떨어진 (……) 남아와 여아의 비율이 맞지 않아 머지않아 '결혼'이라든지 하는 것으로 커다란 사회 문제가 대두될 것이라는 게 태아성감별 강력 규제의 이유다. 왜 모든 게 저렇게 저질적이고 비인간적일까?(1986. 4. 1. 화. 맑음)

부산에 가신 엄마를 기다리며 저녁 준비를 했다. 감자, 당근, 양파를 썰어서 볶고, 고등어를 굽고, 감자를 쌀 한 켠에 안치고 (……) 엄마가 말발톱으로 환을 지어 오셨다. 엄마의 정성에 비해 내가 약을 먹으며 가지는 마음 자세는 얼마나 성의 있는 것이었나를 오늘에서야 반성한다.(1986. 3. 19. 수. 비)

아픈 세월이 한 해 두 해 흐르자 통증에도 익숙해지고 휠체어 운전도 능숙해졌다. 집안에서만큼은 그다지 부자유를 느끼지 못하고 살았다. 그때 내 나이 20대 후반, 비록 휠체어를 타고 집 안에서 맴돌았지만 그 나이의 청춘들과 별반 다르지 않은 고민들을 하며 살았다. 이성 문제로 고민하고 취업과 독립을 갈망하고 때론 짜증도 내고 부모님께 반항도 했다. 그런 고민을 류머티즘과 함께했다는 게 차이라면 차이일까. 자기가 처한 상황에 따라 조금씩 다른 모습으로 겪을 뿐, 누구든 어떤 처지에 있든 그 나이에 겪을 건 다 겪으며 산다. 그 나이쯤에는 하나의 독립된 개체로 자립을 하고 싶다는 갈망이 크고, 그러다 보니 이런저런 고민과 불안이 늘상 따라다니게 마련이다. 그런데 그때는 그것이 모두 류머티즘 때문에 생기는 문제라고 착각하고 있었다.

4.
그래도 나는
사는 게 좋다

"니하고 내하고 같이 죽자"

발병 후 처음 2~3년은 통증이 무척 심했다. 하룻밤만이라도 두 다리를 쭉 펴고 통증 없이 자는 게 소원이었다. 그때 내가 떠올린 건 팔다리가 분리되는 인형. 잠 잘 때만이라도 팔다리를 떼고 편안히 자고 싶었다.

여름, 특히 장마철이 견디기 힘들었다. 날이 흐리고 기압이 낮아지면 관절 통증은 배가 된다. 39도를 오르내리던 열 때문에 시도 때도 없이 오한이 들어 한여름에도 내복에 긴팔 티셔츠를 입고 양말을 신고 지냈다. 물론 난방도 하고 잤다. 밤이 되면 통증 때문에 숙면을 취하기도 힘들었고, 한 자세로 조금만 있으면 관절이 뻣뻣하게 굳어 버려 움직일 수가 없었다. 그러니 이불을 끌어 덮을 수도 없고 돌아눕는 것도 힘들었다. 어머니가 팔을 들어서 옮겨 주고 이불도 다시 덮어 줘야 했다. 유독 땀이 많으신 어머니는 미닫이문을 열어 둔 채 내 방 밖에서 주무셨다. 곤히 주무시는 어머니를 깨우는 게 미안해서 참고 참다가 더 이상 참을 수 없을 때면 작은 소리로 '엄마~' 하고 부른다. 한 번 불러서 깨면 다행이지만 때로는 깊은 잠에 빠져 내가 부르는 소리를 듣지 못하실 때도 있다. 그럴 때면 조금씩 목소리를 크게 하면서 조심조심 어머니를 불렀다. 그럴 때면 밤은 왜 그리도 긴지, 왜 그리 목은 마르며, 소변은 왜 또 그리 보고 싶은지….

느닷없는 전화벨 소리, 바람결에 닫히는 문소리에도 내 몸은 통증에 진저리를 쳤다. 숟가락질도 못하는 날이 많았고, 파리와 모기를 쫓기도 어려웠다. 얼굴에 파리나 모기가 앉으면 안 돌아가는 고개를 겨우 돌려가며 쫓아 보지만 잠깐 자리를 떴다가 다시 돌아와 앉는다. 그러면 입의 각도를 요리조리 바꿔 가며 방향을 조준하고 숨을 들이마신 뒤 프흐~ 하고 입김을 날린다. 그러고 나면, 파리란 놈은 염치도 없이 날아가는 척, 엉덩이만 살짝 뗐다가 바로 내려앉는다. 참으로 얄밉다. 그러나 뒤끝은 없다. 이와는 달리 모기란 놈은 한 번 쫓고 나면 한참은 돌아오지 않는다. 얼핏 보면 염치가 있는 듯하지만 뒤끝 작렬이다. 가려운 곳을 긁지 못하는 그 괴로움이란! 이마가 가려운데, 아무리 용을 써도 누운 채로는 팔을 들어 올릴 수가 없으니! 이때처럼 중력을 실감한 적이 없다.

이런 나날을 보내던 어느 해(80년 아니면 81년) 봄, 그 당시는 어머니가 대소변을 받아내던 시절이었다. 대구 동촌에 살았는데 그 부근에 경상도에서는 흔히 거랑이라고 부르는 큰 내[川]가 있었다. 비가 많이 오면 큰물이 져서 천방(川防)까지 물이 차는 그런 곳이다.

그해 봄, 며칠간 봄비가 제법 내린 어느 날 어머니께서 말씀하셨다.

"동촌 거랑에 큰물 나가드라. 거기 니하고 내하고 가서 빠져 죽자. 니 혼자 죽으라 카면 죄 많고 내하고 같이 죽자. 이래 고생시리 사니 죽는 게 안 나을라(낫겠나)."

난 그 말이 떨어지기가 무섭게 대답했다.

"죽고 싶으면 엄마나 가서 죽어라. 나는 이래도 사는 게 좋다."

한참 뒤, 어머니가 그러셨다. "그때 니 혼자 집에 두고 다니는 게 영 불안했다"고. 어머니는 그 시절 여기저기 약을 구하러 다니거나 볼일을 보러 다니느라 집을 비울 때, 혹시라도 내가 나쁜 생각을 하는 게 아닌가 그게 불안하셨던 모양이다. 그래서 내 속을 떠보려고 그렇게 말씀하신 거였는데, 내가 어머니의 제안을 일언지하에 거절하자 그 이후로는 안심하고 다니셨단다.

당시에 왜 죽고 싶다는 생각이 안 들었는지는 모르겠다. 그렇다고 해서 '사는 데까지 살아보자'든가 '어쨌든 이 고난을 견뎌야 한다'든가 하는 '나름의 철학을 세우고 확고한 투병 정신'으로 견디어 낸 건 아니었는데…. 그냥 그런 쪽으로는 생각을 해 본 적이 없다. 돌이켜 보면, 죽고 싶을 만큼 안 아팠던 건가 싶기도 하고, 순간

순간 엄습해 오는 고통을 견디는 것만도 힘이 들어서 죽음을 생각할 겨를이 없었던 것도 같고, '사람이 어떤 경우에라도 살려고 하면 다 살게 마련'이라는, 어릴 적부터 어머니가 하시던 말씀에 세뇌된 탓인 듯도 하고, 아침마다 좀 어떠냐는 아버지의 걱정 어린 물음에 거짓말은 아니면서도 뭔가 보답하는 차원의 대답도 궁리해야 하고, 방문객들이 있는 상황에서 어떻게 하면 똥오줌을 적절한 시간에 스타일 구기지 않고 눌 것인가(이야말로 굉장히 중요한 문제였다), 나으면 무얼 해서 먹고 살 것인가도 연구해야 하는 등, 날마다 부딪히는 '실존적' 문제가 산적했기에 실존 그 너머에 있(다고 생각하)는 죽음은 관심 밖으로 밀려나 있었던 게 아닌가 싶기도 하다.

책 읽기

많은 사람들이 내 곁에서 또는 멀리서 나와 함께했지만 내 안에 들끓고 있는 복잡다단한 심사를 맘껏 나눌 상대는 없었다. 당시 일기장을 보면 누군가와 밤을 새워 이야기하고 싶다는 구절이 자주 나온다. 그 당시 읽지 않고는 살 수 없었고 쓰지 않고는 배길 수가 없었다.

　수없이 반복해서 읽은 책은 한용운의 『님의 침묵』. 언제부터 이 시집을 읽기 시작했는지 모르겠다. 한용운의 시에는 일기로는 다 표현이 안 되는 나의 감정들이 다양한 언어로 담겨 있었다. 특히 우울하거나 마음이 가라앉을 때면, 여성 화자의 목소리에 마음을 실어, 여든여덟 편의 시를 큰 소리로 주욱 낭송하고 나면 속이 후련해지면서 힘이 솟았다.

독서를 일상으로 삼기 시작한 건 대구 파티마병원에 입원을 하면서부터였다. 책은 일요일마다 병실을 순회하는 이동도서관에서 빌려 읽었다. 수녀원에서 운영하는 병원이어선지 종교 관련 서적들이 많았다.『천국의 열쇠』, 오쇼 라즈니쉬의 책들, 이해인 수녀의 시집. 퇴원을 해서도 주로 신앙 서적을 읽었다.『아씨시의 성 프란치스코』,『성녀, 소화 데레사』,『다미안 신부』,『무상을 넘어서』(故 김홍섭 판사의 신앙 유고집),『부처님이 계신다면』(탄허 스님) 등등. 헌신적이거나 고행을 하는 삶들을 읽다 보면 상대적으로 내 삶의 힘겨움이 덜어지는 듯했다. 그러나 약발은 오래가지 못했다. 신앙 서적 속 인물들은 나와는 다른 차원의 인생을 산 사람들이라는 생각이 들었다.

다시 세계 명작을 읽기 시작했다. 작품 속 인물들의 고민과 갈등에 내 힘겨움을 얹어 보기도 하고, 내 마음을 나보다 더 정확하게 표현한 구절에선 고마움까지 느꼈다.『좁은 문』,『폭풍의 언덕』,『제인 에어』,『테스』,『부활』등 각양각색의 사랑이야기들을 읽을 땐 작품 속 주인공들이 부럽기도 했고,『데미안』,『어린왕자』,『이방인』같은 작품들은 심오한 이야기를 하는 것 같아서 작가가 멋있어 보이기도 했다. 그리고 뜻도 모르고 읽은 사르트르의『구토』와 카프카의『심판』등등.

그렇게 한 몇 년이 흐른 뒤에는 주로 수기를 읽기 시작했다. 곧 나을 거라 생각했던 병이 세월이 흘러도 크게 차도가 없자 나와 비슷한 상황에 처한 다른 사람들의 대처 방법이 궁금했고, 나만 힘든 게 아니라는 위로가 필요했다. 수기 중에서도 주로 투병기를 많이 읽었는데 기억나는 책으로는 『스물의 어둠은 너무 깊어라』(서미주/대학 1학년 때 초상집에 다녀온 뒤 원인 불명의 병으로 자리에 누워 지내게 된 여대생의 이야기), 『진아의 방』(김옥진/고2때 성벽에서 추락해 하반신 마비가 된 산골 소녀의 수기), 『일어나 비추어라』(여성작가 오혜령의 암투병기), 『잃어버린 너』(김윤희/화상을 입은 연인을 둔 여자의 수기), 『빛 속에서』(『빙점』의 작가 미우라 아야코의 수기) 등이 있다. 그러나 그런 책들 역시 당시 내 상황을 어떻게 바라보아야 할지를 생각하는 데에 이르게 할 정도로 깊이 읽지는 못했다. 그 무렵, 위인들의 삶을 엿볼 수 있는 책들도 읽기 시작했는데, 『간디 자서전』, 『시민의 불복종』, 『전태일 평전』, 『백범일지』, 『시몬느 베이유 불꽃의 여자』 등을 읽으면서 건강 이외에도 인생에서 진지하게 생각하고 고민할 것들이 많다는 것에 나의 힘듦이 가볍게 느껴지면서 마음이 편안해지기도 했다.

책을 읽으면 현실에서는 불가능한 시공간의 넘나듦이 자유로워서 좋았다. 지금 여기에서 그때 거기를 경험하기도 하고 평생을 살아도 못 만날 것 같은 나와는 참 다른 사람들을 만나기도 했다. 책을 읽을 수만 있다면 걷지 못하는 것은 그리 큰 문제가 아닐 것 같은 생각까지 들었다. 어디든 갈 수 있고, 누구든 만날 수 있을 테니까. 다만 책을 읽고 함께 이야기할 사람이 없다는 게 아쉬웠다. 그래서 무언가 하고 싶은 말이 넘칠 때는 일기장에 털어놓았다.

일기 쓰기

지금 보관하고 있는 열다섯 권의 일기장은 주로 1982년부터 95년 사이의 기록이다. 투병 초기에는 쓰는 것이 힘들어서 뜸했고, 1996년 독립 이후 일을 하고 나서는 일기를 쓰지 않고도 살 만해서 뜸해졌다.

당시에는 쓰지 않고서는 살 수가 없었다. 학교에 다닐 때는 일기가 쓰기 싫어서 시도 베끼고 명언도 베끼고 해서 국어 선생님께 혼이 난 적도 있는데, 아픈 동안에는 하루에 몇 번씩도 썼다. 친구들도 하나둘 결혼을 했고, 형제들도 각기 가정을 꾸렸다. 친구가 보고 싶을 때도, 미래가 불안할 때도 일기를 썼다. 책을 읽고도, 영화를 보고도, 뉴스를 보고도 일기장을 펼쳤다. 날씨가 좋아도, 비가 오고 바람이 불어도, 꽃들이 만발해도, 단풍이 곱게 물들어도, 눈이 내려도, 통증이 심해도, 엄마한테 죄송해도, 아버지가 미울 때도 일기장에 내 맘을 털어놓았다. 그러다가 한 번씩 지난 일기들을 읽으면 늘 같은 넋두리를 늘어놓은 내 모습이 보여 다시 마음을 다잡기도 했다. 지금 다시 읽어 보면 유치하기 짝이 없지만, 일기 쓰기는 그 당시 나의 숨통이었다. 그 중 몇 컷을 옮겨 본다.

나의 자유는 그 누구에 의해서가 아니라 나 자신에 의해 구속당하고 있다. '自己로부터의 해방' 나에게 너무도 절실한 問題이다. (……) 돌파구를 찾지 못하고 있다. 무엇이 잘못되었을까. 답답하기만 하다.(1984. 1. 25.)

밤이 주는 이 푸근함. (……) 빛은 모든 걸 들추어내지만 어둠은 그냥 그대로 묵인해 준다. 하지만 한 가지 어둠 속에서 더욱 선명해지는 것 그리움… 눈을 감는다. 하지만 눈을 감으면 물체에 빼앗겼던 시각마저도 합세하여 더욱더 궁지로 나를 몰아넣는다. 라디오의 스위치를 켠다.(1985. 3. 3.)

가출 하루 전날의 일기다. 아버지 보란 듯이 독립을 하겠다며 취업신청서를 냈다가 대학생 위장취업문제로 취업이 무산되자 가출을 감행하기 하루 전날인데, 이렇게 한가하게 그리움의 정서에 빠져 있다니 어찌 된 일인지….

밤새도록 통증에 시달리다 아침만 겨우 먹고 또 이불 속으로 기어들다. 정말 심한 통증이다. 종일 그렇게 찡그린 얼굴로 지내다가 점심은 먹는 둥 마는 둥하고 두 시가 넘어서야 세수를 하고 또 침대에 엎드려 있다가 저녁때가 되어 엄마가 안 계셔서 식사 준비를 했다.(1986. 4. 2.)

류머티즘은 아침엔 죽을 맛이다가도 오후가 되면 통증도 잦아들고 관절의 강직이 풀리면서 움직이는 게 한결 수월해지는 경우가 많다.

저녁에 감자국을 끓였다. 우선 멸치를 넣어 끓이다가 납작납작하게 썬 감자를 넣고 파와 양파를 넣어 맛을 보니, 너무 맹맹한 것 같아 고춧가루를 조금 넣었다. 엄마도 이렇게 저렇게 생각하고 맛보고 요것 좀 조것 좀 하면서 맛을 창조하시는구나 싶었다.(1987. 3. 12. 목. 맑음)

난 먹는 것도 좋아하고, 요리하는 것도 좋아한다. 아마도 사주 여덟 글자에 먹을 복과 관계 있는 식상이 많아서일 것이다.

노태우, 김영삼, 김종필, 김대중, 백기완, 홍숙자, 신정일, 김선적. 나에게 주어진 한 장의 투표용지에 무엇을 생각하며 어디에 기표를 할 것인가? (……) 의무가 나에게는 권리보다 더 크게 느껴져 한층 더 부담이 된다. 4·19, 5·16, 10·26, 12·12, 5·17 이러한 굵직한 사건들을 거치면서, 또 6·29 선언인지 항복인지가 있기 전까지 이 한반도를 뒤덮었던 함성과 최루탄 가스는 무엇을 얘기하는지 곰곰이 생각해 보아야 한다. 인간다운 삶을 외치다가 죽어간 무수한 영혼들은 우리에게 무엇을 바라고 있는지. 박종철, 이한열, 이밖에 이름조차 흔적 없이 사라져 버린 그 많은 젊음들. 그들의 생명과 바꾼 것이 무엇인지. 하지만 그러한 일들이 어느새 우리들 사이에서 잊혀져 가고 있는 듯하다.(1987. 11. 29.)

국가의 명운을 짊어진 듯 자못 진지하다. 남자친구(?)를 만나서도 정치 이야기를 즐겨했다. 그래서 연애 진도가 더 이상 안 나갔는지도 모르겠다.

생명 유지의 기본이 먹고 배설하는 것이듯, 나 또한 생명체인 다음에야 허기진 몸과 마음을 채우기 위해서는 읽어야 했고 배설의 욕구가 목구멍까지 차오르니 무엇이든 쏟아낼 수밖에 없었다. 당시 읽고 쓰는 건 순전히 굴신이 어려운, 그리하여 마음마저 쪼그라들던 내가 살기 위해, 본능적으로 선택한 몸부림이었다.

추억, 자연, 그리고…

우리가 작은 추억에 인색하지 말아야 하는 까닭은 추억은 아무리 작은 것이라 하더라도 뜻밖의 밤길에서 만나 다정한 길동무가 되어 주기 때문입니다.(신영복,『담론』, 돌베개, 2015, 219쪽)

이 표현을 조금 다르게 하고 싶다. "아무리 작은 것이라 하더라도"가 아니라, "작은 것일수록"으로.

힘들고 어려울 때 기억나는 건 아주 특별한 사건이나 누구나가 부러워하는 결과가 아니라, 일상에서 소소하게 느꼈던 재미있고 따스한 분위기와 장면들이다. 방학이면 도넛과 호떡을 만들던 오빠들과 언니 옆에서 도넛에 구멍을 내며 놀던 일, 삶은 밤을 까먹으며 도란도란 얘기를 나눌 때, 창호지로 비치던 따스한 겨울 햇살, 무더운 여름날 냇가에서 멱을 감으며 친구들과 입을 모아 "해야, 해야, 나오너라 김칫국에 밥 말아 먹고 장구치고 나오너라"라며 파래진 입술로 구름에 가린 해를 부르던 일, 빨간 깃발이 꽂힌 저수지에서 멱을 감다가 관리인이 옷을 싣고 가는 바람에 친구들과 팬티만 입고 뛰던 일, 썰매를 타다 젖은 엉덩이를 말리려다 새로 산 바지를 태워 버린 일 등등. 이런 추억들을 불러오노라면 어느새 입가에는 미소가 번지고 온몸의 피까지 맑아지는 듯하다.

자연이 내게 준 즐거움과 위로 또한 크다. 대구 앞산 승마장 아래 아파트 내 방 깊숙이 드리우던 초여름의 싱그러운 초록 그늘, 밤이 되어 힘든 몸을 침대에 누이면 그 넓은 창을 통해 머리에서 저 발끝까지 환하게 비치던 새하얀 달빛, 태풍이 휘몰아칠 때면 그저 바라보는 것만으로도 스트레스를 시원히 날려 주던, 미친 듯이 몸을 흔들어 대던 가로수들, 휠체어를 타고 병원 복도 창가에 붙어 앉아 바라보던 일몰, 대광주리에 담긴 호박이며 무말랭이 위에 내리쬐던 습기를 걷어 낸 투명한 가을 햇살, 갈색의 부드러운 붓을 거꾸로 세운 듯한 나무들을 품고 침묵으로 빠져들던 겨울 산, 봄이 되면 아기 손톱만 한 연둣빛 잎새들을 매달던 나무들. 이런 자연과 하나 되는 그 순간만은 아무런 불안도 통증도 없이 평화로웠다. 지금도 남산 산책길을 걸을 때면 나무와 꽃과 풀들이 내뿜는 기운이 발바닥에서부터 목 줄기까지 올라오는 걸 느낄 때가 있다. 온몸에 퍼지는 자연의 생명력을 느끼는 그 순간, 무척 행복하다.

그리고…고마운 분들이 너무도 많다. 부모님과 형제, 조카들이야 더 말할 나위가 없고. 발병 초기 심한 통증으로 괴로웠던 동촌 시절, 어머니가 집을 비울 때면 대소변도 받아 내고 끼니도 챙겨 주던 친구들. 바람이라면 질색을 하는 나 때문에 선풍기도 없는 방에서 부채질을 하면서도 연신 유머를 날려 주던 숱 적은 노랑머리에 하얀 얼굴을 한 양순 언니. 그리고 무료하고 힘든 하루를 즐겁게 해 준 용필이 오빠^^. 양순 언니와 함께 조용필의 신곡 '단발머리', '고추잠자리', '창밖의 여자' 등을 따라 부르며 얼마나 깔깔거렸는지. 그 시절의 인연으로 조용필의 노래뿐만 아니라 용필이 오빠도 좋아하게 되었고, 걷게 된 이후 콘서트에도 여러 번 갔었다.

류머티즘에 좋다고 하면 한겨울에도 산에 가서 약을 구해 주시던 삼종 조부님과 늘 마음 써 주던 많은 친척들, 지금도 진심 어린 조언을 아끼지 않으시는 첫 주치의 선생님, 그리고 말 한마디 손길 하나로 힘을 주던 신부님과 수녀님들. 언젠가 우연히 다시 만날 날이 있다면, 결코 그 친구에게 부끄럽지 않은 사람이 되기 위해 스스로를 추스르며 그날그날을 충실하게 살아갈 수 있는 자극제가 되어 준 그 친구. 이 밖에도 지금은 기억에서조차 사라진 말할 수 없이 많은 인연의 힘이 특히 힘들었던 발병 초기의 십 년이란 세월을 견뎌낼 수 있게 했다.

흔히들 오랜 세월 병에 시달리며 산 사람의 삶은 고통으로 가득 차 있는 줄로 생각한다. 그러나 사람이 내리 즐거워만 하기도 어렵지만 온통 고통 속에서만 살기도 어렵다. 만약 누군가 주야장천 힘들기만 했다면 그는 이미 이 세상 사람이 아니어야 한다. 그리고 죽지 않고 살아 있는 한 일상을 살아내는 것은 피할 수 없다. 그리고 그 일상 속에는 저마다의 환경에 따라 순간일망정 아픔을 잊게 하는 아주 작은 즐거움들이 있게 마련이다.

나도 그랬다. 아무리 통증이 심해도 불안이 엄습해도 그 틈으로 그런 소소한 즐거움을 느끼는 순간들이 있어서, 그날 어머니의 말씀 끝에 서슴없이 말했다. "나는 이래도 사는 게 좋다"라고.

2부 동행

(1987~1996)

5.
인공관절
수술

'희망'의 민낯

7시 10분, 수술 카 위에 누워 주사를 맞고 기저귀를 차고 기다
리고 있었다. 10년이란 긴 세월이 주마등처럼 뇌리를 스치고 이
제 그 길고 긴 방황과 갈등과 투병의 발버둥을 끝맺으려 하고
있다는 생각에 눈물이 흘렀다. (……) 겨우 인공관절 수술이라
는 최악의 수단에 이르기 위해 그 많은 세월을, 나의 청춘을 다
보내 버렸단 말인가? 머릿수건을 쓰고 엘리베이터를 타고 바로
한 층 아래인 3층 수술실로 들어갔다.(1988. 2. 29. 월)

무오대운이 시작되던 87년, 그해 여름 아버지가 퇴직을 하시고 서
울 큰오빠네와 합가를 했다. 주치의가 서울 K의료원 정형외과 의

사 앞으로 의뢰서를 써 주었다. 무릎 인공관절 수술을 받으라는 거였다. 인공관절은 수명이 있어서 어느 정도 쓰면 재수술을 받아야 한다. 그러니 첫 수술 당시 나이가 너무 젊으면 평생 몇 번의 수술을 더 받아야 하는 문제가 있었다. 당시 내 나이는 서른이었고 평균연령만큼 산다 하더라도 앞으로 두 번의 수술을 더 받아야 한다. 그래서 최대한 수술 시기를 늦추려 했던 거다. 그러나 이렇게 휠체어를 탄 채로 지내다가는 생활 계책을 세울 시기를 놓칠 수 있으니, 차라리 수술을 몇 번 더 하더라도 젊었을 때 생계수단을 찾는 게 낫지 않겠냐는 게 주치의 의견이었다. 서른한 살이 되던 해에 수술을 받았다. 발병한 지 10년이 되던 해였다.

두 주 간격으로 두 무릎 인공관절 치환술을 받은 지 일주일쯤 되던 날, 주치의가 오더니 침대에서 내려와 서 보라고 했다. 아직 통증도 가시지 않았고 이물질이 들어갔다는 느낌 때문인지 내 다리 같지도 않았다. 그리고 중간에 목발을 짚고 걸었던 기간이 있기는 했지만 그걸 제외하고도 근 7년은 서 보질 못해서 그런지 두 발로 서는 게 너무도 무서웠다. 83년 봄, 지지대를 잡고 섰을 때는 그렇게 환희에 찼었는데…. 난 벌벌 떨며 침대 난간을 부여잡고 있었다. 주치의는 손으로 내 허리춤을 움켜잡으며 절대로 안 넘어지도록 할 테니 바로 서 보라고 했다. 정신을 가다듬고 몸을 돌려 의사의 가운을 잡은 채 두 발로 섰다. 그러자 다시 한 발을 떼어 보라는 거다. 그런데 두 발이 병실 바닥에 딱 달라붙어 도무지 떨어질 생각을 하지 않았다. 지구의 저 깊은 곳에서 무언가가 나를 힘껏 끌어당기고 있는 듯한 '무거움', 내 두 발바닥에는 마치 전혀 다른 중력이 작용하는 것 같았다. 아마도 그때 몸무게를 달아 보았다면 1톤은 족히 되지 않았을까 싶다. 결국 주치의는 보행기를 가져왔고 거기에 의지해 겨우 1미터도 못 되는 거리를 두 번 오갔을 뿐인데 눈썹에서 땀이 뚝뚝 떨어졌다. 걷는다는 게 이렇게도 힘든 일이었나.

걷는 것도 힘들었지만 무릎을 굽히는 건 그것보다 훨씬 고통스러웠다. 수술을 하고 실밥만 뽑고 나면 모든 것이 끝나는 줄 알았는데 갈수록 태산이었다. 100도 정도는 굽혀져야 의자에라도 앉을 수가 있을 텐데 아무리 해도 겨우 6,70도 굽혀지는 게 고작이었다. 수술 후에는 하루에 한 번 주치의가 병실을 돌며 환자들의 무릎을 꺾는다. 저 멀리 다른 병실에서 비명 소리가 들리면 온몸이 긴장된다. 그럴 때마다 오늘은 참고 각도를 올리고야 말리라 다짐하지만 의사의 손이 내 다리에 닿는 순간, 난 변함없이 "잠깐만요!"를 외친다. 도저히 참을 수가 없다. 그렇게 날마다 비명을 지르기를 근 50일을 한 다음 겨우 왼쪽은 80도 정도, 오른쪽은 60도 정도가 굽혀졌다.

다른 사람들은 잘도 굽혀지고 다들 퇴원을 하는데 난 도무지 진도가 나가질 않는다. 주치의는 이 상태로는 더 이상 굽히기가 힘들겠다는 결론을 내리고, 일단 걷는 걸 많이 해서 다리에 힘을 올린 다음 다시 굽히는 수술을 하자고 했다. 서지도 걷지도 못한 상태로 지낸 지 오래라서 근육 유착으로 잘 안 굽혀지는 거란다. 하는 수 없이 뻗정다리 상태로 퇴원을 했다. 무릎이 잘 구부러지지 않으니

의자에 앉을 때도 털썩! 앉게 되고, 택시를 타도 뒷자리에 옆으로 앉아 다리를 뻗쳐야 했고, 극장에서도 몸은 앞으로, 다리는 옆으로 인 채 영화를 보았다(그런데 이 마당에 극장에는 왜 갔는지…. 무슨 영화를 보았는지는 기억에 없고, 조카의 무릎에 내 다리를 올려 놓았다는 것만 생각난다).

결국 그해 9월 하순, 다시 굽히는 수술을 받았다. 마취에서 깨어나 보니 두 다리를 90도로 굽힌 채 깁스를 해 놓았다. 드디어 무릎이 굽혀졌구나 싶어 안도가 되면서도 어처구니가 없었다. 봄에는 안 굽혀지는 다리를 굽히느라 죽을 고생을 하지 않았나. 무릎 주변엔 온통 시퍼렇게 멍이 들어 있었다. 이번에는 굽히는 운동과 펴는 운동을 동시에 해야 했다. 굽히는 데 치중하다 보면 펴는 게 잘 안 되고 펴는 데 공을 들이다 보면 굽히는 게 안 되고. 흡사 녹슨 기계가 삐걱거리듯 부드럽지가 않았고, 오랜 시간 굳어 있던 근육을 쓰니 허벅지 근육통도 무척 심했다.

그렇게나 원상복구를 갈망하던 두 무릎 관절을 인공물로 갈아 치운 뒤에서야 '희망'의 맨 얼굴을 보았다.

나를 가장 괴롭히고 못살게 구는 것은 희망(?)이다. 내일은 오늘보다 나을 거라는 막연한 희망. 그렇게 유혹하는 희망 속에 얼마나 많은 세월을 무심히 보내 버렸는지.(1988. 7. 5. 화)

할머니가 돌아가시던 날 저녁, 처음 통증을 느낄 때만 해도 그 불편함이 이토록 오래갈 줄은 꿈에도 생각지 못했다. 끝도 없이 치료에 매달리면서 여기까지 나를 끌고 온 건 다름 아닌 '희망'! 내일이면, 내달이면, 내년이면, 봄이 오면, 겨울이 가면, 이 약을 먹으면, 저 약을 먹으면, 한 제만 더 먹으면, 이 치료를 받으면…. '지금'과 '여기'를 한없이 유예시켜 가며 매달렸던 희망, 그 희망의 종착지가 결국 인공관절 수술이라니!

병과 '함께'

지나간 십 년 동안 난 무얼 한 걸까? 허탈감이 밀려 왔다. 그때 어머니가 그러셨다.

"니가 지금 이렇게라도 걷게 되니 그런 생각을 하는 거지, 그때는 그게 최선이었다. 사람이 다 그런 생각을 하게 된다. 급한 불을 끄고 나면 다급했던 그때의 상황을 잊어버린다. 늘 열과 통증에 시달리던 그때는 그날그날을 견디는 게 다였다. 그 상태에서 어떻게 그런 치료들을 안 할 수가 있었겠나. 그렇게라도 희망을 걸 수밖에 없었다. 그러니 지금 와서 아무 소용도 없는 그런 생각일랑 하지 말고, 그동안 고생한 보람이 있도록 하기 위해서라도 운동을 열심히 하라"라고.

맞는 말씀이다. 그런데 왜 다시 막막해지는 걸까? 간절한 마음으로 길을 찾으며 여기까지 왔는데 그 종착지가 수술이라면, 이제부터는 다시 아픈 관절 하나하나를 수술로 고쳐야 하나? 지금까지와는 또 다른 고통을 감내하며 살아야 하는 건가? 이제 어떻게 해야 하나? 몇 차례의 수술을 받으며 희망의 부질없음을 뼈가 저리도록 느끼고 난 뒤 나는 다시 막막함 앞에 섰다.

그러던 1989년 봄, 병원에서 집으로 돌아오는 중이었다. 택시가 동작대교를 지나고 있었다. 갑자기 머리를 스치는 생각! 건강해지는 것, 그 자체가 인생의 목표가 될 수 있나? 과연 다시 아프기 이전으로 돌아갈 수 있을까? 아니, 꼭 그래야 하나? 그렇지 않으면 내 인생은 아무 의미가 없나? 지금 이 상태로 병과 함께 살아가면 안 되나? 왜 그 생각을 못했을까? 순간, 무언가 막혔던 것이 뻥 뚫리는 것 같았다. 그래, 지금 이 상태로 할 수 있는 일을 하면서 사는 길을 찾아보자.

단기수들은 벽에다가 달력을 그려 놓고, 하루가 지나가면 사선을 그어서 지워 갑니다. 하루하루 지워 나가다가 그것도 지루하면 오전이 지나면 사선을 하나 긋고 오후가 지나면 사선을 또 하나 그어서 X자로 지워 갑니다. 만기 날짜만 기다립니다. 하루하루는 지워 가야만 할 나날들에 지나지 않습니다. 그런데 만기가 없는 무기수의 경우는 그 하루하루가 무언가 의미가 있어야 합니다. 하루하루가 깨달음으로 채워지고 자기 자신이 변화해 가야 그 긴 세월을 견딥니다. (신영복, 『담론』, 249쪽)

얼마 전 『담론』을 읽다가 이 구절에 무척 공감이 갔다. 환자도 마찬가지다. 단기간에 낫는다는 확신을 할 수 있는 병을 앓고 있다면, 병을 앓는 그 시간은, 빨리 지나갈수록 좋은 불필요한 과정으로 여기게 된다. 그리고 그렇게 생각한다 해도 딱히 문제가 없다. 그러나 언제 나을지, 나을 수나 있을지 기약할 수 없는 병을 앓고 있다면, 병이 다 나은 뒤 살아갈 다른 삶을 상정하는 것이 불가능하다. 그렇다면 아픈 채로 살아가는 그 하루하루를 그대로 자신의 삶으로 끌어안을 수밖에. 그 길 외에 다른 길이 없다.

6.
좌충우돌
자연요법

단 한 알의 약도

양 무릎을 수술하고 걷게 된 이후 움직이는 범위가 넓어졌다. 성당에도 다니고 단체에 가입해서 활동도 하고 친구들 만나러 외출도 했다. 그러나 무릎 이외의 관절은 통증이 여전했고 전신 피로감도 쉬 사라지지 않았다. 통증은 하루에도 아침·저녁 달라지고 어제와 오늘이 다르기도 하고 절기가 바뀌면서 갑자기 좋아지기도 나빠지기도 했다. 한기에 노출되거나 습도가 높은 장마철, 비가 오기 전 잔뜩 흐려 있을 때면 특히 몸이 무겁고 통증도 심했다. 사람들이 많이 다녀간 다음 날이면 더 아팠고, 속을 끓이면 피가 돌지 않는 것 같은 느낌이 들었다. 친구들과 지나치게 즐겁게 지낸 다음 날에도 컨디션이 안 좋았다. 뭐든 지나친 건 다 후유증을 남겼다. 부추전이

나 만두 같은 밀가루 음식이나 기름을 많이 쓴 음식을 먹어도 몸이 안 좋았고 자주 체하기도 했다.

그러면서 내 나름대로 이런저런 치료법을 시도하기 시작했다. 여전히 병원 약을 먹으면서 책을 참고로 '요료법'도 시험해 보았고 족욕도 꾸준히 했다. 그런 와중에도 여기저기서 약들을 알려 주었다. 곁에서 보는 사람들은 안타까운 마음에 그럴 수밖에 없었을 것이다. 그러나 더 이상 '명약'에 휘둘리고 싶지 않았다.

저녁에 언니(큰올케)가 꽃님이네 집에 다녀와서 전에 얘기하던 그곳에 한 번 다녀오는 게 어떻겠느냐고 한다. 돈이 많이 드는 치료는 하지 않을 거라며 거절했다. 사실 이젠 돈도 없을뿐더러 더 이상 기대를 걸고 싶지도, 또 그만큼 실망하고 싶지도 않다.(1991. 1. 30. 수)

이렇게 야무지게 다짐은 했지만 통증은 가시질 않았다.

어제 오늘 무척 고통스럽다. 약을 먹어도 영 효과가 없다.(1991. 2. 6. 수)

오늘은 좀 살 것 같다.(1991. 2. 7. 목. 비)

맑았는지 흐렸는지 기억나지 않는다. 아니 내다보지도 않았다.

아침에 왼팔이 아파서 밥도 못 먹고 파스를 붙이고 겨우 점심때쯤 풀렸다. 정말이지 두 팔을 다 쓸 수가 없으면 어떻게 살아갈 수 있을지.(1991. 2. 9. 토)

그러던 어느 날, 무모한 결심을 한다.

정형외과, 이비인후과 진료. 인후염. 다시는 병원에 가지 않겠다고 생각했다. 이게 겨울이구나 싶을 정도로 차가운 날씨다. 뼛속까지 한기가 스며든다. 10년이 넘도록 약 봉지를 들고 병원을 오가는 내 모습이 얼마나 한심한지 자꾸만 눈물이 나오려 한다. 약을 타려고 기다리면서도, 차를 타고 집으로 오면서도, 두 눈을 감고 눈물을 밀어 넣었다. 그렇게 그렇게 살다 보니 어느새 나이는 서른하고도 넷이나 되었고.(1991. 2. 22. 금. 강추위)

그날따라 사람들이 들고 가는 약 보따리가 더욱 커다랗게 보였고, 약을 한 가지라도 빠뜨렸을까 봐 꼼꼼하게 확인하는 그들의 표정에 내가 겹쳐졌다. 그런 생각에 젖어 있을 때 내 약이 나왔고, 늘 그랬듯이 큰 비닐봉지 둘에 가득했다. 그 오랜 세월 동안 이렇게나 많은 약들을 내 뱃속에 넣었다고 생각하니 끔찍했다. 갑자기 그것이 독처럼 느껴지면서 이제 그만 먹고 싶다는 생각이 와락 들었다. 일기장에 의하면, 그 이틀 뒤인 2월 24일부터 병원 약을 몽땅 끊어 버렸다. 사실 이렇게 의사와 상의도 없이 갑작스레 약을 끊는 건 위험하다. 그런데도 그때 나는 그렇게 할 수밖에 없었다. 내 몸이 더 이상 약이 들어오는 걸 거부했다.

『박씨전』과 『구운몽』을 읽었다. 벌써 요료법을 한 지도 53일이다. 약을 끊은 지도 19일이 지났고 찜질을 한 지도 19일이 되었다. 약을 먹지 않고도 이 정도 견딜 수 있으니 얼마나 다행이고 감사한지. 나 혼자 옷을 입고 벗을 수 있고 양말도 혼자 신는다. 머리도 내가 감고 이불도 좀 힘들지만 내가 끌어 덮을 수 있다.(1991. 3. 13. 수. 맑음)

요료법은 자기 소변을 받아 마시는 치료법이다. 치료법에도 유행이 있다. 그 당시 이 치료법이 유행했는지, 신장에 치명적인 해를 끼칠 수 있다는 논란이 있었고 나도 그런 기사를 읽었지만, 꽤 오랫동안 계속했다. 그게 그런 대로 효과가 있었던 건지 아니면 다른 조건이 맞아떨어진 건지 약을 먹지 않고도 근근이 일상을 꾸릴 수 있을 정도가 되었다.

고향집에서

약을 끊고 이런저런 치료법을 시도해 보았지만, 여전히 통증은 여기저기 돌아다녔다. 아침엔 강직으로 힘들었고 아직 목발도 완전히 떼지 못한 상태였다. 그 무렵 부모님께서는 고향에서 생활하고 계셨다. 병원 진료를 중단했으니 정기적으로 병원에 갈 일도 없었고, 공기도 좋고 조용한 곳에서 부모님과 함께 살면 몸이 좀 좋아지지 않을까 하는 생각이 들었다.

그러던 중 작은오빠가 생수 가게를 열었고 오빠 부탁으로 전화 받는 일을 했다. 일을 하기 전에는 사무실에 앉아서 전화로 주문 받고 배달원에게 주문 내용을 알려 주면 되는 일이려니 하고 대수롭지 않게 생각했다. 그런데 막상 현장에 가 보니 그게 그렇게 단순하지가 않았다. 주문을 한 사람은 배달이 빨리 되지 않는다고 재촉을 하고 배달하는 분은 내 맘처럼 그렇게 시간 맞춰 가 주질 않는다. 그 사이에서 내가 받는 스트레스는 엄청났다. 고객이 재촉하는 전화가 걸려오면, 아직 출발하지 않았다고 사실대로 말을 할 수도, 벌써 갔다고 거짓말을 할 수도 없었다. 그러다 보니 벨 소리만 나도 가슴이 두근거렸다. 그만두고 싶은 생각이 굴뚝같았지만 오빠를 봐서 꾹 참았다.

집으로 오는 길, 불 켜진 가게를 보면, 거기서 일하는 사람 모두에게 존경의 염이 절로 일었다. 저들도 나처럼 오늘도 고객들로부터 핀잔도 듣고 재촉도 받으면서 그렇게 힘들게 하루를 보냈을 텐데 다들 묵묵히 살아가고 있구나 하는 생각에, 그저 내 몸 아픈 것에만 매달려 살아온 자신이 세상물정 모르는 어린아이 같아 부끄러웠다. 사람들 사이에 섞여 일을 하면서 느끼는 힘듦은 병을 앓으면서 겪는 고통과는 또 달랐다. 두 달여 이 일을 하고 나는 완전히 지쳐 버렸다. 길거리에 가득한 차와 건물들을 보면 숨이 막혔고, 밤이 돼도 꺼질 줄 모르는 불빛에 내 에너지가 다 소진되는 것 같았다. 내 몸에도 늘 불이 켜진 것 같은 느낌이 들었다. 사위가 고요하고 깜깜한 고향의 밤이 그리웠다. 결국 며칠 뒤 고향으로 내려갔다.

마을이 고요하다. 겨우 옷을 갈아입고 사랑마루에 나왔다. 비바람(태풍 글라디스)에 허리가 휘청 굽은 대추나무에 막대기를 고이고 따가운 햇살이 쪼이는 마루에 걸터앉아 담장 너머로 들판을 둘러본다. 영환이네 고추 밭에는 고부가 고추를 따느라 허리를 구부리고 있고 그 너머 들판에도 사람들이 꼬물거리고 있다. 하늘은 파랗고 뭉게구름은 더욱 희고 탐스럽다. (……) 몸을 일으켜 마당을 한 바퀴 돈다. 포도 덩굴은 제법 집 모양을 갖추었고 열매도 거의 검게 익었다. 대추나무도 몇 알의 대추를 달고 햇빛을 먹고 있다. 족두리꽃은 비바람에 치어 땅에 거의 누워버리고 라일락 나무는 허리가 반은 꺾이고 말았다. 고개 들어 하늘을 보며 푸른 하늘과 흰 구름 그 아래 가득 찬 가을 냄새를 듬뿍 마시고 방에 들어와 이불을 개고 문을 열어젖혔다.(1991. 8. 27. 화)

한가위를 지낸 지 사흘, 팔월 열여드레. 하늘은 회색빛이고 내 방 앞 고목이 된 감나무는 이제 기력이 다했는지 시퍼렇고 누런 감들을 채 익히지도 않은 채 낙엽과 함께 떨구고 있다. 집 뒤 밤나무는 아직 밤송이도 밤 잎도 푸른 색 그대로다. 감보다는 더 늦되나 보다. 다람쥐 한 마리가 고목나무를 타고 오르내리며 사방을 두리번거린다. 담 위로 올라가 뒷산으로 사라진다. 미닫이를 열고 잿빛 하늘과 고목이 된 감나무와 떨어진 낙엽을 보며 이 글을 쓰고 있다. 며칠째 무척 통증이 심하다. 또 좋아지겠지만 이렇게 아플 땐 정말이지 막막하고 암담해진다.(1991. 9. 25. 수. 흐림)

처마 끝에서 눈이 녹아 떨어지는 소리가 무척 낭만적이다. 열흘 사이 두 번씩이나 큰 눈이 내려 온통 새하얀 세상이 깨끗하고 신비롭다. 진옥이네는 염소가 새끼를 세 마리 낳았는데 한 마리가 그만 오늘 아침에 죽어 버렸다. 어미가 젖이 모자라 자꾸 밀어내고 품어 주지 않아서 밤새 얼었던 모양이다. 진작에 방에 놓아 키울 걸 그랬다며 안타까워한다. 편지 쓸 곳도 많은데 팔이 아파 쓸 수가 없네. 세실리아 수녀님께는 꼭 소식 드려야 하는데.(1992. 1. 15. 맑음)

고향집은 읍내에서 십 리, 차로 10분 정도 떨어진 곳에 있다. 내가 태어난 곳은 읍내였고, 네 살 때 아버지를 따라 다른 지방으로 이사를 갔다. 그 이후 길게는 6년, 짧게는 2년마다 사는 곳을 옮겨 다녔다. 중학교 2학년 때 잠시 아버지를 따라 고향에서 지낸 적이 있지만 그때는 읍내 사택에서 살았다. 그러다 보니 고향집에서 살아본 건 이때가 처음이다. 고향에서 부모님과 친척들로부터 듣는 이야기가 재미있었다. 얼굴도 보지 못한 할아버지와 증조할아버지에 얽힌 일화들이며 아버지의 학창 시절 등, 내가 태어나기 전 이집에서 살던 가족들의 이야기를 들으며 당시를 상상해 보는 게 즐거웠다. 곳곳에서 그분들의 모습이 구체적으로 그려지고 공간들이 더 살갑게 다가왔다.

우리 집은 산 밑에 있었다. 내가 거처하던 방은 안채에서도 남쪽에 자리한 작은 방이다. 어머니가 처음 시집을 와서 거처하던 방이라 감회가 남달랐다. 방은 남향이라 여름에는 시원하고 겨울에는 해가 깊숙이 들어 따뜻했다. 사계절을 두 번 겪을 동안 살았는데 도시에서는 경험할 수 없는 것들이 참으로 많았다. 밤이 되면 하루살이의 날개가 창호지에 부딪히는 소리까지 다 들릴 정도로 고요하고, 불을 끄면 깜깜한 어둠속에서 편히 잠들 수 있었고, 아침이면 이웃집 부엌에서 들리는 그릇 소리, 새 소리(새 소리에도 각기 다른 사연이 있었다), 호미질 소리, 호박을 따서 담장 너머로 주고받는 소리, 사랑에서 들려오는 아버지와 친척 할아버지의 이야기 소리에 눈을 떴다.

그런 곳에서 가끔은 동네 아이들 숙제도 봐 주고 육촌 동생에게 한문도 가르치고 때로는 어머니를 따라 건너 마을 종조모님께 가서 말동무도 되어 드렸다. 생각만큼 몸이 좋아진 건 아니지만 천천히 흐르는 시간 따라 마음만은 참으로 여유로웠다. 무엇보다도 깜깜한 밤, 내 몸 곳곳의 밀도가 조밀해지고 여기저기 부실한 신체 부위가 무언가로 채워지는 듯하던 그 칠흑 같은 밤, 서울에서는 경험할 수 없는 그런 밤이 지금도 가끔 그리워진다.

단식 & 알밤 소동

이렇게 고향에서 지낸 지 일 년쯤 되던 1992년 9월 『사랑의 손』(이강옥/자연건강치유법에 대한 책)이라는 책을 읽고, 작은오빠와 함께 전라도 광주에 갔다. 지금까지 먹은 오만가지 잡다한 약기운을 단식을 통해 한 번 씻어내는 것도 좋겠다는 생각에서였다. 15일간 마그밀(변비약의 일종)을 다섯 알씩 먹으며 장 속의 변을 모두 배설하고, 20일간 보식을 했다. 그리고 다시 10일간 단식을 하고, 30일간 보식을 하고, 그 다음부터는 일주일에 하루씩 단식을 했다. 1993년 3월 말까지 거의 6개월을 단식과 보식을 번갈아 가며 하다가 93년 4월 중순부터 다시 효소 절식을 2주일간 하고 보식을 한 뒤, 현미 잡곡밥을 먹기 시작했다.

인간은 금지된 것을 욕망하는 속성이 있나 보다. 평소와는 다르게 먹고 싶은 것이 너무도 많았다. 그걸 참느라 날마다 텔레비전 요리 프로그램을 빠짐없이 보면서 요리법을 기록했다. 요리 과정과 만들어진 요리를 상상하면서 식욕을 다스렸다. 당시 일기장엔 일기 대신 온갖 요리법이 빼곡하게 적혀 있다.

몸무게는 39킬로그램으로 빠졌다. 몸무게가 빠지면서 근육도 함께 빠졌다. 고향집에서 건너 마을에 가려면 다리를 건너야 하는데 겨울바람이 세차게 부는 날이면 다리 가장자리로 떠밀려 갔다. 다시 이쪽 가장자리로 와서 걸어가면 어느 새 다시 저쪽 끝으로 밀려가고… 손가락을 지탱해 줄 근육이 다 빠져 버렸기 때문에 손가락에도 변형이 왔다. 생리도 중단됐다. 다시 생리가 시작된 건 그로부터 2년 뒤, 몸무게가 45킬로그램이 되면서였다. 돌아보면 내 몸이 감당할 수 없는 걸 무리하게 했다는 생각이 든다. 그러나 그땐 그런 게 보이지 않았다. 그저 몸을 깨끗하게 비우면 병도 깨끗이 사라질 것이라고만 생각했다. 그런데 엉뚱하게도 태생적으로 약하게 타고난 근육이 사라져 버릴 줄이야!

그 와중에 웃지 못할 해프닝 하나. 1992년 10월 17일 토요일, 오빠와 함께 광주에 다녀오다가 88고속도로변에 차를 세웠다. 그 길을 몇 번 오가는 동안 도로 가에 늘어선 밤나무가 우리 눈에 들어왔다. 얼마 있지 않아 밤이 여물 테니, 주인이 한 차례 떨고 나면 날을 잡아 밤을 줍자고 오빠와 이미 이야기를 해둔 터였다. 오빠는 길에서 좀 떨어진 곳으로 들어가고, 나는 바로 길가 추수가 끝난 콩밭 가에 늘어선 밤나무 밑에서 줍기로 했다. 나무 밑을 살피다가 눈을 들어 밤나무를 쳐다보는데 몇 발자국 앞 늘어진 가지에 탐스런 알밤 세 개가 쪼르륵! 그걸 집으려고 발을 내딛는 순간 내 몸은 중심을 잃고 엎어졌다. 콩 포기를 베고 남은 밑동에 발이 걸린 거다.

비명 소리에 오빠가 달려왔다. 내 얼굴은 온통 피투성이! 오빠는 바로 나를 안아다 차에 싣고 고속도로를 마구 달렸다. 고속도로 순찰대에 걸렸다. 오빠가 몇 마디를 하자 경찰이 내 얼굴을 보더니 흠칫 놀라며 두말없이 보내 주었다. 그 짧은 순간에도 무의식이 작동을 한 덕분에 수술한 무릎과 팔꿈치 관절은 다치지 않았다. 그러자니 장작개비처럼 넘어지는 수밖에 없었고, 바닥에 얼굴을 그대로 갖다 밀어 버렸다. 얼굴이 닿은 그곳엔 밤을 골라내고 남은, 가시가 총총 박힌 마른 밤송이들이 수북하게 쌓여 있었다. 가시 방석(?)이 받쳐 준 덕분에 오른쪽 눈 밑에 찰과상이 좀 있을 뿐 흉터가 남을 만한 큰 상처는 없었다.

다니던 병원엘 갔지만, 토요일이라 의사 선생님은 퇴근하신 후였다. 간호사들이 보더니 족집게를 사서 하나씩 뽑는 수밖에는 달리 방법이 없다고 했다. 그나마 무릎이나 관절을 다치지 않은 게 얼마나 다행스러웠는지. 부모님이 알면 걱정하실 것도 같고 또 꾸중을 들을 것도 같아 대구에서 오빠와 언니네 집을 오가며 가시를 뽑았다. 얼굴 전체에 박힌 짧고 가느다란 가시를 일일이 뽑는 건 무리였다. 며칠 작업을 하다가 중단했다. 그 이후 세수를 하다가 따끔한 게 손에 걸려서 보면 예의 그 가시였다. 일부러 뽑지 않아도 시간이 지나면서 피부가 가시를 밀어냈다. 하나 남김없이 끝까지 밀어내는 데에 한 달도 더 걸렸다.

그리고 일 년 뒤, 10월 어느 청명한 가을 날, 작은올케와 셋이 도시락을 싸 가지고 다시 그 밤나무 밑에 갔다. 그리고 그 아래서 사진을 찍었다. 그날의 그 소동이 사람의 몸에는 스스로 알아서 이물질을 밀어낼 정도의 자연 치유력이 있음을 따끔(!)하게, 그리고 두고두고 확인시켜 준 뜻 깊은(!) 사건이었음을 기념하기 위해서!
물론 그날 알밤도 많이 주워 왔다.

7.
활원운동과
하느님의 목소리

손가락 변형

1993년 4월 말 효소 절식으로 약 8개월에 걸친 단식 대장정을 끝냈다. 수개월간 식욕을 꾹꾹 눌러 가며 지시대로 했건만 차도는 그다지 없는 것 같았다. 그럴 때면 치료사들은 한결같이 말한다. "수술을 하기 전에 왔으면 좋았을 걸"이라고. 수술을 했기 때문에 효과가안 난다는 말이다. 물론 그럴 개연성도 없진 않다. 그렇다면 수술을하기 전에도 끊임없이 치료를 했는데 그건 어떻게 된 건지…. 하여간 5월부터는 정식으로 밥을 먹었고, 식단은 철저하게 자연식으로했다. 주식은 현미 잡곡밥으로 하고, 공장에서 나온 건 일절 먹지않았다. 육식도 하지 않았다.

그나저나 몸무게가 빠지면서 근육이 함께 빠져 버려 손가락이 심하게 변형된 게 속상하고 불편했다. 손가락 가운데 관절들이 심하게 구부러져 물건을 잡기도 어려웠고, 그 부위가 점점 아파왔다. 할 수 없이 나중에는 열 손가락에 모두 반지처럼 생긴 보조기를 끼고 다녔다. 손가락은 그렇더라도 몸이라도 좀 가벼워지면 좋으련만, 피로감이 좀 덜한 걸 제외하고는 관절의 통증도 여전했다.

오른 팔(꿈치) X-Ray. 연골이 다 없어지고 관절이 서로 붙어서 굳어 버렸다. 움직이기 어렵겠단다.(1993. 6. 7. 월. 맑음)

이번 주는 내내 몸이 좋지 않다. 어깨, 귀 옆, 손목 관절이 번갈아가며 쑤시더니 오늘은 머리가 띵하고 메스꺼워 운동은 별로 못하고 줄곧 침대에 누워 있었다. 저녁 먹고 불을 끄고 누웠다가 9시가 되어 일어나 세수하고 나니 좀 개운하다.(1993. 6. 18. 금. 맑음)

단식이 남긴 건 손가락 변형뿐이었다. 주치의에게 조언을 구했어야 하는데 하는 반성을 했지만 어쩌겠는가. 이 상태로 다시 적응을 하는 수밖에 없었다. 그 이후로 점점 변형은 심해졌고, 특히 양쪽 엄지손가락 변형이 심했고 힘을 줄 수 없어 불편했다. 엄지손가락이 얼마나 많은 일을 하고 얼마나 큰 힘을 쓰는지 이렇게 되고 나서야 알게 됐다. 결국 2004년 왼쪽 엄지손가락 접합 수술을 했다. 휘어진 손가락을 반듯하게 만들기 위해 관절 사이의 이물질을 긁어 내고 관절을 움직이지 못하도록 아예 붙여 버린 거다. 다 붙기까지 6개월 정도 걸렸다. 박아 놓은 금속물질이 손가락 겉으로 나와 있었기 때문에 그곳에 물이 닿지 않게 하느라 좀 불편했다.

처음에는 오른쪽 엄지도 수술을 할 생각이었는데 시간이 지나면서 마음을 접었다. 손가락의 관절을 움직이지 못하자 그 주변의 근육들이 약해졌고 힘을 주는 게 점점 어려워졌다. 수술을 하기 전에는 전혀 예상하지 못했던 일이다. 아무리 작은 수술이라도 가볍게 여길 일이 아니구나 싶었다. 물론 인공관절 수술 덕분에 이렇게 걷고 활동할 수 있지만, 눈에 보이지 않게 일어나는 부작용들도 만만치는 않을 것 같다.

'활원운동'을 만나다

고향에서 지내는 동안 가끔 대구에 갔다. 대구에서는 언니와 작은 오빠네 집을 오가며 지냈다. 그러던 어느 날 우연히 신기한 운동 치료법을 만났다.

> 운동원에 가려고 언니와 집을 나섰다가 까리따스 아주머니를 만나 그분을 따라 활원 도장에 갔다. (……) 마지아 선생님. 60쯤 되었을까? 평범해 보이는 아저씨다. 40여 분간 기를 넣는지 이곳저곳을 가볍게 누르더니 가장 편한 자세로 눈을 감고 손끝

하나 까딱하지 말고 누워 있으란다. 30~40분이 지났을까? 이 곳저곳을 누를 때부터 왼팔이 무척 불편하더니 왼팔의 통증은 좀 사라지고 발뒤꿈치와 뒤통수, 오른 팔꿈치가 뜨겁고 따가워 견디기 힘들었다. 그러기를 다시 1시간 30분 정도? 그때부터 는 엉치가 바수어지는 것 같은 아픔이 너무 고통스러워서 큰소 리로 엉엉 울었다. 통증은 강약을 번갈아 가며 날 괴롭혔다. 그 러다가 갑자기 뒤통수가 푹신해지면서 아픔이 사라졌다. 엉치 와 발뒤꿈치는 여전했다. 얼마가 지났는지 다시 뒤통수가 아파 왔다. 언니가 데리러 와서 4시간 만에 고통에서 해방되었다. 그 4시간은 처절하게 나 자신과 싸운 시간이었다.(1993. 6. 25. 금. 맑음)

활원운동(活元運動)이란 걸 처음 한 날의 일기다. 활원운동은 자기 몸을 스스로 움직이게 함으로써 불편한 부분을 바로잡는 운 동이다. 일단 도장에 가면 준비운동을 하는데, 이때 하는 호흡이 우 리가 평소 하던 것과는 반대이다. 팔을 들어올리는 동작을 할 때 숨 을 들이쉬는 게 아니라 내쉬고, 내릴 때 들이쉬는 것과 같은 식이 다. 그리고 최초로 몸에서 저절로 움직임이 일어날 때까지는 절대 몸을 움직이지 않는다. 그러다 보면 몸에서 반작용이 일어난다. 내 의도와는 상관없이 몸이 저절로 움직여지는 것이다. 그로부터 수 년 뒤 이 운동을 설명한 책을 읽었다.

인간이 자연스럽게 살려면 자기 내부의 능력을 인식하고 그 능력을 사용하여 스스로 튼튼하게 되는 것 이외에는 다른 도리가 없다. 자연적으로 일어나는 몸의 긴장과 이완이 조화를 이루면서 탄력이 넘치는 몸을 유지하면 튼튼하게 되기 위하여 비용이나 시간을 들일 필요가 없는 것이다. (……) 활원운동이란 무의식적으로 재채기를 하거나 하품을 하거나 아픈 곳에 손을 대거나 하는 것처럼 몸이 저절로 움직여지는 운동이다. 일반적으로 활원운동이 병의 치료법이라든가 건강법으로 이해되고 있는 듯하지만, 그것은 어디까지나 결과이지 목적은 아니다. 체조나 체육은 몸을 의식하고 움직이지만, 우리들의 생존을 위해서는 의식적인 움직임보다 무의식의 움직임이 더 소중하므로 무의식이 행해지는 추체외로계(椎體外路系) 운동을 적극적으로 훈련해서 일상생활에서 활용하고자 하는 것이 여러분에게 활원운동을 권하게 된 이유이다.(김용태 편저, 『기력을 높이는 활원운동』, 호영, 2002, 102~103쪽)

추체로와 추체외로는 모두 우리 몸의 운동신경이 지나가는 곳이다. 뇌에서 보낸 명령은 이곳을 통해 몸의 근육 등으로 전달된다. 그 중 추체로는 수의운동을 담당한다. 즉 세수를 하고 신발을 신고 급하면 달리고 글을 쓰기 위해 자판을 두드리는 등 우리들이 의식적으로 하는 움직임들이 이에 속한다. 이에 반해 추체외로는 반사적인, 무의식적인 운동을 담당한다. 즉 심장이 뛴다거나 위장이 연동운동을 한다거나 하는 것 등이다. 활원운동은 이 추체외로의 운동을 적극적으로 훈련하여 몸이 알아서 저절로 움직이도록 하는 것이다.

한 번 그곳에 간 후 나는 그 운동에 끌렸다. 지금까지와는 달리 내 몸이 스스로 움직이며 몸을 바로잡는다는 점, 그리고 어느 정도 훈련을 하고 나면 집에서 스스로 할 수 있다는 점이 매력적이었다. 그러나 첫날의 그 고통이 너무 극심해서 어떻게 할지 좀 고민을 하다가 한 달 뒤 다시 그곳을 찾았다. 도장 내부는 넓었고 바닥에는 다다미가 깔려 있었다. 다다미는 표면이 매끄러워 움직임은 자유로우면서도 바닥을 치거나 이런저런 운동을 할 때 몸을 다치지는 않을 정도의 쿠션이 있어 활원운동을 하기에는 안성맞춤이었다. 지도 선생님께 기를 받고 세 가지 기본운동을 한 다음 자리에 꼼짝 않고 누워 있다가 저절로 눈이 떠질 때 일어나 집으로 왔다. 중간에 의식적으로 눈을 뜨려고 하면 접착제가 붙은 듯 잘 안 떨어졌다. 처음 한 달은 일요일을 제외하고는 매일 갔다.

어, 목이 저절로 돌아가네!

누운 지 2시간 후부터 통증이 극에 달해 소리치며 울었다. 운동이 끝나고 일어나려 하니 모든 관절이 굳어서 매우 힘들었다. 일어난 후에도 계속 통증이 남아 있다. (1993. 7. 26. 월. 맑음)

운동 시작 후 1시간부터 통증이 시작되더니 장장 6시간 30분간 강약을 번갈아 가며 계속되었다. 뒤통수, 꼬리뼈, 팔꿈치, 발뒤꿈치. 인간은 누구나 혼자다. 더구나 극한 상황일수록 그 누구도 자신이 되어 줄 수는 없다. 그 처절한 고독, 고통. 과연 앞으로 내가 이런 고통을 계속 참을 수 있을까? 두렵고 막막하고 괴롭고 외롭다. 뒤통수와 꼬리뼈에 큰 혹이 났다.(1993. 7. 27. 화. 맑음)

'정말 견디기 힘든 통증이다. 몸을 뒤척이는 순간 이 통증이 사라질 것을 안다. 그러나 나는 참을 수밖에 없다. 내 몸이 스스로 알아서 움직인다는 이 운동을 꼭 하고 싶다. 누군가가 운동을 하게 하는 게 아니라 나 스스로 하는 운동을, 그것도 내가 의식적으로 하는 게 아니라 저절로 움직이게 된다니 그 경험을 꼭 하고 싶다. 전신 관절에 문제가 생긴 나로서는 이보다 더 맞는 운동이 없다. 내 의지로 하려면 목부터 발끝까지 모든 관절을 움직여줘야 한다. 그렇게 하자면 통증이 있으니 자꾸만 운동을 멈추거나 약하게 하거나 피하고 싶은 마음이 든다. 그런데 이건 자기가 알아서 한다지 않나. 그게 어떤 건지 궁금하다. 이 고통을 견뎌서 더 이상 방황하지 말고 내 몸을 스스로 관리하자.'

이렇게 스스로에게 다짐을 주며 비록 소리쳐 울망정 누워서는 손끝 하나 까딱하지 않았다. 하루 평균 5시간 이상을 그렇게 꼼짝없이 누워 있었다. 보통 아침을 먹고 오빠 차를 타고 도장에 가면 9

시나 9시 30분. 기를 받고 준비 운동을 하고 눕는 시간은 보통 9시 30분에서 10시. 눈이 떠져서 일어나면 대개 오후 3~4시. 그동안 몸 곳곳, 특히 바닥에 닿은 부분의 통증은 정말 끔찍했다. 발뒤꿈치는 달궈진 프라이팬에 올려놓은 듯하고, 뒤통수는 시멘트 바닥에 사정없이 문질러대는 것 같았다. 이 두 곳의 통증이 가장 심했다. 5일째 되는 날에는 통증의 강도가 조금 약해져서 울지는 않았다. 그러다가 8일째 되는 날 처음으로 목이 저절로 돌아가는 것 같은 움직임이 일어났다. 그러나 저절로 일어난 건지, 내가 너무 아파서 의도적으로 움직인 것인지 아리송할 정도의 미미한 움직임이었다. 그러다가는 또 새로운 곳이 못 견디게 아프고 그래서 또 울고불며, 그렇게 하루 이틀 시간이 흘렀다.

열흘이 되는 날, 갑자기 목 움직임이 활발하게 일어났다. 자고 있거나 의식이 없는 건 아닌데, 내장이 내 의지와 상관없이 움직이듯이 그렇게 저절로 목이 움직였다. 처음 류머티즘을 앓기 시작할 때 양쪽 가운데 손가락에서부터 손목, 어깨, 목, 턱 관절이 동시에 아파서 움직임이 힘들었다. 특히 목을 좌우로 움직이는 게 여의치 않아서 불편했다. 횡단보도를 건널 때면 온몸을 돌려서 주변을 살펴야 했고, 친구가 뒤에서 불러도 로봇처럼 몸을 돌려서 봐야 했다. 그런데 활원운동을 하고 맨 먼저 움직임이 일어난 곳이 목이었다. 아기들이 도리도리를 하듯이 좌우로 돌리는 목 운동을 끊임없이 했다. 그러면서 동시에 오른쪽 다리 운동을 통해 널뛰다가 떨어져서 다쳤던 그 꼬리뼈 부위에 끊임없이 자극을 주었다. 그때까지도 누우면 꼬리뼈 옆이 '뚝' 하는 소리가 나야 편안했는데, 오른쪽 다리를 끊임없이 움직여 그 부위의 어긋난 뼈를 맞추려는 것 같았다. 어떤 날은 누운 채, 기계체조를 하듯이 도장 안을 한바탕 휘젓고 다니기도 했다.

하느님과 대화하다

넓은 도장을 좁다 하며 사방을 휘젓고 활발하게 운동을 하던 어느 날, 입에서 말이 마구 쏟아져 나왔다. 분명히 내 입에서 나오는 말인데 내가 아닌 내 안의 어떤 힘이 그걸 하고 있는 듯한, 참으로 이상한 느낌이었다.

일요일 밤부터 시작된 활원운동에 온 식구(작은오빠네 식구들)가 넋이 나가 버렸다. 그때 일을 다시 생각하면서 적어 본다.

저녁에 전복죽을 먹었는데 몇 순가락 먹으니 왼쪽 갈비뼈 밑이 체한 듯 아팠다. 그래도 맛이 있어서 한 그릇을 다 먹었는데 영 좋지 않아서 침대에 누웠다. 시계를 보니 7시 20분이어서 조금 있다가 '엄마의 바다'(당시 주말드라마였던가 보다)를 봐야지 생각했는데 갑자기 체한 듯한 부분이 꿈틀꿈틀대더니 팔다리가 막 움직여서 언니(작은올케)가 안아서 바닥에 내려놓으니 활발하게 (운동이) 일어나더니 갑자기 입이 막 움직이면서 온갖 말이 다 튀어나왔다.

그러더니 오빠를 치료해 준다며 머리 뒷부분과 목뼈를 너무 눌러 목에는 손톱자국이 나서 (……) 내 손이 약손이 되었고 하느님이 그것을 원하신다는 거다. 그리고 헌이와 열이(조카들)를 불러 한참 훈계(?)를 했다. 그러기를 새벽 2시까지. 그 이후 불을 끄고 자리에 누워서 자면서도 계속 움직이는 운동이 일어났고 아침에 일어나서도 계속되다가 (아침) 8시에 끝이 났다.

그런데 내가 이상하다고 느꼈다. 농(옷장) 정리를 할 때도 뭔가 정상이 아니었다. 묵주의 기도를 바치고 부엌에 갔다가 오는데 오른쪽 팔이 움직이더니 방 안을 빙빙 돌면서 팔운동을 계속했다. 그러다가 갑자기 꼬리뼈가 들어가는 기적이 일어났다고 소리쳐서 언니가 달려오고.

점심 식탁에서도 이상한 행동을 해서 언니는 병원에 데리고 갈 생각을 했단다. 월요일에 활원도장에 가서 선생님께 여쭈어 보니 치료의 한 과정이란다. 안심이다.(1993. 8. 10. 화. 비, 바람-태풍 '로빈')

이때는 내가 말을 참으려고 입을 꼭 다물면 잠시 멈추었다가 마음을 놓는 순간 다시 터져나오곤 했다. 중학생이던 조카들은 슬금슬금 나를 피했다. 체력이 떨어지면서 기가 약해 일어나는 부작용이라는 설명을 듣고는 안심이 되었다. 그후로도 여전히 움직임이 격렬하게 일어났고, 내 의지로는 절대 하지 못할 동작들을 했다.

그러나 내 안에 어떤 다른 힘이 말을 하고 있다는 느낌은 사라졌다.
그러면서 하느님과 대화가 시작되었다.

> 오늘 아침에도 일어나면서부터 하느님과 대화가 시작되었다.
> 끊임없이 주고받으며 모든 일을 했다. 그래도 전처럼 '내가 이
> 상해진 건가?' 하는 의심은 조금도 없고 마음이 평화롭고 기쁘
> 고 즐겁고 성가가 절로 나왔다. 도장에 가서도 마음이 편안했고
> 운동도 활발하게 일어났다. 모든 운동이 끝나니 11시 35분이었
> 다. 오빠가 데리러 올 때까지 시간이 있어서 떡과 토마토를 먹
> 고 묵주의 9일기도를 바치는데 잠이 왔다. 언니 곁에 누워 살짝
> 잠이 들었다가 깨어 하느님과 또 대화를 나누었다.
> 하느님은 내 오른팔을 추석에 모든 가족이 모인 자리에서 펴게
> 해 주겠다고 하셨다. 그러니 그동안 열심히 운동을 하라고 하셨
> 다. (……) 너무 많은 말과 약속이 있어서 다 쓸 수가 없다. 하지
> 만 정의는 하느님의 종이 될 거라는, 다시 말하면 수녀님이 될
> 것이라 하신 말씀을 적어 두고 싶다.(1993. 8. 14. 맑음)

어느 때부터인가 하느님의 목소리는 더 이상 들리지 않았다.
그러나 여전히 운동은 계속됐다. 식이요법도 함께 했는데 몸이 많
이 가벼워졌다. 그리고 그렇게 아프던 발뒤꿈치에서 누르스름한
물이 나오기 시작하더니 한 열흘 정도 계속됐다. 양말이 다 젖어서
휴지를 두툼하게 받쳐 놓아도 금세 흥건해질 정도로 흘렀다. 손톱

옆 피부 저 밑에서 좁쌀 같은 피멍이 보이면서 점점 피부 위로 올라와 나중에는 그것이 터지면서 거기서도 누르스름한 물이 나왔다.

시간이 지나면서 몸 여기저기, 내가 생각지도 않은 부위에서도 운동이 일어나곤 했다. 어느 날에는 엎드린 채 얼굴을 좌우로 움직이는 운동이 일어나면서 눈썹 부위를 다다미에 문질러 댔다. 그러고 나면 두 눈이 토끼 눈보다 더 빨갛게 충혈이 되었다. 그러기를 며칠 반복하다가 문지르기를 그치면 충혈됐던 눈이 말끔해졌다. 어떤 날은 준비 운동을 하고 누워 있다 보면 저절로 몸을 일으켜 앉은 자세를 한 다음 양 다리를 손으로 마사지하듯이 두드리기도 하고 때리기도 했다. 그렇지만 하루도 거르지 않고 일어나는 건 목을 좌우로 돌리는 것과 다리를 움직이며 꼬리뼈 옆 어긋난 뼈를 맞추는 (것 같은) 운동이었다.

활원운동은 그 이후 내 일상의 한 부분이 되었다. 하루에 한 번 혹은 이틀에 한 번쯤은 이 운동을 했다. 최근까지도 가끔 온몸이 찌뿌둥할 때는 이 운동을 한다. 그런데 하느님이 그해 추석에 펴 주시겠다던 오른쪽 팔꿈치는 3년 뒤인 1996년 2월, 인공관절 치환술을 받고서야 조금 움직일 수 있게 되었고, 수녀가 된다던 조카는 시집가서 아들 둘을 낳고 살고 있다.

8.
세상
속으로

"내 뭐하꼬?"

병과 함께 살자고 마음을 바꿔 먹자 일을 해야 했다. 무릎 수술을
하기 전, 휠체어를 타고 생활하던 때에도 늘 일을 하고 싶었다. 처
음에는 병에 짓눌려 다른 일을 할 엄두도 내지 못했지만 차츰 통증
에 익숙해지자 무료했고 부모님께도 죄송했다. 아버지 퇴직 시기
는 다가오는데 월급은 대부분 치료비에 들어가고 있었다. "내 뭐하
꼬?"라는 말을 입에 달고 살던 어느 날 어머니가 주부들을 대상으
로 하는 가계 부업 하나를 구해 오셨다. 수출용 안경테에 검은 가죽
을 붙이는 일이었다. 꼼꼼하게 각을 딱딱 맞추는 내 성격에 딱 맞
았지만 정교한 손놀림이 필요한 일이라 쉽지는 않았다. 침대 위에 작
은 책상을 놓고 조금 하고 누웠다가 다시 하기를 반복했는데, 힘은

들었지만 내 손으로 뭔가를 하고 있다는 게 즐거웠다.

그러기를 사흘쯤 했을까? 본드 냄새 때문에 구토가 심하게 일어났고, 허리를 구부리고 앉아 가죽을 오리고 붙이느라 용을 써서 그런지 마지막 날엔 침대에서 일어나기조차 어려웠다. 하루에 천원 꼴로 삼천 원을 벌었다. 이게 내가 일해서 번 최초의 돈이구나! 뿌듯했다. 그러나 더 이상 하는 건 무리였다. 다시 시각장애인협회에 전화를 걸어 음성책자 만드는 일을 하고 싶다고 했지만, 그건 따로 마련된 녹음실에 가서 해야 한단다. 하는 수 없이 점자 봉사를 신청했다. 며칠이 지나지 않아 점자를 찍느라 손목이며 손가락이 퉁퉁 부은 걸 본 봉사자는 그만두는 게 좋겠다고 했다.

이렇듯 늘 일이 하고 싶었던 터라 조금이나마 걷게 되자, 더욱 일이 하고 싶었고 먹고 살려면 일을 해야 했다. 고향집에서 지내던 94년 봄, 신문에 난 '독서지도사' 모집 공고를 보았다. 휠체어를 타고서도 늘 '뭐하꼬'를 뇌이던 나에게 평소 하고 싶었던, 책과 관련된 일이 나타났으니, 그리고 이제는 두 다리로 걸을 수 있기까지 하니 망설일 이유가 없었다. 고향에 다니러 온 큰오빠를 따라 상경했다. 목발을 짚은 채 역삼동에 있는 '한우리 독서문화운동본부'를 찾아갔다. 상담 후 통신으로 수강할지 직접 출석 수업을 들을지 고민해 보기로 하고 고향으로 내려왔다.

당시 양약 복용을 중단하고 일상생활을 겨우 영위할 때라, 여전히 오전에는 관절 강직으로 힘이 들었고 통증들이 전신 관절을 돌아다녔다. 프로그램 수강을 하려면 약을 먹지 않고는 힘든 상황이었고, 더군다나 수업은 아침부터 시작한다고 하니 난감했다. 그 무렵 통증 때문에 괴롭기도 하고, 사람들과 함께 공부를 하고 싶기도 해서 약을 다시 먹어 볼까 하는 생각도 없지 않았고, 한편으로는 기왕에 약을 끊었으니 조금 더 참고 지내 보자는 마음도 없지 않았기에 결정을 내리기가 쉽지 않았다.

독서지도 워밍업

출석 수업을 하기로 결정하는 과정에 또 다른 곡절이 좀 있었다. 적극적이신 어머니는 뭐든 생각하는 대로 해 보라고 격려해 주셨지만, 아버지가 문제를 제기하셨다. 대학까지 다녔으면 그동안 책도 읽고 글도 쓰고 했을 테고, 전공 또한 국문학인데 왜 굳이 위험하게 거길 오가려 하느냐는 말씀이셨다. 일리가 있는 걱정이시다. 당시 나는 아직 혼자서 걷는 게 완전하지 않아서 비라도 오는 날이면 큰 올케가 데려다 주었고 가끔은 목발도 짚어야 했으니까.

그러나 내가 출석 수업을 받으려 했던 이유는 다른 데 있었다. 대학 2학년 때 류머티즘을 앓기 시작한 이후 입원과 퇴원을 반복하며 병원생활을 한 게 바깥생활의 전부인 내게는 다른 사람들과 섞여서 무얼 한다는 게 불안하고 두려웠다. 게다가 몸도 자유롭지 못한 상태이지 않은가. 그래서 사람들과 어울리며 불안감을 극복해 보고 싶었다. 이런 내 생각을 말씀드렸고 아버지는 내 처지를 이해

해 주셨다. 아버지도 내가 뭔가를 하면서 살기를 누구보다 바라셨지만, 소심하고 겁이 많은 분이셨기에 걱정이 되셨던 거다.

독서지도사 과정에 등록을 하고 류머티스 내과를 찾아 진료를 받았다. 그 병원에서 처방한 특효약은 면역억제제인 MTX(메토트렉세이트). 말 그대로 면역력을 떨어뜨리는 약이었다. 항체가 자기 몸을 공격해서 류머티즘이 생긴다고 보기 때문에 그 공격력을 떨어뜨리기 위한 처방이다. 복용 이후 첫 일 년은 감기를 달고 살았고 속도 울렁거렸지만 차츰 익숙해졌다. 그래도 이 약을 먹으면서 그해 10월부터 6개월간 독서지도사 과정을 무사히 마쳤고 사람들도 사귀었다. 그렇다고 바로 일을 할 수 있는 건 아니었다. 어떻게 시작을 해야 할지 아이들은 어떻게 모아야 할지 거쳐야 할 과정이 한두 가지가 아니었다. 이대로 시간이 흐르면 그냥 주저앉을 것 같았기에 우선 어디서건 경험을 해야 했다.

때마침 용인시 수지구에 있는 한우리 독서문화운동본부 지부에서 교사를 구한다는 공고를 보고 찾아갔다. 원장을 만나 강사료는 받지 않아도 좋으니 아이들을 가르쳐 보고 싶다고 했다. 마침 중학생 한 명이 있는데 가르쳐 보겠냐고 했다. 학원에서도 한 학생을 위해 강사를 구하기에는 수지 타산이 맞지 않고, 그냥 내보내자니 중등 담당 강사가 없다는 소문이 나면 학원 이미지에 타격이 있을까 봐 고민 중이었다고 했다. 수업은 재미있었다. 아픈 동안에도 방학이면 늘 조카들과 같이 놀기도 하고 공부도 하며 시간을 보냈기에 아이들과 소통하는 건 그다지 어렵지 않았다.

원장은 고맙게도 그 학생이 내는 수강료를 내게 주었다. 안경 다리 부업 때와는 또 다른 기분이었다. 그 학원에 다니는 동안에는 분당 셋째오빠네 집에서 지냈다. 갈 때는 택시를 타거나 버스를 타고 혼자 갔고 올 때는 오빠가 퇴근길에 데리러 왔다. 그렇게 6개월쯤 다니면서 뭔가 하면 될 것 같은 자신감이 조금씩 생겼다. 본격적으로 일을 해 보고 싶어서 서울 큰오빠네 집으로 왔다.

그런데 교통편을 이용하는 게 쉽지 않았다. 늘 택시를 타고 다닐 수도 없고 버스를 이용하자니 어려운 일이 한두 가지가 아니었다. 요즘처럼 정류장에 의자가 있는 것도 아니어서 서서 기다리는 것도 힘들었고, 승하차도 예삿일이 아니었다. 교통 체증으로 시간에 쫓길 때면 내리는 사람이 없고 기다리는 사람도 많지 않은 정류장은 그냥 지나치기가 일쑤였고, 정류장에 선다 하더라도 일정하게 서는 위치가 정해져 있지 않았다. 저만치 지나가서 서기도 하고 정류장에 채 도착도 하기 전에 사람을 태우고 가 버리기도 했다. 한마디로 기사 맘이라, 정류장 상황에 따라 사람들이 이리저리 뛰어야 차를 탈 수 있었다. 그러니 뛰기는커녕 빨리 걷기도 어려운 내가 버스를 타기란 수월한 일이 아니었다. 운 좋게 탔다 하더라도 내리는 건 더 무서웠다. 한 발을 겨우 땅에 딛고 미처 완전히 내려서기도 전에 버스가 출발할까 봐 여간 조마조마한 게 아니었다. 그러다가 한 번은 채 내리지도 않았는데 기사가 문을 닫으려는 바람에 승객들이 소리쳐서 겨우 사고를 면한 적도 있었다. 게다가 어제까지 있던 횡단보도가 사라지는 일도 많았다. 교통 흐름을 원활하게 하기 위해 그 자리에 육교를 세운 것이다. 그럴 때면 정말 화가 났다. 육교를 건너기 어려운 사람은 오래 기다리더라도 횡단보도로 건널 수 있는 선택권을 줘야 하는데…. 몇 번 무단횡단을 하다가 운전면 허를 땄다.

드디어 독립

독서지도 워밍업도 했고 운전면허증도 받았으니 일할 준비 완료! 그때 어머니가 독립을 거론하셨다. 나도 오래전부터 바라던 바였 다. 약간의 두려움은 있었지만, 친구들처럼 내 살림을 직접 꾸리며 살아보고 싶었다. 아버지와 큰오빠는 반대를 했다. 경제적으로도 이중으로 돈이 들 뿐 아니라 몸도 불편한데 혼자 사는 건 위험하다 는 거다. 그러나 어머니의 생각은 달랐다. 어머니는 당신들이 돌아 가신 뒤 독립을 하게 되면, 내보내는 오빠도 마음에 걸리고 나가는 나도 서러울 거라며, 당신들이 계실 때 독립을 하는 게 옳다고 하셨 다. 그리고 조카들이 하나둘 시집을 갈 때가 됐으니 내가 독립을 하 는 게 피차에 편하다는 논리로 아버지와 오빠를 설득했다. 사실 나 도 같은 생각이었다. 조카의 신랑감이 드나들자 오빠네 식구하고 만 살 때와는 달랐다. 누가 그렇게 생각하지 않아도 스스로 내가 군 식구 같은 느낌이 들었다.

1996년 6월 22일, 드디어 독립을 했다. 큰오빠네 집에서 멀지 않은 곳에 집을 얻었다. 내게도 이런 날이 오다니! 태어나서 처음 내 이름으로 계약을 하고 전화를 놓고 내 살림들을 장만했다. 갑자기 내가 어른이 된 것 같았다. 처음 며칠은 어머니가 함께 계셨고, 오빠와 올케들도 살림을 정리해 주느라 자주 드나들었다. 독립을 축하해 주는 친구들과 친척들의 방문도 한동안 이어졌다. 그러다가 방문객의 발길이 뜸해지자 문득문득 서글픈 마음이 들기도 하고 과연 잘 살아갈 수 있을까 하는 불안감도 불쑥불쑥 올라왔다. 특히 해질녘 집집마다 불이 켜지고 계단을 오르는 발소리가 분주하고 초인종 소리가 여기저기서 들릴 때면 혼자라는 게 확 느껴지면서 여간 허전한 게 아니었다. 그해 여름방학엔 언니네 아이들 남매가 와서 독립 첫 해의 허전함을 채워 주었다.

그러면서 친구 소개로 독서지도를 하기 시작했다. 내가 살던 곳은 과천이었고 처음 독서지도를 시작한 곳은 대치동이었다. 버스를 타고 다니는 게 힘도 들었고 시간도 많이 걸렸다. 수입 또한 얼마 되지 않았다. 필수 생활비를 분야별로 책정하고 그걸 4주로 나누어 한 주 분의 돈을 쓰고 나면 다음 주가 될 때까지 지출을 최대한 자제했다. 통장에 잔고가 달막달막할 때는 불안했다. 그럴 때면 오빠네 집에 들러 밥도 먹고 이야기도 하면서 불안감을 달랬다.

막상 원하던 독립은 했는데 사는 게 그렇게 녹록하지만은 않았다. 독립해서 살아간다는 건 나와 내가 거처하는 공간을 온전히 책임진다는 뜻이다. 그 좁은 집 한 칸 청정하게 유지하는 것도, 기껏나 혼자 먹을 음식을 준비하는 것도 쉽지만은 않았다. 생활비는 빠듯했고 조금만 게으름을 피우면 빨래가 밀리고 먼지가 쌓였지만, '우렁각시들' 덕분에 그럭저럭 혼자살이에 적응해 갔다. 수업을 마치고 돌아와 현관문을 들어서면 집안 구석구석 올케가 다녀간 흔적이 보이고, 구수한 밥 냄새와 찌개 냄새가 나면 지친 몸과 맘에 힘이 솟았다. 독립 첫해 겨울, 감기에 걸렸을 때 대구에서 언니가 보낸 김치와 밑반찬, 생강차와 꿀 등등이 담긴 택배 상자는 또 얼마나 따뜻했는지.

때로는 지치기도 하고, 두렵기도 하고, 불안한 맘도 들었지만, 그럴 때면 곁에서 내밀어 주는 따스한 손길들이 있어 다시 마음을 다잡고 용기를 내어 세상 속으로 한 발 한 발 걸어갔다.

3부 자립

(1997~2006)

9.
계산서엔
없는 것

"처음으로 한 개 사람으로 된 것 같은"

1997년 봄, 개포동으로 이사를 하고 소형 중고차도 한 대 마련했다. 독서지도 그룹이 두 팀으로 늘어나면서 겨우 생활비는 충당할수 있었다. 그러나 병원비가 많이 들 때면 여전히 부모님의 도움을받았다. 그러다가 98년이 되면서 수업도 늘어나고 독서지도 교재도 만들고 독서지도사 과정 강의도 하게 되었다. 그러면서 더 이상부모님의 도움 없이 생활을 할 수 있게 되었다. 전문 분야가 생기고경제적으로도 자립을 하고 나니 이제야 비로소 완전한 성인이 된듯했다. 내가 번 돈으로 병원 진료비를 내던 그날의 뿌듯함이라니!1983년 봄, 두 발로 서서 대구 파티마병원 수녀원 뜰의 감나무를바라보던 그날과는 또 다른 기쁨. "처음으로 한 개 사람으로 된 것 같은 자신"이 생겼다.

　오랜 시간 그 어떤 것에도 의지하지 않고 두 다리로 우뚝 서서 '친구'와 함께 앞날을 이야기하며 나란히 걷고 싶다는 바람이 얼마나 간절했는지. 아마도 직립을 하는 인간에게는 혼자서 자신의 두 발로 설 수 있을 때 비로소 존재감을 가질 수 있는 유전 정보가 있는 듯하다. 어린아이가 태어나면 누가 가르쳐 주지 않아도 넘어지고 또 넘어져도 일어나고 또 일어나면서 혼자서 서고 걸으려고 얼마나 애를 쓰는가. 그 소망이 이루어지고 다시 10년이 지나 부모님께 의존하지 않고 내 힘으로 돈을 벌고 내 삶을 책임질 수 있게 되었다는 데서 오는 충만감은 말로는 다 표현하기가 어려웠다.

　독립 이후 생활에도 많은 변화가 왔다. 자리가 사람을 만든다는 게 이런 뜻일까. 자신이 어떤 상황에 놓이는가에 따라 몸도 마음도 새롭게 세팅이 되는 것 같다. 먹고사는 것에서부터 그 밖에 일상을 살아가는 데 필요한 소소한 모든 일들까지 모두가 내 몫이라는 데서 오는 책임감. 그것이 부모님과 살 때와는 전혀 다른 태도를 갖게 했다. 식사 준비를 해도 지금 먹을 것만을 생각하는 게 아니라 다음 끼니를 생각하고, 장보기를 할 때도 먹고 싶은 것만 생각하는 게 아니라 가계부를 떠올렸다. 한 달 수입으로 그달 그달 모자라지 않게 살아가려면 규모 있게 살 수밖에 없었다. 그런데 그렇게 한 달을 살고 나면 뭔지 모를 쾌감이 있었다. 무사히 살아냈다는 데서 오는 스스로에 대한 대견함이 그 다음 달을 살아갈 수 있는 힘을 주었다. 한참 뒤 이 경험을 바탕으로 서른이 넘도록 부모 곁을 떠나지 않고 있는 조카의 독립을 권유했다. 조카는 중국인 관광객을 상대로 여행 가이드를 했는데, 부모와 함께 살 때는 이 일은 이래서 싫고 저 일은 저래서 싫다며 배짱을 부리더니, 독립을 하고 나자 어떤 일이든 군소리 없이 했다. 역시 자기 살림을 살게 되니 태도가 달라졌다.

아버지와 오빠가 독립을 만류할 때 "그게 그래(그렇게) 계산대로 가는 게 아이다(아니다). 따로 나가야 니 살림이 생긴다. 같이 있으면 평생 얼라로(어린애로) 산다"라고 하시며 망설이지 말고 나가길 권하셨던 어머니의 이 말씀에 어떤 뜻이 있었는지 알 것 같았다.

초짜 선생

세대 독립에 이어 경제적으로 자립을 하면서 비로소 사람이 된 듯한 자신감이 생겼다고 했지만, 거기엔 많은 난관들이 있었다. 그 중 가장 힘들었던 일은 독서지도였다. 처음 2년 정도는 학생들이 좀 왔으면 하다가도 막상 부탁이 들어오면 덜컥 겁이 났다. 그리고 수업이 생각만큼 잘 안 될 때는 금방 풀이 죽고 우울해지면서 의기소침해지곤 했다.

우울하다. 자신이 없다. 죽음이 두렵다. 늙는 것이 두렵다. 아니 살아간다는 것이 힘들고 무섭다. 가르친다는 것도 자신이 없다.

혼자라는 것이 슬프다. 불안하다. 말 안 듣는 아이들이 밉다. 지금 이곳에서 도망치고 싶다. 도피하고 싶다. 엄마 곁으로 가고 싶다. (……) 여기서 탈출해야 한다. 아니, 그냥 있어도, 굳이 빠져나가려 애쓰지 않아도 며칠 후면 기분이 회복되리라는 걸 알고 있다. 늘 그래 왔으니까. 그러나 지금 이 기분, 견디기 힘들다 힘들어.(1997. 1. 12. 일. 맑은 것 같았다)

오늘은 수업이 모두 엉망이 되어 버렸다. 성경이네는 너무 어려운 내용을 선택해서, 성국이네는 아이들이 수업 준비를 안 해 와서. 갑자기 가르친다는 것이 짐스럽고 자신이 없다.(1997. 6. 25. 수. 폭우/장마 시작)

독서지도를 시작한 초기에는 그날 수업 분위기에 따라 감정이 요동쳤다. 수업이 잘 안 풀린 날이면 저녁에 일기를 쓸 때 그날 날씨가 맑았는지 흐렸는지 모를 만큼 내내 위축된 채 지내기도 하고, 갑자기 아이들을 가르친다는 게 너무 부담스러워졌다. 그럴 때면 다 그만두고 싶었지만 당장 먹고 살아야 하니까 그럴 수도 없었다. 물론 부모님께로 돌아가면 먹여 주고 재워 주긴 하시겠지만, 나이 마흔이 다 되어 겨우 독립이라는 걸 했는데 다시 연로하신 부모님께로 돌아간다는 건 너무 부끄러운 일이었다. 어떻게 하든 살아봐야 한다. 우선 수업 관련 공부를 더 착실히 하기로 마음을 먹고 틈나는 대로 도서관엘 갔다.

개포 도서관에 가서 북한 관련 자료를 보다가, 김일성에 대한 내용이 내가 알고 있던 것과 달라, 정작 찾아야 할 자료를 제쳐두고 흥미롭게 읽었다. 가짜 김일성의 내막, 북한의 군비증강을 보는 관점 등등. '역사'라는 것을 다시 생각해 본다. 역사가 객관적일 수 있는가? 에어컨이 너무 세서 머리가 아프고 춥다. 시사 잡지를 다 못 보고 집으로 왔다.(1997. 8. 1. 금. 더위 계속. 맑음)

모처럼 조용한 수요일이었다. 수업이 금요일로 옮겨지고 정말 오랜만에 푹 쉬었다. 지금까지 너무 바깥으로만 돌았다. 내게 필요한 것을 누군가의 입을 통해 충족시키려 했고 그것이 가치 있다고 생각했다. 한우리, 해오름, 논술학교, 역사강좌, 연수회 참가. 평생교육원…. 정말 바쁘게 살았다. 바쁜 만큼 내 실력이 차근차근 다져지고 있다고 생각했고, 그것이 내 재산이 되리라 생각했다. 그런데 지금까지 내가 정열을 쏟아 가며 얻었던 것들이 내 것이 아니라는 걸 깨닫는 순간 무척 허탈했다. 그것은 그냥 이 구석 저 구석에 쑤셔 넣어 놓아 정작 쓰려고 할 때에는 무엇을 어디에서 어떻게 꺼내 써야 할지 알 수 없는 지식의 편린들에 불과했다. '독서지도사 과정 강사', '논술학교 교사'라는 일이 주어지자 난 주저했고, 그 순간 내가 지금까지 쌓은 경험과 지식들이 체계화되지 못했다는 것을 알게 되었다. 이제는 차분히 내게 필요한 것이 무엇인지를 스스로 진단하고 계획해서 그것을 채워 나가야겠다.(1998. 3. 4. 수. 맑고 포근했다)

아이들을 가르치기 시작한 뒤 몇 달간은 매 시간 수업 계획안을 '꼼꼼하게' 준비했다. 그러다 보니 계획한 대로 해야 한다는 강박관념이 작동을 했고, 시시때때로 달라지는 아이들의 기분 상태나 과제 수행 정도에 유연하게 대처하기가 어려웠다. 운 좋게 계획대로 되는 날은 자신감이 충천했지만, 그러지 못할 때는 패잔병이 되어 집으로 돌아온다. 이런 감정의 오르내림이 너무 힘이 들었다. 그래서 내가 하고 싶은 공부를 하자는 처방을 내리고, 이런저런 책을 찾아 읽으면서 정리도 하고 그걸 바탕으로 수업 방법도 연구하고 수업 자료도 만들었다. 그러다 보니 점점 그 자체가 재미있었고 이런저런 잡생각들이 잦아들었다.

그리고 시간이 흐르면서 점차 알게 되었다. 같은 책을 읽고 같은 아이들과 이야기를 나눈다 해도 언제 하는가, 어떤 장소에서 하는가, 우리에게 그날 무슨 일이 있었는가, 우리들 기분이 어떤가 등등 여러 요인들에 따라 수업에서 오가는 이야기의 내용이나 수준이 달라진다는 걸. 그리고 아이들과 함께 책을 읽고 이야기하고 글을 쓰는 일은 내가 아이들에게 무언가를 전달하는 게 아니라, 아이들과 함께 무언가를 만들어 내는 활동이라는 걸.

어머니는 평소 내가 이건 이렇게 하고 저건 저렇게 할 것이고, 언제까지 얼마의 돈을 벌어서 어쩌고 저쩌고 한창 신이 나서 떠들면, 지지의 눈빛을 보내시다가 그 끝에 꼭 한 말씀을 하신다. "계산부터 주는(줄어드는) 법이다. 그런 생각 말고 그냥 해라. 하다 보면 뭐가 되는 거지"라고. 독립을 해서 살림을 꾸리고 아이들과 함께 공부하면서 인생사가 우리 머리로 계산하고 계획한 대로 되는 게 아니라는 걸 실감했다. 생각지 못한 변수들과 함께 흘러가는 것이 삶이고, 거기에는 산술로는 계산 불가한 많은 것들이 함축되어 있었다.

10.
'수양산
그늘'

'칠갑산'을 부르며

어느 정도 수업이 안정되고 마음의 여유가 생기자 부모님과 함께 시간을 보내고 싶었다. 그래서 계획한 것이 부모님 모시고 멀지 않은 곳에 이삼일 정도 여행을 다녀오는 것이었다. 추석을 사흘 앞둔 그날은 아침부터 비가 솔솔 내렸다. 큰오빠는 빗길 운전이 위험하니 여행을 미루는 게 좋겠다고 했다. 그러나 평소와는 달리 아버지가 가고 싶어 하셨다. 아버지는 위험하다 싶을 때면 어지간히 급한 일이 아니고는 잘 움직이지 않으시고, 차를 타고 갈 때는 교통사고 관련 이야기도 못하게 할 정도로 조심성이 많은 분이다. 그런데 어인 일인지 궂은 날씨에도 한사코 가려 하시니 큰오빠도 더는 말리질 못했다. 큰오빠 내외의 걱정스런 배웅을 받으며 부모님을 모시고 충주로 향했다. 가는 동안 밖에는 비가 내렸지만 차 안의 분위기는 더없이 밝았다. 아버지 입에서 노래가 흘러나왔다.

아버지의 노래를 들어 본 기억이라곤 내가 중학교에 다닐 무렵, 학교 행사 때 '반달'을 부르신 게 유일했다. 그것도 음정박자가 하나도 안 맞는 노래 아닌 노래였다. 그날 차 안에서 셋이 함께 부른 노래도 음정박자가 제각각인 채였지만 그게 뭐 대수이겠는가!

　콩밭 매는 아낙네야
　베적삼이 흠뻑 젖는다
　무슨 설움 그리 많아
　포기마다 눈물 심누나
　홀어머니 두고 시집가는 날

　........

고향에서 부모님과 함께 시간을 보낼 때 아버지께 노래 몇 곡을 가르쳐 드렸다. 그 중 아버지가 그나마 어느 정도 흉내를 낼 수 있었던 가요가 이 노래와 서유석의 '가는 세월'. 가락은 늘 그렇듯 이 시조 가락에 가사를 붙여 부르셨다. 어떤 노래든 가락은 늘 하나다. 이 점에서는 어머니도 아버지와 별반 다르지 않다. 어머니는 시조가 아니라 4·4조의 가사(歌辭) 가락이라는 것 말고는. 그런 두 분이, 특히 아버지가 노래를 불렀다는 건 그만큼 기분이 좋으셨다는 의미다. 하긴 지나간 20여 년을 생각하면 그러실 만도 하다. 내가 운전하는 차를 타고 여행을 가고 있다는 게 얼마나 믿기지 않고 감개무량하실까. 휠체어를 타고 앉아, 나중에 다 나아서 부모님 모시고 여행을 갈 거라고 큰소리 칠 때, 겉으로는 "그래야지" 하면서도 그런 날이 언제나 올까 하는 걱정스런 눈빛으로 바라보시던 그때를 생각하면 꿈만 같으셨을 거다. 행복해하시는 부모님의 마음이 느껴지면서 두 분께 크나큰 선물을 드리는 것 같아 가슴이 벅찼다.

그렇게 우린 충주에 도착했다. 숙소에 짐을 풀고 점심을 먹은 뒤 잠시 낮잠을 자고 일어나 피로도 풀 겸 온천에 갔다. 어머니와 나는 30~40분 정도 뒤에 숙소로 올라와서 아버지를 기다렸다. 평소대로라면 우리보다 더 일찍 올라와 기다리실 아버지가 늦어지셨다. 시간이 좀 더 흐르자 약간 불안했고, 잠시 뒤 아버지가 쓰러지셨다는 연락을 받았다. 정신없이 내려가니 이미 119가 와 있었고, 아버지는 의식이 없으셨다. 충주 시내 병원으로 모셨으나 의사는 아무런 조치를 취하지 않았다. 차마 돌아가셨다는 말을 하지 못하고 에둘러서 하는 말을 못 알아들은 내가 소리쳤다. 왜 심폐소생술을 하지 않느냐고. 그제야 의사는 이미 숨을 거두셨다고 했다. 믿기지 않았다. 급히 아버지를 모시고 서울로 왔다.

서울로 오는 그 시간이 너무도 길었다. 지금 생각나는 건 무심하게 늘어서 있던 가로등 불빛과 무어라 말할 수 없이 혼란스럽던 내 마음뿐이다. 의사는 심장마비라고 했다. 아버지는 평소 심장병이 있으셨다. 아마 지나치게 즐거우셨던 모양이다. 그것이 심장에 부담을 준 것 같았다. 그렇게 아버지는 우리 곁을 떠나가셨다.

아버지의 부재

벌써 백 일이 지나다니. 어느새 처음 그 슬프고 안타깝던 마음도 조금 가라앉고, 이제는 아버지가 돌아가시고 안 계시다는 사실이 먼 옛일처럼 느껴진다. 눈에서 멀어지면 마음에서도 멀어진다고 했지. 아버지! 이젠 다시 불러볼 수 없는 이름이다. 그래, 내게도 아버지가 있었는데 이제 그 다정한 이름 언제 다시 불러 볼 수 있을까?(1999. 12. 29. 수. 맑고 포근한 날씨)

수업에 조금은 자신감이 생긴 한 해였고, 나 나름대로는 이 분야에서 조금은 자리를 잡은 한 해였다. (……) 그리고 아버지를 떠나보냈다. 그것도 엄마와 셋이서 처음으로 간 여행지에서. 그것도 엄마와 내가 없는 상황에서. '말도 안 되는 일'이 내게 일어난 것이다. 한 달 정도는 아무 일도 할 수 없었고, 아무리 집중을 하려고 해도 되지 않았다. 죄책감, 후회, 안타까움, 슬픔으로 범벅이 된 내 마음은 온전한 사고나 감정 상태를 유지할 수 없었다. 신경과 약도 먹어 보고 상담도 해 보았다. 그러나 그 무엇도 내게 도움이 되지 않았다. 세월이 약이었다.(1999. 12. 31. 금)

새벽 1시. 차갑게 식어 가던 아버지의 모습이 눈에 선하다. 울부짖는 내 소리에도 그저 침착하게 평소 아버지의 모습처럼 그렇게 끝내 아무 말씀 없으시던 아버지.

굳게 다문 입술, 꼭 감은 눈,

이 세상 모든 것과의 결별을 침묵으로 고하던 그 모습.

삶과 죽음의 경계는 찰나!

그러나 그 경계의 깊이는 심연!

심연을 사이에 두고 저세상으로 가신 아버지.

다시 우리 곁에 살아계신다.

'이럴 때 아버지가 계셨더라면 이런 말씀을 하셨을 텐데.'

'이거 아버지가 무척 좋아하시는 연양갱인데.'

순간순간 여기저기서 함께하시는 아버지.

(2000. 9. 9. 토. 아버지 첫 기일)

아버지의 부재는 당신 생전에는 생각지도 못했던 공허함을 안겨 주었다. 아버지의 빈자리가 그렇게 크게 느껴질 줄이야. 엄마가 계셨지만 그 무게감은 전혀 달랐다. 명절에 식구들이 모여도 구심점을 잃어버린 듯 온 집안이 휑했고, 엄마와 내가 너무 초라해 보였다. '수양산 그늘이 관동 팔백 리를 덮는다'는 말이 실감났다. 경제적으로 물리적으로 독립을 했지만 아버지께 심리적으로 많이 의존하고 있었던 모양이다. 어머니도 이렇게 어느 날 갑자기 내 곁을 떠나가실 수도 있겠구나 하는 생각이 들었다. 독립이니 뭐니 큰소리를 쳤지만 난 여태 '수양산 그늘'에서 살아왔고 지금도 그 힘으로 살고 있었던 거다. 아버지가 가신 뒤, 처음으로 이제는 정말 어떤 것에도 기대지 않고 살아야겠다는 생각을 진지하게 했다.

11.
'인간적
성숙'

사중 추돌 사고

아버지의 부재가 주는 허전함이 조금은 희미해져 가던 2001년 초, 수업을 마치고 돌아오는 길에 승용차 4중 추돌 사고가 났다. 약간 내리막길에서 석 대의 자동차가 신호 대기를 하고 있었고, 내 차는 그 가운데 서 있었다. 그때 한눈팔던 운전자가 뒤에서 달려와 서 있던 차들을 들이받았다. 그 순간, 내 뒤차가 내 차를, 내가 앞차를, 다시 뒤차가 내 차를 연달아 받았다. 쿵! 쿵! 쿵! 소리는 요란했지만 몸이 앞뒤로 몇 번 꺾였을 뿐 겉으로 드러난 상처는 없었다. 그다지 큰 충격이 아니었다고 생각했는데 시간이 지날수록 어깨와 목 관절의 통증은 심해졌고 결국 입원을 했다. 스테로이드를 다시 먹기 시작했다. 그런데도 통증은 쉬 가시질 않았다. 퇴원 후 한방병원에

1년 정도 더 다니면서 치료를 한 뒤에야 어느 정도 회복이 되었다.

이 사건으로 인해 그렇게 충천했던 자신감은 어디론가 사라져 버리고 불안감이 엄습했다. '이런 정도의 충격에도 견디지 못할 몸이라니. 살다 보면 이런 사고가 다시는 없으리라 어떻게 장담하나? 이보다 더 큰 사고가 날 수도 있는데 그땐 어쩌지? 얼마나 많은 돈을 모아 두어야 불안감 없이 편안한 마음으로 살 수 있을까? 5억? 10억? 과연 많은 돈을 가지면 불안하지 않을까? 돈이 편안한 미래를 보장해 줄까? 처음 독립을 할 때, 매월 50만 원만 벌면 족할 것 같았다. 그런데 지금 그때 그 액수보다 더 많이 벌고 있는데도 왜 불안하지? 그렇다면 지금보다 더 벌면, 그땐 또 불안감 해소에 필요한 돈의 액수가 더 커지는 게 아닐까? 결국 경제력이 이 불안감을 씻어 주지는 못하는 것 아닐까? 그럼 어떻게 해야 불안 없이 편안한 마음으로 살아갈 수 있을까?'

이런 고민을 안고 지내던 그해 여름, 동료가 추천해 준 책을 읽다가 눈이 번쩍 뜨이는 대목을 만났다.

옛사람들이 "소인은 가난을 오래 견디지 못하고, 쉴 줄을 모른다"고 한 것은 한가로운 삶에는 반드시 기반이 있어야 한다는 것을 지적한 말이다. 그 기반이란 무엇인가? 그것은 인간적 성숙(La maturité)이다.

돈과 속도를 숭상하는 산업혁명 이후의 서양인들은 그전의 사람들보다 유치하다. 그것은 신비로운 방법으로 인간을 성숙시키는 한가로운 시간을 가지지 못했기 때문이다. 산업혁명 이후의 턱없이 분주한 생활은 인간의 성숙을 불가능하게 했을 뿐만 아니라 오히려 퇴행(退行)을 강요하고 있다. 일 년 열두 달 '메트로(Métro; 전철), 불로(Boulo; 일), 도도(Dodo; 잠)'의 반복 생활과 어른의 유치증(幼稚症) 간에는 밀접한 관계가 있어서 인간이 돈벌이에 너무 시달리면 바람직한 인격의 성숙은 불가능해진다.

철학자 니체는 모든 인간은 노예와 자유인으로 분류된다면서 하루 중 3분의 2를 자기 자신을 위해 쓰지 못할 때 그 사람은 노예라고 말했다. 시간은 돈보다 더욱 귀중하고, 한가로운 시간이야말로 무의식이 비로소 창조적인 활동을 하는 시간이기 때문이다.(이유진, 『나는 봄꽃과 다투지 않는 국화를 사랑한다』, 동아일보사, 2001, 77~78쪽)

"인간적 성숙". 이 구절을 보는 그 순간 나를 짓누르던 불안감이 거짓말처럼 사라졌다. 여름밤을 꼬박 새면서 이 책을 읽었다. 인간적으로 성숙해진다면 돈이 없어도, 병이 들어도, 믿었던 관계가 틀어져도, 부모님이 안 계셔도 평정심을 유지하며 한가로운 삶을 살아갈 수 있다. 그 어떤 상황이 닥쳐도 두려워할 이유가 없다. 이 얼마나 위안이 되는 말인가! 인간적으로 성숙하다는 것이 구체적으로 무엇을 말하는지, 어떻게 해야 그렇게 성숙한 인간이 되는지, 그게 얼마나 어려운 길인지는 차차 생각해 볼 일이고, 그것의 성취가 다른 누군가가 아니라 나에게 달렸다는 것에 안도감이 들었다.

'이게 아닌데…'

'인간적 성숙'을 마음에 품고서도 여전히 바쁘게 살았다. 그런 중에도 문득문득 '이게 아닌데' 하는 생각이 올라왔지만, 2005년 가을, 대학원에 진학을 했다. 학생들과 십 년 가까이 공부하다 보니 현장 경험만으로는 부족하다는 생각이 들었고 이론적인 걸 바탕으로 조금 더 전문성을 가져 보자는 욕심이 생겼다. 그리고 대학 1학년 겨울방학에, 내 인생에서 한 번도 미치도록 공부를 해 본 적이 없다는 걸 후회하면서 가졌던 대학원 진학의 꿈도 이루고 싶었다. 27년 만에 그 꿈이 이루어졌다.

공부는 생각보다 벅찼다. 영어 논문과 교재 읽기. 전공은 국어 교육인데 왜 그렇게 영어 일색인지. 영어가 짧은 나로서는 참으로 막막했다. 논문 하나 번역하려면 한 달은 족히 걸릴 정도로 시간이 걸렸다. 모르는 단어가 많다 보니 사전을 찾다가 시간이 다 간다. 단어를 찾았다고 해석을 할 수 있는 건 또 아니지 않은가? 그러니 일정에 맞춰서 과제를 해결하려면 누군가의 도움이 필요했다. 전업주부인 둘째조카의 도움을 많이 받았고 급할 때는 퇴근한 오빠를 찾아가기도 했다. 조카의 어린 아들은 내가 가는 걸 싫어했다. 나만 나타나면 엄마가 자기랑 놀아 주지 않으니 싫을밖에. 자괴감이 들었다. 내가 이 나이에 대학원에서 공부할 줄 어떻게 알았으며, 영어가 필수가 될 줄은 또 어떻게 알았겠는가? 그러니 군소리 말고 그때그때 자기 앞에 닥친 걸 충실히 하는 게 최선이다. 그리고 지금은 남의 도움을 받아서라도 과제를 해결하는 게 또한 최선이라는 생각으로 동분서주했다.

그 와중에도 외부 강의는 점점 늘어났다. 영어랑 씨름하랴, 학생들 수업하랴, 강의하랴, 몸에 무리가 오는 듯했지만 병상에서 보낸 20년의 공백을 채우고야 말겠다는 듯 멈출 생각을 하지 않았다. 논문 학기를 앞둔 2006년 말에는 숨이 턱에 차올랐다. 그러다가 1월 어느 날 학교에 갔다가 아파트 앞 계단을 오르는데 어쩔했다. 저녁을 먹는데 점점 어지럼증이 심해졌다. 침대에 가서 눕자 방 안이 마구 돌기 시작했다. 119를 불러 응급실로 갔다. 잠시 뇌 혈류에 이상이 생겨서 그랬던 거라며 링거를 맞고 집으로 왔다. 이대로는 안 되겠다는 위기감을 느꼈다. 그러나 당장 눈앞에 닥친 일을 처리하느라 무엇 하나 정리하지 못한 채 시간이 흘렀다.

하고 싶은 일도 원 없이 하고 오래도록 꿈꾸었던 대학원에 진학도 하고 소위 '자립'이라는 것도 했는데 정작 내 삶의 주인이 내가 아닌 것 같은 느낌은 무얼까. 너무 많은 일을 하다 보니 일하는 걸 즐길 새도 없이 휩쓸려 가고 있었고, 대학원 또한 내가 기대했던 것과는 많이 달랐지만, 끝을 내야 한다는 생각에 미처 쉴 생각도 못하고 힘들게 학기를 이어 가고 있었다. 그저 이게 아닌데… 아닌데… 를 되뇌면서.

4부 내 몸의 주인 되기

(2007~2015)

12.
30년 만의
자각

대퇴부 복합골절

개강을 며칠 앞둔 2007년 2월 21일, 학교에 가려고 샤워를 한 뒤 떡을 구워서 간단하게 요기를 하고, 손을 씻으러 화장실에 갔다. 왼발을 내딛는 순간 미끄러졌다. 정신을 차리고 보니 세면대 아래 바닥에 주저앉아 있었다. 불룩 튀어나온 허벅지가 눈에 띄었다. 나도 모르게 두 손으로 감싸 쥐었다. 비명이 터져 나왔다. 뼈가 부러진 것이다.

어떡하지? 집엔 아무도 없다. 어머니는 큰오빠네 집에 설을 쇠러 가셔서 아직 안 오셨고, 핸드폰은 방에 있는데 움직일 수가 없다. 밖을 향해 아무리 소리를 질러도 반응이 없다. 가만히 귀를 기울였다. 추운 겨울이라서 그런지 인기척이라곤 없다. 일단 화장실에서 나가야 한다. 궁리 끝에 바닥에 드러누웠다. 팔꿈치로 몸을 지탱하면서 천신만고 끝에 문턱을 넘었다. 시계를 보니 오후 3시 30분이다. 한 시간이 흐른 거다. 오른쪽 다리가 10센티미터는 짧아졌다. 인공관절이 다 부서진 건가? 두려움이 확 밀려온다. 그때 앞집 아주머니 소리가 난다. 다행히도 11평 좁은 아파트라 화장실이 현관에 바로 붙어 있었다. 119를 불러 달라고 하고 셋째올케 전화번호를 알려 주었다. 119는 집에서 가장 가까운 삼성의료원에 데려다 놓았다. 그곳 응급실은 설명절(2월 17~19일)에 생긴 환자들로 북적였다. 응급조치라도 받고 가려 했지만 내 차례가 오려면 하세월이라 다시 사설 응급차를 불러 주치의가 있는 경희의료원으로 갔다. 응급실이 떠나가도록 소리를 지르며 뼈를 맞추고 엑스레이를 찍으니 오른쪽 대퇴부 복합골절이었다. 모든 일이 중단되었다. 강의도, 독서지도도, 대학원 공부도.

한가로운 시간

한 달 뒤인 3월 말, 퇴원을 했다. 들것에 실려 들어선 집은 낯설었다. 살던 집은 문턱도 있고 휠체어를 타고 지낼 수 없는 구조여서, 내가 입원해 있는 동안 학생들이 집으로 올 수 있는 거리에 원룸을 구해 급히 이사를 했던 거다. 집으로 와서도 한 달가량은 간병인의 도움을 받으며 침대 위에서만 지냈다. 몸은 좁은 침상에 묶여 있는

데 마음은 자유로웠다. 한 평 감옥에서 평화를 느낀다는 게 이런 걸까? 이게 아닌데 아닌데 하면서도 놓지 못했던 일들이 순식간에 사라져 버리니 그렇게 편할 수가 없었다. 그러다가 학생들 수업을 다시 시작했고, 차츰 휠체어를 타고 화장실 출입도 할 수 있게 되었다. 그때부터는 혼자 지냈다. 휠체어 운전 경력이 워낙 오래기도 하고 가족들이 도와주어서 생활하는 데는 별 불편이 없었다. 친구들도 자주 왔다. 교직에 계셨던 아버지를 따라 전학을 많이 다닌 덕에 가는 곳마다 두세 명씩은 친한 친구들이 있었다. 그들과 밥도 먹고 수다도 떨고 하다 보면 통증도 사라졌다.

　친구들도 안 오고 수업도 없는 날엔 침대에 누워서 어떤 생각이 문득 떠오르면 그걸 마냥 따라갔다. 다치기 전, 이런 생각들을 끝까지 따라가 보지 못하는 게 늘 아쉬웠다. 이런저런 할 일들이 닥치니 그럴 수가 없었는데, 전혀 예상치 못한 방법으로 기회가 온 것이다. 인간적으로 성숙한다는 것은 어떤 것이며, 어떻게 해야 인간적으로 성숙할 수 있을까? 왜 지금까지 한 공부는 이런 물음에 답해 주지 못할까? 일도 하고, 돈도 벌고, 하고 싶은 공부도 했는데 왜 문득문득 공허감이 느껴졌을까. 걸을 수 있고 하고 싶은 활동을 마음껏 하면 모든 게 만족스러울 줄 알았는데, 그 공허감은 어디서 온 걸까. 물음은 끝없이 이어졌다. 뭔지는 모르지만 지금 이대로는 안 된다는, 만약 다시 걷게 되더라도 다치기 이전처럼 살아서는 안 된다는, 그것만은 분명했다. 이런 생각을 품고 책도 읽고 때로는 감상문도 쓰고 운동도 하면서 시간을 보냈다.

견딤은 견딤을 낳고 ― 위화의 『살아간다는 것』을 읽고

작년 겨울, 기말 보고서를 쓰느라 힘도 들고, 늘 컴퓨터 앞에 앉았으니 어머니를 외롭게 하는 게 아닌가 하는 생각이 들어 어머니께 '어떻게 살아야 할까?'를 여쭌 적이 있다. 아흔을 바라보는 어머니는 별 망설임도 없이 "어떻게 살기는 뭐 어떻게 살아, 그냥 견디는 거지"라는 짤막한 대답을 하셨다. 어머니가 살아오신 세월이 여자는 그저 참고 견디는 것이 미덕인 그런 시대였으니 다른 어떤 대답을 하실 수가 있겠나 싶었다. 그런 어머니가 조금은 측은했고, 그때와는 다른 시대를 살아가고 있음에 약간은 안도감까지 느꼈다. 그러나 그 이후 시간이 지나면서 힘들고 지칠 때면 가끔 어머니의 그 대답이 떠올랐고, 문득문득 그 한마디 말에 지나온 삶들이 꿰어짐을 느끼며 새삼 고개를 끄덕이곤 한다.

위화의 장편소설 『살아간다는 것』의 등장인물들은 각자 자기 몫의 삶을 묵묵히 살아 낸다. 지주의 아들로 남부럽지 않게 살다가 노름으로 가산을 탕진하고 설상가상으로 국민군에 징집되어 사선을 넘나들다 구사일생으로 귀가한 복귀도, 불성실하고 무책임해 보이기까지 하는 남편에게 넌지시 일침을 가하며 가장의 자리로 되돌아오기를 기다려 주는 가진도 자기 앞의 삶을 피하려 하지 않고 온 힘을 다해 살아 낸다. 고열로 벙어리가 된 딸 봉하는 언제나 가진과 복귀를 도와 농사일을 거들고, 죽어라 공부가 싫은 유경도 신발이 닳도록 양을 돌보며 가족 구성원으로 한몫을 해낸다.

물론 자기 앞에 닥쳐오는 삶을 살아 내는 것만으로는 충분하지 않을지도 모른다. 새로운 것에 도전하는 삶, 그것을 선택하는 더 적극적인 자세, 새로운 연구에 도전하고 또 다른 활동을 구상하며 삶을 개척하는 자세도 필요하다. 인류의 발전은 그런 선택과 도전과 그에 따른 시행착오의 산물이니까. 그러나 그 어떤 선택이나 도전도 견디어 내는 힘이 떠받쳐 주지 못하면 앞으로 나아갈 수가 없다. 새로운 선택과 도전에는 항상 예기치 못한 복병이 함께하기 때문이다. 그리고 이러한 견딤은 또 다른 견딤으로 이어지게 되고 그러한 이어짐은 흔들리지 않는 뿌리를 내리게 된다.

가진의 꿋꿋함이 복귀를 잡아 주고 봉하와 유경에게까지 가닿았듯이, 그리고 그것이 그들을 지탱해 주는 뿌리가 되었듯이, 나도 마찬가지가 아닐까. 어머니의 흔들리지 않는 꿋꿋한 사랑이 나를 지탱해 주었고, 그러한 견딤의 경험이 또 다른 견딤으로 이어지면서 내 삶에 굵고 가는 뿌리들을 내렸겠지. 그 뿌리들은 언제일지 모르는 그날, 걸을 수 있는 그날을 믿게 했고, 수많은 날들을 살게 해 주었다. 수없이 되풀이되는 수술, 그 과정에서 맞닥뜨린 공포와 통증, 미래에 대한 불안감을 속으로 삭이며 오늘까지 올 수 있게 했다.

복귀의 이야기를 들으며 오랜 세월 한결같은 모습으로 버티어 오신 어머니가 떠올랐고, 나의 지난했던 세월들이 주마등처럼 스쳐갔다. 그리고 그 많은 세월을 살아오는 동안, 보이지 않는 땅속 깊은 곳에서 가늘고 굵은 뿌리로 얽혀 있을 가족들과 친척, 친구들이 생각났다. 살아간다는 것은 삭막하고 황량한 사막에서 굵고 가는 뿌리들의 얽힘을 땅속 깊이 감춘 한 그루 나무의 견디어 냄이 아닐까. 견디어 내는 것만큼 치열한 삶이 또 있을까.(2007. 7. 19.)

다친 지 5개월쯤 되던 때에 쓴 글이다. 그 무렵 위화의 장편소설을 읽으면서 산다는 건 견디는 거라는 생각이 들었고, 그러한 생각은 나에게 큰 위안이 되었다. 그렇게 여름이 가고 가을이 가고 1년쯤 흘렀을까? 드디어 보행기를 짚고 설 수 있었고 조금씩 운동도 했다. 그런데 보행기 굴리는 소리가 시끄럽다며 아래층 남자가 올라왔다. 사정을 설명했다. 그러나 통하지 않았다. 자기는 새벽에 퇴근해서 오후가 되어야 일어나니 네 시 이후에 운동을 하란다. 어쩔수 없이 보행기를 끌고 복도로 나갔다. 좁은 복도에서는 소음이 더크게 울렸고, 다시 1층 로비로 내려갔다. 그 남자 덕분에 다친 이후처음으로 혼자 현관 밖으로 나갔던 날, 그날의 감회를 몇 자 적어동창 카페에 올렸다.

몸이 건네는 말

오늘 참 오랜만에 혼자서 외출을 했더니 기분이 참 좋습니다. 임밀히 말하자면 혼자는 아니고 보행기와 함께였고 외출이라기에는 좀 뭣한 1층 나들이였지만, 혼자 신을 신고 엘리베이터를 타고 아파트 로비를 조금 돌다가, 또 혼자서 엘리베이터를 타고 집까지 무사히 올 수 있었다는 것에 무엇이든 할 수 있을 것만 같은 용기가 생깁니다.

이번에 다치고 나서 한 가지 얻은 게 있습니다. '몸이 건네는 말에 귀 기울이자는 것.' 막상 내 경험이 되고서야 그 말이 내 안에서 살아 움직이네요. 다치기 전, 몸이 수없이 신호를 보냈습니다만 마이동풍이었지요. 물론 사고가 그 순간의 부주의 탓이라 치부할 수도 있겠지만, 시간이 흐르면서 생각해 보면 그때까지 내가 살아온 삶이 쌓여서 일어난 일임을 부정할 수가 없습니다. 다치고 나서 꽤나 긴 회복기를 거치는 중에 이성보다는 몸의 판단이 정확하다는 걸 믿게 되었습니다. 언제 휠체어 타기를 그만두어도 될지, 보행기로 얼마만큼 운동을 해야 무리가 안 될지, 혼자서 1층까지 내려가도 될지….

처음부터 이렇게 몸을 믿어 주었던 건 아닙니다. 언제부터 휠체어로 움직여도 되는지, 다친 다리에 힘을 주는 건 언제부터 가능한지, 옆으로 누워 자도 되는지가 궁금했고 불안했어요. 대형 사고를 당하고 난 후라서 그런지 혹시 탈이라도 나면 어떡하나 싶어 사소한 동작 하나하나에 그렇게 신경이 쓰일 수가 없었습니다. 일거수일투족을 의사의 허락을 받아야만 안심이 될 정도로.

그러나 시간이 흐르면서 알게 되었습니다. 몸의 판단에 따르면 된다는 걸. 그러자 불안해하거나 조바심 내지 않게 되었습니다. 그러면서 맘도 한결 편안해졌고요. 보행기를 갖다 놓고 한참은 그냥 두었습니다. 내 몸이 보행기보다는 바퀴 달린 의자에 앉아 움직이기를 원했거든요. 그런데 어느 날부터 의자에 앉아서 움직이는 게 답답했고 나도 모르게 자꾸만 보행기로 몸이 가더군요. 그날부터 보행기로 갈아탔어요. (후략) (2008. 1. 10.)

내 몸을 내가 모른다

2008년 가을, 미국발 경제위기가 닥쳤고, 우리 경제는 또 다시 요동쳤다. 텔레비전에서는 연일 위기라는 말을 쏟아 냈으며, 경제적 불안감이 또 다시 고개를 들었다. 6개월이면 붙는다던 뼈는 1년이 지나고 다시 6개월이 더 지났는데도 붙질 않았다. 남의 손을 필요로 하는 내가, 모든 걸 상품화하는 자본주의 사회에서 살아가는 길이 무엇일지 생각했다. 자본주의 체제 안에서 살아가는 한 외부적인 요인에 의해 경제 형편은 끊임없이 영향을 받는다. 외부는 나의 통제 범위를 벗어나 있으니 어찌해 볼 도리가 없다. 그렇다면 자본주의 구조에서 최대한 멀어져야 한다. 자급자족? 그건 쉬운 일이 아니다. 그렇다면 내가 실천할 수 있는 길은 우선 덜 쓰는 것이다. 그때부터 2년 정도 가계부를 꼼꼼하게 적었다.

인간적 성숙과 덜 쓰기를 생활의 지침으로 정하고 나자 이를 실행에 옮기는 데 가장 걸림돌이 되는 게 건강이었다. 그런데 병원이 이걸 해결해 줄 것 같지는 않았다. 30여 년을 치료해 왔지만 관절의 변형은 계속되었고 수술이 이어졌다. 손가락과 발목 관절의 통증도 여전했다. 몸은 변하고 있는데 처방은 거의 변함이 없었다. 주치의가 몸 상태를 제대로 알고 있을까 하는 의구심이 들었다. 그런 생각이 들자 주치의가 야속했고, 환자 하나하나에 신경 쓸 여력이 없는 진료 환경이 불만스러웠다. 그제야 '내가 왜 내 몸을, 내 병을 알려고 하지 않았지?' '내가 너무 오랫동안 몸을 병원에만 맡겨 두었구나!' 하는 생각이 들었다.

바쁜 일상에 묻어 두었던 의문, 문득문득 스치는 건강에 대한 불안감, 그것을 끝까지 파고 들어가 알게 된 것은 '내가 내 몸을 모른다'는 것, 이 사실을 자각하기까지 30년이 걸렸다.

13.
더 이상
망설임 없이

때때로 찾아오는 유혹

'내 몸을 왜 알려고 하지 않았을까' 하는 자각은 자연스레 내가 앓고 있는 병에 대해 본격적으로 알아봐야겠다는 생각을 갖게 했다. 인터넷을 검색했다. 류머티즘을 완치했다는 사례들이 많았다. 매우 구체적인 치료 과정을 소개해 놓은 정보를 비롯해서 정말 다양한 치료법들이 있었다. 이런저런 정보들을 검색하면서 나도 모르게 '이 치료를 한번 받아 볼까' 하는 생각이 일어났다. 그러나 이런 유혹에 넘어가는 순간 다시 또 지긋지긋한 명약 탐방으로 가게 될까 봐 두려웠다. 이런 생각의 근저에는 내게 맞는 최선의 치료법이 따로 있을 거라는, 그것을 찾기만 하면 문제가 해결될 거라는 믿음이 있었다. 다시는 헛된 희망에 끌려 다니지 않겠다고 그렇게 다짐을 했건만 여전히 통증이 심하고 일상을 꾸리기가 불편할 때면 순간적으로나마 그런 유혹에 흔들린다. 그래, 이 미련을 버려야 한다. 병원에서는 근본적인 원인을 모른다고 했다. 그렇다면 내가 생각하는 원인을 내 수준에서 정리해 보자.

원인은 크게 두 가지였다. 하나는 주당살(周堂煞)을 맞았다는 것이다. 이는 할머니가 돌아가시던 날 밤부터 통증이 시작됐기 때문에 가지게 된 생각이다. 지금 생각해 보면 그날의 통증이 류머티즘과 관련이 있는 건지도 확실치 않지만 그때까지만 해도 그렇게 믿고 있었다. 발병 후 수 년을 치료해도 도무지 나아질 기미가 없자 고향 친척들이 주당을 맞은 게 아니냐고 했다. 특별한 이유 없이 초상집이나 결혼식, 회갑잔치에 다녀와서 병을 얻는 사람들이 있다. 그런 병은 주로 원인도 모르고 병명도 모른 채 시름시름 앓거나 그 자리에서 즉사를 하기도 한다. 전자는 느린 주당을 맞은 거고 후자는 된 주당을 맞은 경우다. 나도 그런 경우일지 모른다는 거다. 주당살을 맞으면 열이 나고 한기를 느끼며 까라지고 전신이 틀어진다는데, 발병 초기의 내 증세와 흡사했고 실제로 나와 비슷한 사례를 책을 통해 읽은 적도 있었다. 『스물의 어둠은 너무 깊어라』의 저자 서미주는 대학 1학년 때 문상을 갔다 와서 갑자기 원인 모를 병에 걸려 지능이 다섯 살 수준으로 떨어졌다고 한다. 그러니 터무니없는 이야기라 치부해 버릴 수만은 없었던 거다.

다른 하나는 어릴 때부터 관절에 문제가 있었다는 것이다. 체조를 하면 무릎에서 우두둑우두둑 뼈가 서로 부딪치는 듯한 소리가 났고, 친구들이 손을 잡아끌면 손목이 빠질 것만 같았다. 어깨를 누르면 관절이 쑥 내려갔다가 다시 팔을 돌리면 제자리로 올라왔다. 그리고 중고등학교 시절에는 손목과 발목 관절이 늘 찝찝해서 좀 돌려주어야 시원했고 그럴 때마다 빠스락빠스락 무언가 부서지는 소리가 났다. 그런데도 놀이란 놀이는 안 한 게 없을 정도였다. 격렬하고 위험할수록 더 좋아했다. 시골에서 중학교까지 다닐 동안엔 산으로 들로 냇가로 발길 닿는 곳이 다 놀이터였다. 중학교 때는 탁구를 엄지손가락 마디에 물집이 잡힐 정도로 쳐서 누우면 천장에 탁구공이 왔다 갔다 하고 책을 펼치면 그 위로도 공이 왔다 갔다 했다. 방학이면 오빠들을 따라 축구, 농구, 스케이트도 쫓아 했다. 감나무에 올라가서 책을 읽기도 하고, 태풍이 지나간 뒤 쓰러져 누운 나무를 보면 그냥 지나치질 못했다. 기어이 올라가 한바탕 '방방이'를 하다가 삐죽삐죽한 가지에 찔려 무릎 뼈가 훤히 보이도록 다친 적도 있다. 한의원에서 어혈이 뭉쳐서 생긴 병이라고 했을 때, 어머니의 첫마디가 "니가 몸을 너무 심하게 놀리기는(움직이기는) 했제"라고 하실 만큼 심하게 놀았다.

그런데, 할머니가 돌아가신 지는 이미 30년이 지났고, 설사 주당을 맞았다 한들 이제 뭘 어떻게 할 수 있겠는가? 그리고 관절이 부드럽지 못한 건 타고났으니 돌이킬 수 없고, 이미 난 과격한 운동을 하고 싶어도 할 수 없는 신체가 아닌? 몸 상태는 이미 이렇게 변했는데 지금 와서 그때 왜 이 병에 걸렸는지를 안다는 게 무슨 이득이 있을까. 그렇다면 중요한 건 뭘까? 그래, 지금 내게 이득이 되는 걸 하자. 지금 이 몸으로 '건강하게' 살아가려면 무얼 어떻게 해야 하는지를 탐구하자.

입장이 바뀌니 명료해지는 것

보행기로 다시 걷는 연습을 하던 2008년 연말, 작은오빠가 교통사고를 당했다. 오빠 셋 중에 가장 건장해서 번거롭고 힘든 집안일들을 앞장서서 했는데, 그 오빠가 사경을 헤매다니…. 그날도 집안일을 보러 새벽같이 고향에 가다가 빙판에 미끄러져 임하댐 교각을 들이받고 겨우 몸만 빠져나왔다고 한다. 그나마 발 빠르게 조치를 취해서 생명에는 지장이 없게 됐으나 한 쪽 팔다리를 쓰지 못했다. 수술 후 재활 치료를 받으면서 말은 조금씩 할 수 있었지만 마비가 쉽게 풀리지 않았다. 석 달 이내에 돌아오지 않으면 평생 장애로 남을 수도 있다는데…. 집안에 비상이 걸렸다. 가까이 사는 언니는 먹을 것을 해 나르고, 서울에서도 오빠들이 수시로 대구를 오갔다. 보행이 어려운 어머니와 나만 갈 수가 없었다. 틈나는 대로 편지를 썼다. 소소한 내용들을 담아서.

> 작은오빠에게
> 오빠, 오늘은 목소리에 힘이 좀 있네. 오빠가 한 말은 다 알아듣겠더라. 오빠가 힘이 생긴 것 같으니까 나도 힘이 막 나네. 이런

걸 보면 내가 오랜 세월 아프면서 참 가족들 속을 많이 태웠구나 싶어. 본의 아니게. 그래서 아부지가 맨날 자고 일어나면 좀 어떠냐고 물으셨던가 봐. 그게 정말 궁금하거든. 그런데 그때는 짜증이 좀 났어. 하루 이틀에 달라질 병도 아니고, 자고 일어났다고 눈에 띄게 달라지는 것도 없으니 딱히 이렇다 저렇다 할 말도 없고 그래서 그렇게 묻는 거 무척 싫어했어.

그런데 내가 아부지 입장이 돼 보니까 무척 궁금하네. 하여튼 내가 하고 싶은 말은 오빠가 어떤가 늘 궁금하고 목소리라도 듣고 확인하고 싶은데 오늘은 며칠 만에 들어 보니 확실히 달라진 것 같아서 기분이 무척 좋다는 거야.

오늘도 유머 한마디 안 할 수 없겠지? 이건 엄마가 자주 들려주시던 이야기야.

'키 작은 며느리'

어떤 키 작은 신부가 시집을 왔는데 동네 사람들이 "아이고, 며느리 키 작다고 하디마는 참말로 작아도 너무 작네" 이러면서 하도 흥을 봐 싸니까 며느리도 기분이 썩 좋지 않았지.

그날 저녁에도 저녁을 먹다가 시어머니가 "키가 저래 작아 가주고 아(애)를 제대로 낳을 수나 있을 똥…" 하면서 부아를 돋우는 거야.

그날 저녁을 먹고 며느리가 뜰에 내려서면서 한마디 했어.

"아이고 여기도 별이 있네요!" 하고.

그러잖아도 며느리가 맘에 안 들었던 시어머니는 핀잔을 주고 싶어서

"그럼 별이 있지 별 없는 데가 있을라꼬?" 했대. 그때 며느리가 잽싸게 그 말을 받아서는 "(   )" 하더라는구먼.

며느리가 무슨 말을 했을지 생각해 봐. 오빠의 수술한 뇌가 제대로 작동하고 있는지 테스트를 하는 거야.

안녕~.

2009년 1월 9일 창희

오빠,

요 며칠 춥다고들 난리인데 오빠나 나나 들어앉아 있으니 다른 나라 얘기일 테고, 한강이 얼었다고 하니 궁금하긴 한데 참고 있는 중이야. 한강이 언 건 한 번도 못 봤거든.

오늘 엄마하고 통화하고 나니 어때?

엄마를 기쁘게 해 드리기 위해서라도 빨리 나아야겠다는 생각이 마구마구 들지?

그렇다고 당장에 맹훈련에 들어갈 건 없고 매일 조금씩 꾸준히 하면 돼. ㅋㅋ.

엄마도 기분이 좋으신가봐. 날이 따뜻해지면 대구에 가겠다고 맘먹고 계셔.

가끔 엄마한테 전화 드려. 요즘 엄마의 관심사는 오로지 오빠니까. 뭐 별다른 걸 바라지는 않으셔.

오빠가 밥을 다 먹었다든가, 똥을 많이 누었다든가, 휠체어를 타고 화장실에 갔다든가, 손에 힘이 조금 더 생겼다든가, 다리 운동을 몇 번 했다든가, 하는 것들이야. (……)

이제 3주가 좀 지났네. 병원생활에 익숙해지기도 하면서 약간은 지루하고 또 지금 처한 현실이 답답하고 막막한 느낌도 들겠지? 그렇더라도 조바심 내지 말고 하루하루 병원생활에 충실하다 보면 오빠도 모르게 조금씩 조금씩 나아질 거야.

어떤 경험도 나쁘기만 한 것은 없는 것 같아.

이번 일도 안 일어났으면 참 좋겠지만, 이미 일어난 일이니 오빠에게 몸과 맘에 약이 되었으면 좋겠다.

인제 우체국에 가야겠어. 지난주부터는 우체국까지 걸어가서 부쳐.

2009년 1월 13일 막내동생

추신: 키 작은 며느리 왈, "이 동네는 키 큰 년이 다 따고 별도 없는 줄 알았더마는…."

그러던 중, 엎친 데 덮친 격으로 육촌 언니가 대장암을 앓고 있다는 소식을 들었다. 언니가 우리 집에서 고등학교를 다녔기에 특별히 정이 들었고, 함께한 추억도 많았다. 당장에라도 가 보고 싶었지만 이제 겨우 뼈가 붙어서 걷기 시작할 때라 대구까지 가는 건 무리였다. 언니에게도 편지를 썼다. 언니가 아프다는 소식을 듣자 마음이 허전했다. 내 마음을 알기라도 한 듯 언니도 내가 살아가는 모습이 언니에게 용기를 줬다는 답장을 보내왔다.

내가 가장 걱정하는 게 오빠와 언니가 자포자기하면 어쩌나 하는 것임을 편지를 쓰면서 알았다. 결과도 물론 중요하다. 오빠의 마비가 풀리고 예전처럼 건강해지면 좋겠지만 그건 운에 맡길 뿐이고, 언니도 암이 나아서 건강을 되찾으면 더없이 좋겠지만 그 또한 인력으로는 어찌할 수 없는 한계가 있다. 그러니 우리가 할 수 있는 것은 최선을 다한 다음 지금 내 앞에 닥친 상황을 받아들이는 것임을 언니와 오빠가 알기를 바랐다. 그러면서 내가 아픈 동안 가족들이 무엇을 가장 염려했을지, 또한 어머니가 "그동안 니가 신세를 한탄하거나 자포자기했더라면 가족 모두가 얼마나 힘들었겠노"라고 하셨던 말씀이 어떤 마음으로 하신 건지가 확연해졌다. 그렇다. 사람이 어떤 상황에 처하더라도 그걸 자기 삶으로 받아들이기만 하면 거기서 다시 살아갈 수가 있다. 옆에서 지켜보는 사람의 입장에서 보니 너무도 자명한데, 왜 조금만 방심하면 금방 이런저런 유혹에 빠져 길을 잃는지….

불청객들

2009년 초, 2년 만에 드디어 뼈가 붙었고, 1월 중순부터 친구의 소개로 우연히 침·뜸 치료를 받기 시작했다. 치료를 맡은 분은 발병 과정에 귀를 기울였고, 내 몸의 상태를 주의 깊게 관찰했다. 그런 봉사자의 태도는 비록 '증'(證)은 없었지만 신뢰를 주었다. 일주일에 한 번씩 봉사실에 가서 치료를 받았고 나머지는 집에서 혼자 뜸을 떴다. 발병 초에도 침과 뜸 치료를 했지만 그때는 그저 수동적으로 받기만 했다. 이번에는 궁금한 건 묻기도 하고 다른 사람들이 치료받는 걸 보면서 이런저런 것들을 귀동냥했다. 치료 후 3개월 정도 지나자 통증이 확연히 줄었고 검사 결과 염증 수치도 정상치로 내려갔다. 아픈 이후 처음이다. 뭔가 몸에 변화가 일어나고 있다는 생각에 치료받고 뜸을 뜨는 시간이 즐거웠다. 5개월 뒤에 병원에 갔더니 스테로이드를 끊어도 되겠다고 했다. 그러면서 식이요법과 활원운동을 할 때처럼, 내 안의 치유력에 대한 믿음이 되살아났다.

일주일에 두어 번씩 침·뜸 치료를 하면서 대학원 마지막 학기 등록을 했다. 수업이 빡빡했다. 2년간의 병상생활에 체력이 약해졌는지 버티기가 힘들었다. 학기를 겨우 마치고 논문 준비로 1년여를 보냈다. 그러던 2010년 5월, 처음엔 이가 아팠다. 치과 치료를 받고 있는데, 어느 날 아침 침대에서 일어나려 하니 갑자기 방이 마구 돌기 시작했다. 기운이 달려서 그런 줄 알았다. 일주일을 고생하다 병원에 가니 이석증(耳石症)이었다. 그후 한 달쯤 지나자 땀이 심하게 흐르고 몸무게가 5킬로그램 이상 빠졌다. 가까운 내과에 갔더니 갱년기 장애라며 여성호르몬제 복용을 권했다. 지인이 하는 내과에 가서 다시 검사를 받았더니, 갑상선기능항진증이라고 했다.

약을 복용하자 간 기능 수치가 올라갔고, 의사는 그 데이터를 앞에 놓고 최악의 경우를 예로 들며 나를 불안하게 했다. 대학병원으로 갔다. 거기서는 방사선 동위원소를 마시면 평생 동안 하루 한

알로 호르몬 조절이 되니 그게 편하지 않겠냐고 했다. 류머티즘 약이 아닌 또 다른 약을 평생 먹는 건 정말 싫었다. 어떻게 해야 할지 결정을 못하고 있었다. 함께 간 셋째올케가 우선 약물 치료부터 해 보는 게 어떻겠냐고 했다. 그때서야 나도 그렇게 하는 게 좋겠다는 생각이 들었다. 30여 년을 오직 류머티즘 외길만을 걸어온 내게 찾아온 불청객, 이 불청객은 어마어마한 수업료를 내고 길러왔다고 믿은 내공(?)이 모래 위에 쌓은 성임을 알려주었다.

약 복용 후, 갑상선 기능은 항진에서 저하로, 저하에서 다시 항진을 거듭했다. 그 과정에서 부득이하게 간에 부담을 주는 류머티즘 치료제인 면역억제제(MTX: 메토트렉세이트) 복용을 중단했다. 16년간이나 복용하던 그 약을 중단한 이후 내 몸에는 별 이상이 없었다. 그렇게 1년이 흐르고 2년이 흘렀다. 이젠 갑상선 약을 그만 먹어도 될 것 같다는 생각이 강하게 들었다. 주치의에게 내 의견을 말했지만 의사는 예방 차원에서 계속 복용을 권했다. 그런 말을 듣고 보니 혹시라도 잘못되면 어쩌나 하는 불안감이 생겼다. 그래서 약을 아주 끊지는 못하고 조금씩 줄여갔다.

가끔씩 고개를 드는 완치에 대한 유혹, 오빠와 언니에게 닥친 일, 침·뜸 치료의 효과와 갑상선기능항진증으로 인한 불안과 두려움, 면역억제제 복용 중단. 이 일련의 사건들은 다시 한번 내 몸에 대해 알아야 하겠다는 생각을 강하게 불러일으켰다. 더 이상 망설임 없이 내 몸 탐구의 장으로 나섰다. 어디서 어떻게 공부해야 할지 길을 찾다가 2011년 12월 감이당(坎以堂)으로 왔다.

14.
새롭게 보이는
몸과 세상

'앎의 코뮌', 감이당으로

근대 이전, 학인들은 스승을 찾아 천하를 떠돌았다. 부처님을 따르던 무수한 제자들과 공자의 문도 3천 명을 위시하여, 주자의 강학원을 찾았던 2천 명의 학인들, 양명의 뜰에 모여든 개성 넘치는 문사들. 비단 이들 대가들만 그랬던 건 아니다. 이름이 알려지지 않는 수많은 문사가 있었고, 그곳엔 가르침을 받기 위해 천 리를 마다않고 오는 학인들의 발길이 그치지 않았다. 그런 점에서 배움터란 기본적으로 '코뮌'이었다. 스승, 도반, 청정한 도량으로 이루어진 앎의 '코뮌'.

그럼 왜 그토록 스승을 찾아 헤매었던가? 그 '코뮌'에 접속해야만 지리멸렬했던 공부가 단번에 도약을 이룰 수 있기 때문이다.

한마디로 '인생역전'이 가능한 것이다.(고미숙, 『나비와 전사』, 휴머니스트, 2006, 588쪽)

감이당과 인연은 오래전으로 거슬러 올라간다. 90년대 후반 (1997~98년 쯤으로 기억한다)에 수유 연구공동체에 관해 처음 들었다. 제도권 내에서 하는 학문 탐구가 아니라 제도권 '밖'에서, 그것도 몇몇 소장학자들이 '함께' 공부한다는 발상의 전환이 신선했다. 늘 그들이 어디서 무얼 하고 있는지 관심을 가졌다. 대학원에 들어간 뒤 잠시 잊고 있다가 부러진 다리가 붙고 걷기 시작하면서 다시 그곳을 떠올렸다. 2009년 1월 용산에 있는 수유+너머를 찾아가 카프카 읽기에 참여했다. 그해 겨울은 눈이 많이 왔고, 경사가 심한 지대에 세워진 4층 건물이라 계단을 오르내리는 게 힘들었다. 한 달을 다닌 뒤 훗날을 기약했다.

2011년 5월 석사논문을 끝내고 이어서 왼쪽 무릎 인공관절 재수술을 받았다. 걷는 게 어느 정도 편해지자 홀가분해진 마음으로 다시 인터넷을 검색했다. 그동안 공동체가 여럿으로 나뉘어 있었다. 그 중 집에서 가장 가까우면서 엘리베이터까지 있는 감이당을 선택하고 2012년 초, '마음 세미나'라는 프로그램에 등록을 했다. 루쉰, 크리슈나무르티, 몸과 우주 등등 평소 읽던 것과는 다른 영역의 텍스트들을 만났고, 그런 독서와 강의, 글쓰기가 평소 보고 듣고 생각하던 것 그 너머를 생각하게 했다. 이곳에 온 목적이 내 몸을 내가 알아서 관리하겠다는 것이니만큼 그에 도움이 되는 『동의보감』강좌도 수강했다. 처음 『동의보감』 강의를 들으면서는 좀 힘이 들었다. 내가 가진 틀로서는 이해하기가 어려웠다. 그러나 몸을 보는 관점이 신선했다.

35년 전, 현대의학은 내 몸의 이상을 류머티스성 관절염이라 명명했고, 지금까지 그 병명을 바탕으로 치료를 계속해 왔다. 치료 과정에서 나타나는 소소한 증상들을 의사에게 이야기했다. 내 몸 상태를 전체적으로 보게 되면 치료에 도움이 될 것 같았기 때문이다. 그러나 기대와는 달리 새로운 증상 한 가지를 이야기하면 들러야 하는 진료과가 하나씩 늘어났고 그럴수록 내 몸은 더 잘게 나눠지는 역설적인 상황이 펼쳐졌다. 이런 경험을 하면서 내 몸을 하나의 유기체로 볼 수 있는 방법을 고민했다. 그런 점에서 『동의보감』 강좌는 매력적이었다. 이해가 가지 않아도 그냥 듣고 있었다. 순서대로 이해하면서 공부해야 한다는 생각, 분석적으로 따지고 드는 성격, 이런 것들이 『동의보감』을 공부하는 데 걸림돌이 되었지만, 이해가 되든 안 되든 꼬박꼬박 출석을 하는 데 의의를 두었다. 이렇게 일 년 정도 감이당을 오가다 보니 제대로 공부해 보자는 마음이 생겼다. 마침내 2012년 12월, 대중지성 1학년에 입학 신청을 했다.

왕초보자의 몸 탐구

2012년 가을부터 몸이 야위고 기력이 떨어졌다. 시간이 지나면서 점점 심해지더니 새해가 되어도 회복될 기미가 보이질 않았다. 건강검진차 병원에 갔다가 혹시 하는 생각에 갑상선 기능 검사를 했더니, 치료가 필요하다는 진단이 나왔다. 2010년 여름부터 복용하던 갑상선기능항진증 약을 2년 정도 먹고 나서 조금씩 줄여 나가다가 당시에는 완전히 끊은 상태였다. 의사는 약 복용을 종용했다. 나는 좀 지켜본 다음에 결정하고 싶었다. 그동안 『동의보감』 강의를 들으면서 매우 공감했던 부분이 있었기 때문이다. 사고로 응급처치가 필요한 상황이거나 곧바로 대처하지 않으면 치료시기를 놓칠 수 있는 그런 병이 아니라면, 마음에 여유를 가지고 얼마간 자기 몸과 일상을 관찰하라는 것이다.

우리는 몸에 이상이 생기면 바로 의사에게 달려가 모든 걸 맡기고 처분을 기다리거나, 불안한 마음으로, 또는 근거 없는 자신감에 차서 차일피일 아무 대책도 없이 미루기만 하거나, 둘 중 하나의 태도를 취한다. 내 몸을 스스로 탐구하겠다는 발상은 하지 못하도록 그렇게 길들여져 왔다.

물론 전문가의 도움이 필요하다. 그러나 그 전문적인 지식도 내가 내 몸을 이해한 바탕 위에서 받아들여야 내게 이로운 방향으로 활용할 수가 있다. 내가 어떤 기질을 타고났는지 어떤 식습관을 가졌는지 수면 습관은 어떤지 등등 내가 어떻게 살아왔는지를 알리 없는 의사가 내 몸을 다 안다고 할 수는 없다. 또한 몸이란 반복되는 일상에서 만들어지는 것인데, 생활을 바꾸지 않고 약과 수술만으로 고치겠다는 게 오히려 무지한 태도 아닌가.

우선 현대의학이 붙여 준 갑상선기능항진증이라는 '병명'을 내려놓았다. 병명을 통해 몸을 바라보면 내 몸을 전체적으로 볼 수 있는 시선을 확보하기가 어렵다. 그러면 결국 부분적이고 전문적인 접근을 하게 되고 스스로 개입할 여지는 좁아질 수밖에 없다. 이는 류머티즘을 치료하는 과정에서 경험한 병명이 가지는 한계였다. 우선 내 일상을 돌아보았다. 그리고 보잘것없지만 일 년간 강의에서 들은 내용을 참고했다. 『동의보감』 시간에 배운 바로는 겨울에 병을 앓는 것은 여름을 어떻게 보냈느냐와 밀접한 관련이 있다. 일단 석사논문을 쓰면서 몸에 무리가 갔고, 바로 이어서 왼쪽 무릎 인공관절 재수술을 받고, 수술 후유증으로 여름 내내 요통을 심하게 앓으면서 체력이 많이 떨어져 있었다. 그런 상태로 감이당에 갔고, 그해 여름, 말로만 듣던 열대야를 난생 처음 몸으로 겪었다. 게다가 40여 년 맺어오던 친구관계에서 감정의 홍역까지 치렀으니 내 몸의 정(精)이 바닥 날밖에. 그해 여름이 가고 가을이 되자 감기가 찾아왔다. 나은 듯하다가 또 걸리기를 대여섯 차례 반복하고 나니 먹는 것도 시답잖았고 잠도 잘 오지 않았다. 게다가 건강에 대한 불안까지 겹쳐서 몸도 마음도 야윌 대로 야위었다.

이렇게 진단을 내리고 일상을 재배치했다. 섭생과 수면에 중점을 두었다. 식사를 규칙적으로 하면서 충분히 씹고, 잠을 충분히 자고, 틈틈이 한강시민공원 잔디밭을 걸으면서 정(精)의 소모를 최대한 줄이는 쪽으로 방향을 잡았다. 『명랑인생 건강교본』(김태진/『동의보감』의 내용 중, 일상에서 활용할 수 있는 처방들을 정리한 책)을 참고로 밥에 정기를 보해 줄 흑미와 검정 콩, 빈혈에 도움이 된다는 팥을 섞어 안치고, 외출도 자제하고 말수도 줄였다. 몇몇 사람만이 알고 있는 인터넷 전화를 켜 둔 채, 핸드폰도 집전화도 사용을 중지 했다. 이런 생활을 막 실천에 옮기기 시작한 2013년 2월 대중지성 1학년 개강일이 다가왔다. 몸을 좀 더 추슬러서 내년에 시작하는 게 낫지 않을까 해서 매니저에게 전화를 걸어 휴학을 하고 싶다고 했다. 돌아온 대답은 "시작도 안 했는데 무슨 휴학이냐? 시간이 많으면 망상이 많아져서 몸에 더 해로우니, 공부를 하지 않으려면 아이들 가르치는 일을 더 많이 하시라"였다. 일을 더 많이 할 바에야 하고 싶은 공부를 하겠다고 마음을 먹고 한 달간 스스로 내린 처방대로 일상을 꾸렸다.

그러자 허깨비처럼 느껴지던 몸에 조금씩 무게감이 실리는 듯했다. 그 과정에서 평소 기운을 과다하게 발산하는 식상 과다형의 내 생활패턴을 자각하기 시작했고, 그러면서 차츰 몸도 마음도 안정을 찾았고 용기도 생겼다.

경험에서 지성으로

대중지성 1학년 1학기에 읽은 책들은 세상과 나를 전혀 다른 시각으로 바라보게 했다. 특히 『도덕의 계보』는 내가 지금까지 가지고 살았던 가치들을 전면적으로 다시 생각하게 했다. 난 유교적인 가풍에서 자랐다. 예의범절을 중시하는 부모님의 가치를 스스로 내면화했다. 무릎 수술 후 걷기 시작하고 세상에 나와 활동을 시작하면서 소위 유교적인 덕목이라 일컬어지는 것들이 좀 거추장스럽다는 생각을 했다. 처음에는 이런 기준에 맞지 않는 행동을 보면 마음이 불편했는데 차츰 이것이 과연 내게, 내 건강에 좋은 것인가를 생각하게 되었다. 그러던 중 읽게 된 니체의 『도덕의 계보』는 우리가 지금 떠받들고 있는 가치의 계보를 탐사하여 그 기원을 밝힘으로써 그것이 절대적인 것이 아님을 말하고 있었고, 푸코의 글에서 만난 '자기배려'라는 덕목은 누군가가 만들어 놓은 윤리가 아닌 스스로가 자신의 윤리를 만들어 가야 한다는 것을 말해 주었다. 갑자기 세상이 달리 보였다. 류머티즘에서 벗어나는 것과는 차원이 다른 근본적인 질문이 나를 자극했다. 나는 지금까지 내 삶을 살아온 건가? 나를 배려한다는 건 어떤 거지? '남'을 배려하라가 아니라 '나'를 배려하라니!

루쉰에 대한 강의를 듣던 날의 체험은 더욱 특별했다. 그날도 곰샘(고미숙 선생님)의 강의를 경청하고 있었다. "그 어떤 것에도 기대지 않고 그 어떤 것도 붙들지 않고, 어떤 기대도 희망도 그리고 절망도 없이 '적막' 가운데에서 행한 루쉰의 글쓰기. 그 이외의 모든 것은 망상에 불과하며, 우리가 힘든 이유는 고통 그 자체 때문이 아니라 고통을 둘러싼 온갖 망상들 때문이다. 무언가를 직면할 때, 어떤 망상도 없이 대상과 맞닥뜨릴 때, 고통도 불안도 없다." 이 대목에서 '아, 그거였구나!' 갑자기 6년 전의 한 장면이 번개처럼 스쳤다. 2007년 2월 화장실에서 미끄러져 대퇴부 골절상을 입고 수술을 한 그 이튿날 저녁이었다.

진통제를 맞아도 가라앉을 줄 모르는 통증, 어떤 것으로도 없앨 수 없을 것 같은 통증 앞에 참 막막했다. 2월의 밤은 길었고 통증과 함께 불안감이 찾아들었다. 공교롭게도 지금까지 여러 차례 내 관절 수술을 담당했던 주치의가 해외 출장 중이었다. 나를 한 번도 진료한 적 없는 의사가 수술을 했다. 혹시 수술이 잘못된 게 아닐까? 염증이 생기고 있나? 수술 후 집도의가 농담처럼 한 말, "세상에서 제일 긴 쇠막대를 넣고도 모자라 남의 뼈도 좀 갖다 이었어요. 거기다가 못을 아홉 개나 박아 두었으니 붙기만 하면 튼튼할 겁니다"라던 그 말이 머릿속을 맴돌았다. 정말 뼈가 붙기는 하는 걸까? 불안이 통증을 가중시켰다. 어떻게 해 볼 도리가 없었다.

더 이상 기댈 곳이 없다고 생각하는 순간, 통증이 나를 뒤집어쓴 것 같기도 하고 내가 통증을 뒤집어쓴 것 같기도 하면서, 둘의 경계가 사라지고 통증과 내가 온전히 하나로 포개진 것 같았다. 찰나였지만 어떤 느낌보다 선명했던, 통증이 사라진 건 아닌데 통증이 없었던 그 순간, 그렇게도 들끓던 불안이 일시에 사라지고 오로지 통증만이 존재했다. 통증이 눈에 보이는 듯했고 그 움직임이 세세하게 느껴졌다. 지금껏 내 몸을, 통증을 그처럼 오롯이 느껴본 건 그때가 처음이었다. 통증은 있었지만 그것이 고통으로 느껴지지는 않았다. 불안이나 다른 감정의 덧칠 없이 오직 통증과 마주했던 그날 그 순간, 나는 그 어떤 망상도 없이 고통을 직면했다.

그것이 바로 크리슈나무르티가 말하는 그저 바라보는 것이며, 루쉰의 적막이며, 니체가 말하는 원망도 자책도 없는 있는 그대로를 긍정하는 삶이고, 푸코가 말하는 자기배려가 아닐까. 지금까지 읽은 텍스트를 다 끌어다가 깜냥대로 해석을 했고 새로운 길을 발견한 듯 기뻤다. 집으로 돌아오는 길, 한남대교를 지나며 무어라 형언할 수 없는 벅참이 가슴 가득 차올랐다. 정신이 맑아지고 몸이 가뿐했다. 그날 집으로 돌아와 일기를 썼다.

불안은 삶의 국면을 직면하지 못할 때 그 '사이'를 뚫고 들어오는 망상에 불과하다. 혜가도 일찍이 이런 깨달음의 경지를 말하고 있다.

"마음이란 본디 평화롭다. 거기엔 어떤 불안이나 동요도 있을 수 없다. 하지만 그것을 하나의 대상으로 놓고 진정시키려고 하면 할수록 마음은 더더욱 요동친다."(고미숙, 『나의 운명 사용설명서』, 북드라망, 2012, 17쪽)

비록 찰나였지만 어떤 희열 같은 걸 느꼈다. 그렇다면 우리가 살아가면서 느끼는 거의 모든 고통 또한 그 사이에 끼어드는 망상 때문에 고통스럽게 느껴지는 것이다. 그날 그 순간과 같은 직면하기를 오래 유지할 수 없기 때문에 불안에 시달리며 살아가야 하는 것.(2013. 3. 10. 일요일)

그날 그 순간의 직면하기를 오래 유지할 수 있다면 어떤 상황에서도 평정심을 유지하며 살아갈 수 있을 것이다. 막연히 생각해왔던 '인간적 성숙'이란 이런 상태를 일컫는 게 아닐까. 자기배려란 이런 태도에서 가능한 게 아닐까? 그러나 어떤 문제 상황에 처할 때마다 나를 그런 극한 상황으로 몰아갈 수도 없고, 그런 상황이 절로 만들어지는 것도 아니라면 망상 없이 순간순간을 직면하며 살아가는 방법은 무엇일까?

그 당시에는 그저 특별한 느낌이라는 정도로 생각하고 아픈 와중에 어물쩍 지나쳤던 순간을 이처럼 새로운 눈으로 볼 수 있게 해주는 게 공부인가. 지금까지 살아오면서 지나쳐 버린 찰나 찰나가 얼마나 많았을까. 이렇게 대충대충 어물쩍 살아가니 힘들고 괴로운 일들을 겪어도 거기서 어떤 배움도 일어나지 않았던 게 아닐까. 그저 고통을 피할 묘책만을 생각하거나 그저 함께 살아가자는 정도로 포용력을 발휘할 뿐, 그 안에서 그것을 넘어설 힘을 발견할 생각은 꿈에도 하지 못했다. 그러다가 물리적으로 심리적으로 어쩔 수 없는 상황에 처해지자 나도 모르게 내 안에서 어떤 힘이 솟아올랐다. 그렇다면 그 힘은 내 안에 있음이 분명하고 그것을 어떻게 끌어낼 것인가 하는 것이 관건이다. 그렇다. 일상이 구원이 될 수 있는 그 순간을 포착할 수 있는 집중력, 그리고 그것을 나에게 좋은 것으로 만드는 지혜, 그리고 그것을 또 다른 무언가가 막아설 때까지 끌고 가는 용기, 그것을 길러야 한다. 지금까지 경험으로만 넘어오던 삶의 마디들을 이제는 지성의 힘으로 넘어 보자.

"그게 오른 공부다"

2013년, 1학년 2학기 중반쯤 되었을 때 어머니가 갑자기 편찮으셨다. 골반뼈와 아랫배에 통증이 심해 일어나는 걸 힘들어하셨다. 사흘쯤 지나자 아예 자리에 누우셨다. 그 이후에는 호전과 악화가 반복됐다. 어머니는 내가 대소변을 받아내는 걸 무척 미안해하셨다. 그리고 내 병이 더해질까 봐 걱정하셨다. 때마침 조용필의 19집 앨범 "HELLO"가 나왔다. (용필이 오빠는 고맙게도 내가 힘들 때마다 내게 딱 맞는 노래를 선물한다.) '바운스'(Bounce)를 틀어 놓고 그 리듬에 맞춰 몸을 흔들면서 기저귀를 들고 오가는 걸 보시고 어머니가 마지못해 웃으셨다. 그런데 열흘이 지나자 기력이 완전히 떨어지셨다. 아흔다섯 고령인 데다가 날이 더워 쉬 회복이 되지 않았다. 주말이면 셋째오빠와 올케가 왔지만 어머니는 내가 없으면 많이 불편해하셨다. 50년 이상을 같이 살아온 터라 어머니의 표정만 봐도 무얼 원하시는지를 아는 내가 곁에 있기를 바라셨다. 감이당 수업에 결석을 해야 하나 싶어 어머니께 여쭈었다. "오늘 공부하러 가지 말까?" 어머니는 모기 소리만 하게 대답하셨다. "안 가면 내사 좋지마는, 언제 날(나을)지도 모르고… 그 좋은 공부를 해야 되제(되지). 갔다 일찍 온나"라고.

나는 내 삶의 문제를 중심으로 고민하고 글도 쓰는 감이당 공부가 즐거웠고, 그걸 어머니와 나누었다. 가끔씩 어머니 침대에 나란히 누워 고미숙 선생님의 인문학 강의나 도담 선생님의 의역학

(한의학과 역학) 강의 내용을 이야기해 드리곤 했다. 편찮으신 후에도 가끔씩 상태가 호전되시는 날엔 여전히 왼쪽 귀에 대고 내가 공부한 걸 들려드렸다. 어머니가 그러셨다. "그게 오른(옳은) 공부다. 나도 점꼬(젊고) 눈 발그면(밝으면) 그 공부를 하고 싶다"라고. 대학원에 갈 때도 논문을 쓸 때에도 어머니는 "무슨 영화를 보겠다고 몸 상해 가면서 그클(그렇게) 공부를 하노?" 하며 못마땅해하셨는데 어머니는 내가 이 공부를 하고 있어서 안심이 되신단다. 어머니가 돌아가셔도 중심을 잡고 잘 살 것 같아서.

어머니께 여쭈었다.

"엄마는 지금까지 살면서 뭐가 제일 힘들었어요?"

어머니는 뜻밖의 대답을 하셨다.

"기대가 젤 나빠. 다 아는데 안 그랠라 캐도(안 그러려 해도) 잘 안 된다. 니는 공부해서 내그치(나같이) 살지 마라. 아무 기대도 하지 마고(말고) 살아라"라고.

편찮으시기 전까지 어머니는 매일 불경을 읽으셨다. 2006년부터 황반변성을 앓으신 어머니는 다른 책은 글자가 잘아서 읽을 수가 없었다. 외사촌 올케가 준 『법화경』은 여러 사람이 직접 붓글씨로 필사한 책이라 글자 크기가 매우 컸다. 어머니는 시간날 때마다 침대에 앉아 작은 책상을 앞에 놓고 이 책을 읽으셨고, 돌아가실 때까지 일흔 번쯤 반복해서 읽으셨다. 가끔은 맘에 드는 구절을 삐뚤 삐뚤 필사도 했고, 비유적인 내용의 의미를 깨달으면 밥을 먹으며 설명도 해 주셨다. 모르는 불교 용어가 나오면 질문도 하고 『법화경』과 함께 시간을 보내며 마음을 다스리셨다. 그러던 어머니가 앉아서 책을 읽는 것이 힘들어지면서 불안해하셨다. 어느 날, "마음이 자꾸 어디로 갈라 칸다", "지금까지는 내가 내 맘을 까라앉추면서 (가라앉히면서) 살았는데 인제는 그럴 힘이 없다"라는 말씀을 하셨다. 그리고 침·뜸 치료로 화장실 출입이 가능할 정도로 회복이 되셨지만, 언제 다시 몸져누울지 모른다는 생각에 나와 둘이 사는 걸 불안해하셨다. 그러기에는 난 너무 약한 딸이었다. 그해 겨울 작은오빠 내외가 어머니를 대구로 모시고 갔다.

어머니처럼 어떤 어려움에도 흔들림 없이 꿋꿋하셨고 심지가 굳으셨던 분도 기력이 쇠해지자 저렇게 불안에 흔들린다면? 어머니의 모습은 내게 더 구체적인 질문을 안겨 주었다. 류머티즘이 문제가 아니었다. '죽는 그 순간까지 평상심을 잃지 않고 살아가려면 어떻게 해야 하나?' 결국 병을 다스린다는 것, 내 몸을 돌본다는 것은 살면서 맞닥뜨리는 상황을 어떻게 해석하고 대할 것인가의 문제로 귀결되는 게 아닌가. 그렇다면 병이란 놈을 물리친다는 단순하고 협소한 의미를 넘어서는 어떤 공부가 필요하다는 생각이 들었다. 그렇다면 "오른 공부"를 하면서 내공을 기르는 길밖에는 도리가 없다.

15.
초보 학인의
어설픈 공부

『면역혁명』을 읽고

2013년 11월 중순, 대중지성 1학년 말에 일본의 면역학자 아보 도오루가 쓴 『면역혁명』(부광, 2008)을 읽었다. 이 의사의 주장은 이렇다. '서양의학과 약학이 감염증이나 사고에 의한 부상 등 급성 질환에서는 그 역할이 지대하지만 만성질환에 대해서는, 특히 조직의 장애를 동반하는 질병의 경우 손을 쓰지 못하고 있다. 류머티즘도 그런 질병 중 하나다. 류머티즘이 지금까지는 면역이 지나치게 강해서 자기 자신을 공격하는 것이라고 알려져 있다. 그래서 면역억제제와 스테로이드를 복용함으로써 면역력을 철저하게 억제하는 방향으로 치료를 해 왔다. 그러나 이는 완전히 잘못 알고 있는 것이다. 오히려 면역억제 상태에서 이런 질병이 발생한다.'

이런 주장은 지금까지 내가 알고 있었고 현대의학에서 하는 설명과는 완전 반대였기에 의구심이 전혀 없는 건 아니었다. 그러나 오랜 시간 현대의학의 관점에서 치료를 해 왔고, 평생 가지고 가야 하는 병이라고 생각하고 있는지라, 지금까지와는 다른 시선으로 내가 앓고 있는 병에 접근해 보고 싶었다.

이런 생각을 하게 된 직접적인 계기는 '진통 소염제를 오래 쓰면 몸이 차가워진다'는 것에 공감했기 때문이다. 처음 발병 당시에는 열이 높아서 한기가 드는 거라고 생각했다. 실제로 그렇기도 했다. 그때는 여름에도 내복을 입고 긴팔 티셔츠에 양말까지 신고 지냈다. 그러나 꾸준히 약을 먹으면서 열도 내리고 일상생활도 큰 무리 없이 꾸릴 수 있는 상황이 되었는데도 추위는 가시지 않았다. 물론 처음처럼 그렇게 한기가 들진 않았지만 여전히 여름에도 주로 긴팔 옷을 입고 다니고 양말을 신고 지냈다. 그러다가 어머니 병구완을 하던 2013년 여름, 갑자기 왼팔에 열이 나고 움직일 수가 없어서 병원에 갔더니, 조금 더 '쎈' 놈으로 소염제를 바꿔 줬다. 통증은 금세 완화가 되었지만 한기는 여전했다. 특히 에어컨 아래서는 냉기가 피부 깊숙이 들어가 뼈에까지 스며들었다. 그러다 보면 몸에서 냉기가 나오기 시작하고 그때는 옷을 껴입어도 소용이 없다. 특히 무릎에 인공관절 수술을 해서인지 무릎 아래는 족욕을 해도 쉬 풀리지가 않았다. 에어컨 아래 오래 있었던 날은 그 부위가 너무 차가워서 자다가 깨기도 하고, 뜨거운 물에 다시 한 번 더 족욕을 하고 나서야 잠이 들곤 했다. 그러던 차에 이 책을 읽었고, 한기의 원인이 몇 십 년을 먹어 온 소염제일 수도 있겠다는 생각이 들었다.

복용 중단 후 두 달까지는 약을 먹을 때보다는 못했지만 그런 대로 견딜 만했다. '아, 이 정도면 됐구나!' 하는 자신감을 가지려 할 무렵인 2014년 3월, 대중지성 2학년 1학기가 중반에 접어들 무렵부터 관절들이 삐걱거리기 시작했다. 무릎은 인공관절로 교체한 상태여서인지 별 이상이 없었고, 발목도 늘 아픈 채 지내온 터라 그 상태에 익숙해서인지 약을 끊은 이후에도 그 이상으로 통증을 느끼진 않았다.

힘든 곳은 목 관절과 양쪽 어깨 그리고 1년 전 여름 갑자기 통증이 심해졌던 왼쪽 팔꿈치와 손목이었다. 컵을 들어 물을 마시는 것도, 세수를 하는 것도, 단추를 끼우는 것도 어려웠고, 반찬 그릇의 뚜껑을 여는 것도, 현관문을 여는 것도 부담스러웠다. 처음 류머티즘을 앓던 그때의 통증과 불편함이 종일 따라다녔다. 하는 수 없이 류머티즘 약을 다시 먹었다. '약 한 봉지'를 먹은 지 겨우 두세 시간이 지났을까? 몸이 한결 부드러워지고 엄두도 못 내던 샤워를 할 마음이 생길 정도로 통증이 가셨다. 기분이 좋았다. 그런데 그 다음 날 오후가 되자 통증은 다시 시작되었고 참기가 어려웠다. 또 약을 먹었다. 그리고 금세 통증은 가라앉았다. 그러면서 겁이 났다. 이렇게 짧은 시간에 강력한 효과를 내는 약이라니! 지금까지 온갖 치료를 하면서 알게 된 바로는 효과가 빠르고 강력할수록 부작용 또한 그만큼 크다. 통증이 순식간에 사라진다는 것은 신경을 둔화시킨다는 걸 의미하지 않을까? 이런 의심이 들면서 약이 뱃속에 들어가 신경을 마비시키는 과정이 눈에 훤히 보이기라도 하는 듯 불안했다.

먹자니 독(?)을 먹는 것 같고, 안 먹자니 일상생활을 할 수가 없었다. 집안에서 생활하는 것도 불편했지만, 어머니께 가지 못하는 데서 오는 스트레스도 컸다. 통증 그 자체는 물론이고 그것을 둘러싸고 일어나는 오만 가지 생각들이 나를 들볶았다. 약을 먹어야 하나 말아야 하나로 고민에 고민을 거듭하다가 결국 다시 마음 편히 약을 먹기로 했다. 일단 일상생활은 해야 하니까. 그러면서 다시 길을 찾아보기로 했다.

『차라투스트라는 이렇게 말했다』를 읽고

그러던 와중에 감이당 대중지성 2학년 1학기 텍스트로 니체의 『차라투스트라는 이렇게 말했다』(니체전집 13권, 책세상, 2005)를 읽었다. 대학 1학년 때 읽으려다가 몇 장 못 읽고 덮었던 전력이 있는 책이다. 그때 이 책을 손에 든 건 니체가 궁금해서도, 이 책에서 무얼 말하려는가를 알고 싶어서도 아니었다. 대학생이 되었으니 왠지 철학책을 좀 읽어 줘야 할 것 같아서 삼성출판사에서 보급판으로 나온 50권짜리 사상서를 구입했고, 그 중 가장 읽기 쉽겠다 싶어서 고른 게 이 책이었다. 제목에 "~말했다"가 들어가니, 말하는 걸 듣는 건 좀 쉽지 않을까 하는 단순한 생각에서였다. 그러나… 도무지

뭔 말을 하는지 알 수 없었다. 그로부터 30년이 흘렀건만 다시 읽어도 책장은 쉽게 넘어가지 않았다. 그러나 이번에는 교재이다 보니 이해를 하든 못 하든 끝까지 읽었다.

그 중 눈에 들어오는 구절이 있었다. "나는 전적으로 신체일 뿐, 그 밖의 아무것도 아니며, 영혼이란 것도 신체 속에 있는 그 어떤 것에 붙인 말에 불과하다"(52쪽)라거나, "생각과 느낌 배후에는 더욱 강력한 명령자, 알려지지 않은 현자가 있다. 이름하여 자기다. 이 자기는 너의 신체 속에 살고 있다. 너의 신체가 바로 자기이기도 하다."(53쪽)

근대교육을 받은 세대는 나를 비롯하여 대부분 육체와 정신에 대해 비슷한 관념을 가지고 있다. 정신이 육체를 좌우하며 육체는 정신보다는 좀 열등한 것이고, 육체는 통제하고 억압해야 하는 대상이니, 정신력을 길러야 한다. 학교에서도 집에서도 이렇게 가르쳤고, 나 또한 그것을 중요한 삶의 태도로 여기며 살았다. 2001년 어느 여름날 교통사고를 계기로 되살아난 불안에서 벗어날 방법으로 '인간적 성숙'이라는 화두를 잡고 안도했을 때도 그랬다. 인간적으로 성숙한 사람이라는 그 말 속에는 여전히 정신이, 의지가 강한 존재라는 의미가 함축되어 있었다.

몸을 어찌할 수 없게 만드는 통증, 그런 통증을 겪으면서 그것을 둘러싸고 일어나는 다양한 갈등을 들여다보니 거기엔 수많은 생각, 감정, 그리고 타자와의 관계, 미래, 과거 등등이 뒤얽혀 있었다. 그리고 그것의 중심에는 '몸'이 있었다. 정신이니 육체니 하고 나눌 수 있는 게 아니었다. 그러고 보면 이런 경험은 그동안 수도 없이 되풀이했고 대퇴부 골절상을 입었을 때도 나는 '몸이 건네는 말'이라는 글에서 머리로 생각하고 판단하는 것보다 몸이 하는 말을 따르면 되더라는 말을 한 적이 있다. 이런 경험들을 내 입으로 고백하면서도 나는 정신의 우위를 굳게 믿고 살아왔다. 그런데 니체의 저 글을 읽으면서 나의 생각과는 배치되는 이런 경험들이 주르륵 떠올랐다. 그리고 작년 가을 어머니가 하신 말씀, "마음이 자꾸 어디로 갈라 칸다." "지금까지는 내가 내 맘을 까라앉추면서(가라앉히면서, 다스리면서) 살았는데 인제는 그럴 힘이 없다"와 겹쳐지면서 조금은 정리가 되었다. 그렇구나. 맘을 가라앉히는 그 힘이 몸에 있구나. 문제는 몸이구나. "생각과 느낌 배후"에 있는 "더욱 강력한 명령자, 알려지지 않은 현자", 그게 바로 나의 신체구나!

그렇다면 오로지 신체일 뿐인 나, 내 몸을 '안다'는 것은 어떤 것일까? 또 다른 질문이 생겼다. 몸만 따로일 수가 없다는 건 알겠다. 생각해 보면 주치의가 내 몸을 알고 있을까 하는 의구심을 가졌을 때의 그 '몸'도 정신을 포함하는 몸이었다. 그렇다면 몸에서 일어나는 변화, 몸을 둘러싸고 일어나는 움직임을 전체적으로 볼 수 있으면 지금 겪고 있는 몸을 모른다고 할 때의 그 모름에서 오는 문제를 해결할 수 있을까? 지금까지의 내 공부가 이런 문제 해결에 도움이 되지 못했다면 그건 왜일까? 도대체 공부라는 건 뭔가? 머리가 복잡해졌다.

크리슈나무르티의 책을 읽고

크리슈나무르티는 『배움과 지식에 대하여』(고요아침, 2008)에서 이렇게 말한다. "배움은 시작도 끝도 없는 삶의 움직임"이며, "고정된 지식을 가지고 문제를 해결하려 들지 말라"라고. "모든 생각이 정지해야만 비로소 실제 있는 그대로를 전체적으로 볼 수 있"으니(170쪽), 문제를 있는 그대로 보기만 하라는 것이다(163쪽). 맞는 말이긴 하다.

약을 먹느냐 마느냐 하는 문제에서도 그랬다. 먹자니 해로울 것 같고 안 먹자니 힘들고 진퇴양난에 빠져 나중에는 머리가 터질 지경이 되어 버렸다. 정작 약을 먹느냐 안 먹느냐 하는 것보다도 그 둘 사이에서 오락가락 갈등하느라 진을 뺐다. 그렇지만 생각을 멈춘다는 게 여간 어려운 일이 아니었다. 이미 오랜 세월 '착실하게' 훈련된 생각은 요청하지 않아도 스스로 알아서 작동을 한다. 미처 생각을 한다는 걸 알아차리기도 전에 지금까지 수없이 반복해 온 매뉴얼대로 신속정확하게 움직인다. 통증이 오면 자동적으로 불안한 생각부터 일어난다. 그러니 이런 잡다한 생각 없이 문제를 있는 그대로 본다는 건 실현 불가능한 일처럼 보인다. 게다가 문제를 본다는 건 그에 대해 생각을 하는 거라고 알고 있었는데 생각을 멈추고 있는 그대로 본다니! 무얼 본다는 걸까? 어떻게 하면 그렇게 되는가?

다시 크리슈나무르티가 말한다. "뭔가를 갑자기 한순간에 지각하는 일이 있지 않았는가. 문제를 지각하는 그 순간 문제가 완전히 끝나 버리는 일이 여러분에게도 일어난 적이 있었을 것"(164~165쪽)이라고. 순간 떠오르는 두 개의 장면이 있다. 이 책 앞에 나온 내용 중 '동작대교 위 사건'과 '통증과 하나가 되었던 순간'이다. 달리던 택시 안에서 불현듯 치료에 올인하며 전전긍긍하던 내 모습이 전체적으로 보였고, 그 순간 문제가 순간적으로 사라지고 가슴이 뻥 뚫리면서 '그래 꼭 나아야 하나? 그냥 이대로 살면 안 되나?' 하는 인식의 전환이 일어났다. 돌아보면 그때는 내가 생각을 했던 게 아니었다. 어디선가 그런 생각이 갑자기 내 머리를 때렸다는 게 정확한 표현이다. '통증과 하나 되었던 순간'도 마찬가지다. 통증을 둘러싼 온갖 불안한 '생각'들이 멈추는 찰나 통증은 있는데 통증이 사라져 버렸다.

생각을 멈추고 문제를 직면할 때 그렇게도 나를 힘들게 했던 문제가 해결되어 버리거나, 문제는 그대로인데 더 이상 문제로 느껴지지 않는다는 건 경험으로 알겠다. 그런데 문제는 직면이 내 뜻대로 되는 게 아니라는 거다. 앞의 두 가지 사례도 그냥 어느 순간 그런 상태가 된 것이지 내가 노력해서 그런 상태를 만든 게 아니었다. 그러니 어떻게 그런 상황을 맞닥뜨린 건지 설명할 수 없다. 억지로 설명을 하자면, 전자는 한 십 년 명약을 순례하다 보니 더 이상 그런 식으로는 안 된다는 걸 자기도 모르게 알게 되었기 때문에 방향을 바꿀 수밖에 없었을 것이라 할 수 있고, 후자는 인간이 아주 절박한 상황에 내몰리면 자기 자신을 보존하기 위한 방책을 스스로 찾는데 그 과정에서 나타난 현상이라 할 수 있겠다. 어쨌든 나는 이런 정도로 그때의 상황을 스스로에게 설명하고 있었다. 그런데 문제는 평생 그런 상황이 오지 않을 수도 있으니, 그런 때가 닥치기를 그저 기다릴 수만은 없다는 데 있다.

내가 감이당에 온 이유도 지금까지는 오랜 시간에 걸친 경험으로 그런 지점들을 넘어왔다면 이제는 지성의 힘으로 이런 마디들을 넘어 보자는 생각에서였다. 그래서 학기마다 책을 읽고 어떻게 하든 그걸 내 삶에 적용해 보려고 애를 썼다. 그러나 막상 구체적인 부분으로 들어가면 막막하다. 읽는 책들은 내가 지금까지 보고 생각하던 것과는 다른 관점으로 세상을 바라보는, 참신한 내용들로 가득했다. 읽으면 감탄사가 절로 나오고 그 매력에 푹 빠져든다. 크리슈나무르티의 책들도 그랬다. 그런데…, 그 다음은? 어떻게 하면 생각을 멈추고 있는 그대로를 볼 수 있는지를 좀 친절하게, 상세하게 제시해 주면 좋으련만 내 질문에 속 시원한 답은 없고, 공부를 하면 더 미로를 헤매는 것 같으니, 참 답답한 노릇이었다.

16.
"찬란한
슬픔의 봄"

"향기로운 가을 길을 타~고 갑니다"

어설픈 공부를 하며 대중지성 2학년을 힘겹게(!) 보내고 있었다. 대구에 가신 어머니와는 주로 전화로 안부를 묻고 일상을 나눴다. 오빠 내외와 휠체어를 타고 바깥나들이도 하고 그럭저럭 잘 지내시는 것 같았다. 그래도 늘 막내딸인 나를 보고 싶어 하셨다. 그러다가 점차 귀도 더 어두워지고 기력도 떨어지고 하면서 통화하는 것조차도 수월치 않았다. 오랜만에 어머니를 뵈러 갔다. 2014년 10월 3일. 화창한 가을날. 어머니의 휠체어를 밀고 작은올케와 코스모스가 무더기로 핀 둑길을 걸었다. 어머니가 노래를 부르신다. "코~스모~스 한~들한~들 피어 있는 길, 향기로운 가을 길을 걸~어갑~니다. 아 참, 타~고 갑~니다." 올케와 한바탕 웃었다. 오랜만에 막내딸과 하는 나들이에 기분이 좋으시다.

어머니는 꽃을 좋아하신다. 서울에 계실 때도 벚꽃이 필 때면 남산이나 과천 국립현대미술관으로 벚꽃 구경을 하러 갔고, 가을이면 코스모스가 줄지어 피어 있는 길을 달리기도 했다. 1999년 여행지에서 홀연 아버지가 돌아가신 후 어머니와 둘이서 살았다. 내가 못하는 집안일은 어머니가 도와주시고 나들이를 할 때면 보행이 불편하신 어머니보다는 운전을 하는 내가 앞장을 섰다. 개포동에 살 때는 분당 율동공원이나 남한산성엘 자주 갔고 올림픽공원이나 남산을 한 바퀴 돌기도 했다. 지금 살고 있는 잠원동 집으로 이사를 온 뒤로는 아무리 추운 겨울이어도 일주일에 한 번은 한강시민공원에 나갔다. 어머니는 어머니대로 걷는 운동을 하셨고 나는 멀리서 어머니를 지켜보며 한강 잔디밭을 걷곤 했다. 겨울이면 한강에 무리 지어 있는 오리를 보러 가기도 하고 때로는 서산으로 넘어가는 해를 바라보며 즉석 라면을 끓여 저녁을 해결하고 들어오기도 했다. 그렇게 바깥나들이를 하고 나면 어머니 얼굴에 생기가 돌았다. 그랬는데 언제부턴가 어머니가 나가는 걸 귀찮아하셨다. 그해 여름 많이 편찮으신 이후부터였던 것 같다.

참 오랜만에 하는 나들이로 나도 기분이 좋아졌다. 그렇게 어머니와 이틀을 보내고 서울로 온 며칠 뒤 어머니가 다쳤다는 연락이 왔다. 앞으로 엎어져서 광대뼈가 부러진 것이다. 어머니는 별 통증을 느끼지 못하는 것 같았다. 원래 얼굴뼈는 다쳐도 그다지 통증을 심하게 느끼지 못한다고 한다. 어머니도 수술할 의사가 없었고,

워낙 고령이시라 의사도 어머니의 의사를 따랐다. 12월 무렵 뼈가 거의 붙었다는 반가운 소식이 왔다. 어머니는 원래 뼈대가 굵고 건강한 신체를 타고나셨다. 당신 스스로도 몸을 많이 움직이는 편이었고, 어지간히 아파서는 누워 지내질 않으신다. 어머니가 병상에 계실 때 지압하는 분을 집으로 모셔 치료를 받았는데, 어머니 뼈는 60대라고 했다. 그때 연세가 아흔다섯이었다.

어머니가 다른 탈 없이 무사히 넘어간다고 안도하고 있었는데 2015년 1월 중순 큰오빠한테서 연락이 왔다. 어머니가 갑자기 머리가 너무 아프고 몸에 마비 증상이 있어서 병원에 가셨단다. 안면 골절상을 입을 때 뇌혈관이 조금 터져서 미세한 출혈이 있었는데, 그것이 석 달이 지난 시점에 극심한 두통과 마비 증상으로 나타난 것이다. 수술은 곤란하다는 게 의사의 소견이었다. 어머니께 사실대로 말씀드리고 어떤 선택을 하실지 여쭈어 보는 게 좋겠다고 생각했다. 어머니는 정신이 맑았고 판단력도 있으셨다. 이런 내 의견을 오빠한테 전하고 곧바로 대구로 출발했다.

어머니가 대구로 가신다고 해도 말릴 걸 그랬다는 후회가 밀려왔다. 나도 어머니도 함께 사는 게 좋았다. 그래서 어머니가 돌아가실 때까지 같이 살자고 했었는데…. 이런저런 생각들을 하고 가는데 언니에게서 어머니가 이미 수술을 받으셨다는 전화가 왔다. 큰오빠가 힘들어하는 어머니를 그냥 지켜볼 수가 없어서 그렇게 결정했다는데…. 한편 안도가 되면서도 한편으로는 걱정이 되었다. 어머니가 그 이후를 잘 견뎌낼 수 있을까? 가슴이 두근거린다. 채 준비도 되지 않은 상태에서 갑작스레 시험을 보는 듯한 불안감이 엄습한다.

'조숙영'이 아니라 '97세 뇌출혈 환자'

병실로 들어갔다. 출입문 바로 옆 침대에 어머니가 비스듬히 누워 계셨다. 수술을 한 부위인 듯한 오른쪽 머리에는 반창고가 겹겹이 붙어 있고, 코에는 굵은 호스를 끼고, 손등에는 여러 개의 링거 줄을 달고, 두 손은 침대에 묶인 채였다. 어머니가 평소 그렇게는 절대 되고 싶지 않다던 바로 그 모습이었다.

어머니께서는 늘 그러셨다. 절대 병원에 데리고 가지 말라고. 그런데 뇌출혈로 두통과 사지 마비 증세가 오자 병원에 가자는 말에 응하셨단다. 어머니는 묶인 손을 자꾸만 얼굴로 가져가려고 하셨다. 그러면 간병인이 헐거워진 끈을 더 바짝 당겨 묶는다. 호스를 뽑으려 해서 묶어 놓았단다. 어머니한테 지금 상황을 설명했는지 물었더니 충격을 받을까 봐 말하지 않았다고 했다. 어머니가 이런 일로 충격을 받으실 것 같으면 이미 예전에 이 세상을 떠나셨을 텐데….

환자가 되는 순간 그 사람의 개체성은 묵살된다. 의사는 나이와 병세로 그 사람을 판단하고 보호자는 의사들의 말을 금과옥조로 여긴다. 주치의의 말에 의구심을 품지 않을 뿐만 아니라, 병과 직접 관련이 없는 불편 같은 건 어지간해서는 말하지 않는다. 대부분 의사가 하라는 대로 한다. 손을 묶으라면 그냥 묶는다. 어머니 역시 '조숙영'이라는 개인이 아니라, 아흔일곱 고령의 뇌수술 환자일 뿐이었다.

2006년 가을, 서울에서도 그랬다. 어머니가 백내장 수술을 하고 얼마 되지 않아 원인 모를 설사병에 걸려 입원을 하신 적이 있다. 증세는 멎었지만 원인을 알려면 대장 정밀검사를 해야 한단다. 그런데 어머니가 80년 넘게 써 먹은 몸인데 검사를 하면 무슨 병인들 안 나오겠냐며 검사를 거부하셨다. 그런 뒤 막 퇴원을 하려던 차에 갑자기 고열이 나면서 심각한 상황에 이르렀다. 그때 간병인이 어머니를 대하는 태도도 그랬다. 여든여덟이 된, 기운이라고는 하나 없는 어머니는 돌아가실 때가 된 노인의 모습이었고, 간병인은 그런 어머니를 죽음을 앞둔 노인 취급을 했다. 학교에 오가는 길에 들렀지만 어머니는 말씀이 없으셨다. 옆 환자의 보호자들이 간병인이 어머니를 방치한다고 귀띔을 해 주었다. 간병인에게 화가 나기보다는 그런 상황에서도 아무 말씀을 하지 않는 어머니의 의욕 없음이 더 걱정스러웠다.

입장 바꿔 생각해 보니, 나라도 어머니 같은 분을 이런 상황에서 처음 보면 그렇게 생각할 것 같았다. 간병인에게 편지를 썼다. 병원에 오기 전까지 어머니가 어떻게 생활했는지, 식성은 어떠한지, 어떤 과정을 거쳐 지금 이렇게 입원을 하고 있는지 등등을 간략하게 적었다. 그 편지를 받고 간병인의 태도는 많이 달라졌다. 나도 어머니에게 생기를 불어넣어 드리려고 애를 썼다. 손자 손녀들의 근황이나 뉴스에서 본 이야기를 들려 드렸다. 거의 날마다 통화를 하던 친구분에게 전화를 걸어 드리기도 했다. 친구 목소리를 들으면 마음이 달라질 것 같았고, 친구와 대화하는 어머니를 보면 간병하는 분도 어머니를 더 잘 알게 될 것 같았다. 얼마 뒤 어머니는 우리 집으로 퇴원을 하셨고, 머지않아 예전의 모습을 되찾으셨다.

그때 그 일을 떠올리며 나는 어머니께 사실대로 말씀드렸다. 뇌에 구멍을 조금 뚫어서 고여 있는 피를 뽑아 냈으며 당분간 음식은 호스를 통해 코로 들어갈 거라고. 어머니의 첫마디는 왜 내게 말도 안 하고 마음대로 수술을 했냐는 거였다. 워낙 응급 상황이라 그럴 시간도 없었고, 걱정하실까 봐 그랬다고 말씀드렸다. 그리고 묶인 손을 풀어 드렸다. 그후 어머니는 조심조심 호스를 피해 가며 얼굴을 긁었다.

"소롯이 가게 해도고"

어머니는 오빠네 집으로 퇴원을 하셨고 부축을 하면 거실로 나오실 수도 있었다. 식사도 조금씩 하셨다. 그러던 어느 날부터 설사를 하기 시작했다. 10년 전 백내장 수술을 하고서도 설사로 고생을 하셨는데, 겉으로 보이는 건 아니지만 노인들에게는 수술이 주는 신체적인 타격이 생각보다 큰 것 같았다. 멍게를 드린 게 잘못된 건가 싫었다. 입맛 돌아오라고 평소 좋아하시던 걸 드린 건데…. 약을 먹어도 쉬 그치질 않았다. 한약을 순하게 지어 드려도 보았으나 그마저 받아들이지를 못하셨다. 설사가 차츰 잦아지면서 손발이 붓고 열이 났다. 갈증도 심했다. 탈수현상이 온 것 같았다. 몇 분 간격으로 물을 찾았다. 병원에 가서 링거를 맞으며 수분을 공급하면 좀 나을 것 같은 생각이 들었다.

어머니는 병원에 가는 걸 꺼렸다. 지금 상황을 받아들여야 한다고 마음은 먹었지만 막상 어머니를 보면 당장이라도 병원에 모시고 가야 할 것 같은 조바심이 났다. 어머니가 조금이라도 차도를 보이는 날에는 맘이 좀 놓이다가도 열이 나고 부기가 더 심해지면 어떻게 하면 좋을지 몰라 불안했다. 머리를 맞대고 의논을 해 보지만 쉬 결론이 나질 않았다. 이럴 때는 뭘 기준으로 어떻게 대응해야 하는지 어떻게 판단해야 하는지 갈피를 잡지 못했다. 남의 일이라면 객관적으로 보게 될 것 같은데 내 어머니라서 더 어려웠다.

그 와중에 그나마 중심을 잡아준 건 어머니였다. 사람이 죽을 때가 되면 본래 온갖 증상들이 나타나는 법이고, 병원에 가서 나을 병이 아니라며, 병원에 가는 건 쉽지만 오만 검사를 다 할 텐데 그 고생스러움을 어떻게 견디겠냐며, 그렇게 살고 싶지는 않다고 하셨다. 그러나 고열이 나거나 정말 힘이 들 때면 어머니 안에서도 순간순간 갈등이 일어나는 것 같았다. 그럴 때면 어머니는 내 손을 잡고 "날 좀 살려도고"라며 애원을 하셨다. 가슴이 무너졌다. "어째야 엄마를 살리는 건데요? 병원에 갈까요?" 고작 한다는 게 "병원에 갈까요?"라는 말뿐이라니. 이걸 어머니한테 여쭤보는 게 옳은가? 그냥 모시고 가야 하는 거 아닌가? 이런 생각으로 머리가 복잡했다. 어머니는 고개를 저으시며 "소롯이 가게 해도고." "그게 엄마를 살려드리는 건가요?" 고개를 끄덕이셨다. 더 고생 안 하고 편히 가게 해 달라는 말씀이시다. 그게 어머니의 진심인지도 의심이 갔다. 이럴 수도 없고 저럴 수도 없었다. 침을 놓으러 지인이 오셨을 때는 그분의 손을 잡고, 편케 가는 침이 있을 텐데 그걸 좀 놔 주면 고맙겠다고 하셨다.

"다시 애기가 됐네"

오빠 내외와 함께 더 이상 갈팡질팡하지 말고 이 상태에서 어머니가 원하는 대로 어머니께 필요한 걸 할 수 있는 만큼 하자고 의견을 모았다. 기력도 떨어지고 시력도 안 좋으신 어머니는 내가 곁에 있길 바라셨다. 예전 같으면 내 건강을 먼저 생각하셨을 텐데, 더 이상 막내딸을 염려할 여유가 없으셨다. 그렇게 좋던 기억력도 쇠해지고 바로 지금 여기의 당신 몸만을 생각하셨다. 사람은 저런 상황이 되면 자신 이외의 어떤 것도 생각할 겨를이 없구나 싶었다. 점점 더 변형되는 내 손이 걱정스러워 당신이 할 수 있는 한 설거지도 하고 뭐든 거들어 주려 애쓰시던 어머니였는데….

밤새 죽을 드시는 바람에 오분도미가 다 떨어져서 흰죽을 드렸다. 점심에는 밥을 죽처럼 만들어 대구탕에 말아서 드렸다. 죽은 아주 조금만 드셨다. 오후에 한살림에 가서 장을 보고 피곤해서 누웠다가 잠이 살짝 들었는데, 엄마 日﹐"창희는 눕디마는 고마 한숨 자네. 저클(저렇게 많이) 자고 밤에는 어옐라꼬(어쩌려고)." 웃음이 터져서 자리에서 일어날 수밖에!(2015. 2. 17. 화)

편찮으신 이후로 외기에 더욱 민감해지셨다. 날씨에 따라 컨디션이 오르락내리락, 변화가 심했다. 전날엔 비가 와서인지 종일 만사가 귀찮다는 표정이셨고, 밤새 주무시지 않고 수시로 죽을 찾았다. 그래서 어머니도 나도 거의 잠을 못 잤다. 그런데 내가 잠시 침대에 누워 잠이 들려 하자 어젯밤 일은 까맣게 잊어버리고 낮잠을 많이(!) 자는 딸을 걱정하신다. 침대에서 일어나 어머니 손을 잡고 "아이고, 우리 엄마가 인제 애기가 됐네!" 하며 어머니 얼굴에 내 얼굴을 갖다 댔다. 늙으면 다시 애기가 된다는 말이 맞다. 내가 어머니의 엄마가 된 것 같았다.

일주일에 두 번씩 어머니를 뵈러 대구에 갔다. 작은올케의 도움을 받으며 오분도쌀로 죽을 쑤고 평소 좋아하시던 간식을 먹기 좋게 만들고 때로는 뜸도 떠 드렸다. 어머니가 편안해하는 일이면 할 수 있는 한 모든 걸 하고 싶었다. 언니도 수시로 어머니가 드실 만한 음식을 해 가지고 왔다. 우리들은 마음을 다해 어머니를 돌봤다. 딸의 마음이 이 정도일진대 수십 년간 아픈 나를 바라보는 어머니의 마음은 어땠을까? 어머니는 내 수발을 들면서 가끔 외할머니의 마지막 가시는 길에 함께하지 못한 죄스러움을 이야기하시며, '효성은 꼬지에 꿰고 자정(慈情: 부모의 정)은 바리에 싣는다'는 속담을 덧붙이셨다. 자식이 없는 나는 어머니의 그 마음을 헤아릴 길이 없다. 그나마 어머니 간병을 하면서 어렴풋이 짐작이나마 할 수 있었으니 다행이라고 해야 할지.

을미년의 봄

서울과 대구를 오가는 중에 감이당 대중지성 3학년이 시작되었다. 토요일 수업에 참석하려면 금요일 오후엔 서울로 가야 한다. 아침에 일어났는데 몸이 이상하다. 서울까지 갈 엄두가 나지 않을 만큼 컨디션이 안 좋다. 아침을 먹고 평소와 다름없이 의자에 앉아 어머니 손을 잡고 몇 마디 말을 나누고 나자 더 이상 앉아 있을 수가 없었다. 침대에 가서 누웠다. 어머니가 뒤척이는데도 내 몸이 움직이질 않는다. 결석을 하고 며칠을 쉬었다. 오빠 내외가 나를 보더니 여기서는 쉴 수가 없으니 서울로 올라가는 게 좋겠다고 했다. 사실 그랬다. 올케나 오빠와 교대를 하고 내가 다른 방에서 잘라치면 새벽녘에 올케가 깨운다. 어머니가 자꾸만 "창희"를 찾으니 어쩔 수가 없다고. 이대로는 몸이 더 이상 못 견딜 것 같았다. 월요일 오후 어머니께 금방 다녀오겠다고 말씀드리고 집을 나섰다.

서울에 온 지 며칠이 되지 않아 왼쪽 눈에 예리한 통증이 느껴졌다. 피로 뒤에 늘 찾아오는 결막염인 줄 알았다. 그런데 안과 의사가 이마를 보더니 대상포진인 것 같다고 했다. 그러고 보니 한참 전부터 이마에 동전보다 큰 포진이 생겨 있었다. 대상포진이 안면과 눈으로 온 상태였다. 병원에 입원을 했다. 나흘간 항생제를 집중 투여해서 증세가 가라앉았고 퇴원을 했다. 체력이 바닥이 났다는 느낌이 들었다. 그렇지만 이미 약속한 일정들이 있어서 편히 쉴 수 있는 상황은 아니었다. 그러던 어느 날 갑자기 이가 아파서 밤새 잠을 잘 수가 없었다. 치조농루였다. 앞 잇몸에 모두 고름이 생기고 이가 다 흔들렸다. 설상가상으로 감이당에서 함께 공부하는 학인들 사이에 갈등이 생겨서 그걸 조정하느라 감정소모를 할 수밖에 없는 상황까지 벌어졌다. 어머니께 갈 엄두가 나질 않았다. 마음이 쓰였다. 그러나 고민의 여지가 없었다. 몸이 말해 주었다. 갈 수 없다고.

그날 이후 더 이상 어머니 간병을 하지 못했다. 몸과 맘이 지칠 대로 지쳐, 힘들어하는 어머니를 담담하게 볼 수 있을 만큼의 에너지도 내겐 남아 있지 않았다. 흐드러지게 핀 봄꽃을 바라보는 것도 힘에 겨워 시선이 꽃으로 가지 않게 하려고 애를 썼다. 내 마음이 왜 이러지? 당혹스러웠다. 해마다 봄이면 어머니와 함께 보던 그 꽃들을 보는 게 왜 이토록 힘이 드는 걸까? 꽃을 보면 왜 병상에 누워 계시는 어머니의 모습이 무섭게 겹쳐질까. 어머니와 도란도란

이야기를 나누며 즐겁게 바라보던 꽃인데…. 어머니와 함께했던 그 즐겁고 행복했던 시간을 다시는 가질 수 없다는 데서 오는 괴로움 때문인가. 즐겁고 행복했던 그만큼의 대가를 치르는 건지도 모르겠다.

여행지에서 아버지가 갑작스레 돌아가시고도 무척 힘이 들었지만 그 힘듦과는 많이 달랐다. 이건 공포에 가까웠다. 지금 생각해도 그해 봄, 아침에 일어나 베란다 문을 열면 바로 내려다보이는 곳에 흐드러지게 핀 목련, 그 꽃이 눈에 들어올까 무서워서 고개를 돌린 채 문만 열고 도망치듯 방 안으로 들어오곤 했던 내 행동이 이해가 가지 않는다. 시간이 흐르면서 차츰 그런 고통이 옅어졌다. 아마도 몸이 조금씩 회복되면서였던 것 같다. 그렇다면 문제는 그 당시 체력이 바닥에 떨어진 내 몸이었나. 몸 상태에 따라 같은 상황도 다르게 받아들이는 건가.

너무 힘이 들어 고미숙 선생님께 털어놓았다. 선생님이 생각의 회로가 그렇게 나 있어서 그런 거 아니냐고 하셨다. 꽃을 보면서 즐겁고 행복했던 그때를 떠올리기보다는 그럴 수 없는 현재를 괴로워하는 쪽으로 생각의 길을 만들어 온 게 아니냐고. 그럴지도 모르겠다. 만약 한 번도 어머니와 봄나들이를 하지 않았다면 그게 또 한이 되어 가슴이 미어졌겠지. 다시 생각해 보았다. 어머니와 나눈 그 많은 이야기들, 함께 다녔던 많은 곳, 즐거웠던 시간들을. '그땐 정말이지 좋았어.' 그러나 그런 기분도 잠시, 어느새 나는 다시 병상에 계신 어머니를 떠올리고, 가슴을 후비는 아픔과 두려움에 어쩔 줄 몰라 눈길을 돌린다.

을미년의 봄은 유난히 찬란했고, 그해 봄, 난 몹시도 슬펐다.

17.
『에티카』가
들려준 복음

후회의 진창에 빠져

내 마음속에 일어나는 온갖 망상들과 씨름하면서 힘들게 힘들게 을미년의 봄을 보내고 있었다. 작년 가을 엎어지지만 않았더라면 저 고생을 안 하실 텐데, 차라리 수술을 하지 않았더라면, 멍게를 안 드렸더라면…. 아무 짝에도 쓸모없는 후회가 내 마음을 괴롭혔다. 슬그머니 원망도 올라왔다. 지금 돌아보면 참 어처구니없는 생각이지만 그땐 그랬다. 그런 마음이 들면 들수록 난 번뇌의 진창 속으로 빠져들었다. 체력은 점점 떨어지고 마음은 심약해졌다. 어쨌든 여기서 빠져나가야 내가 산다. 어머니의 말씀을 다시 떠올렸다. 한창 열이 나고 손발이 부어 병원에 가자고 말씀드렸을 때, 어머니는 사람이 갈 때가 되면 누구나 열도 나고 손발도 붓고 갖가지 증세가 나타난다고 하시며, 지금 당신이 앓고 있는 병은 병원에 가서 나을 병이 아니라고 하셨다. 다만 내가 그걸 부정하고 싶었을 뿐, 어머니는 이 모든 게 한 생명이 소멸해 가는 과정이며, 당신이 지금 어떤 도정에 계시는지를 알고 계셨다.

생각해 보면 맞는 말이다. 세상을 떠날 때는 누구나 사고를 당하거나 병을 앓거나 하는 과정들을 겪게 마련이다. 아직 기력이 남아 있을 때는 나아서 일상에 복귀할 수 있겠지만, 기력이 임계점을 넘으면 복원력이 제로 상태가 되지 않을까. 어머니가 넘어지신 것도, 설사를 하신 것도, 그 상황들을 이길 수 없을 만큼 기력이 쇠해서 일어난 일이다. 평소의 어머니 같으면 그깟 멍게 따위를 먹었다고 그렇게 오랫동안 설사를 하는 일은 없다.

어머니는 건강을 타고나시기도 했고, 타고난 건강을 잘 관리하셨다. 백수를 누리시면서 한 번도 예방접종을 한 일이 없다. 자기 몸을 지키는 힘은 자기 안에 있다는 게 지론이셨다. 전염병에 걸린 교사 부인들 간호에도 아무 거리낌 없이 팔을 걷어붙이셨다. 아버지와 나는 음식의 신선도가 조금 떨어졌다 싶으면 먹질 않았다. 어머니는 그걸 먹으면서 꼭 덧붙였다. "사람 뱃속이 얼마나 뜨거운데, 어지간한 거는 다 소독이 된다"라고. 예전에 닭을 잡아 보면 그 뱃속이 그렇게 뜨겁더란다. 그걸로 미루어 보아 사람의 속도 비슷하지 않겠냐는 것이다. 위생 관념이 강한 아버지와 나는 식중독으로 두드러기가 돋고 배탈이 나도 어머니는 끄떡없었다. 연세가 들어도 마찬가지였다. 어지간히 넘어져도 뼈에 금이 가는 일도 없고 어지간한 건 다 소화를 시켰다.

그러고 보면, 어머니에게 일어난 이 일련의 사건들은 생로병사의 과정을 밟아갈 수밖에 없는 유한한 생명체인 인간이라면 그 누구에게나 일어날 수 있는 일이다. 그것이 어머니에게도 일어났을 뿐이다. 이렇게 정리를 하고 나면 마음이 조금 편해졌다. 그렇지만 어머니의 힘없는 목소리를 듣거나 어머니가 조금 더 안 좋으시다는 말을 들으면 다시 그 혼란한 감정 속으로 빠져들기를 반복했다.

필연성을 인식하는 자만이

그렇게 천당과 지옥을 오가던 중, 스피노자의 『에티카』를 만났다. 대중지성 3학년 1학기 텍스트로, 수학의 논증 형식을 띤 철학책이다. 수학, 특히 대수를 싫어하는 나에게는 흡사 난수표 같았다. 그런데 강의를 듣던 중, "필연성을 인식하는 자만이 자유롭다"라는 말에 귀가 번쩍 띄었다. 필연성을 인식하면 자유롭다고? 지금 이 상황이 필연적임을 인식하면 내가 자유로울 수 있다? 지푸라기라도 잡고 싶었다.

스피노자는 자연의 법칙이라는 측면에서 보면, 이 세상에는 오만 가지 일들이 오만 가지 양태로 일어나고 있고, 우리는 이러한 일들을 자신의 경험치 안에서만, 눈에 보이는 것에만 한정해서 인과를 구성하는 오류를 범한다고 말한다. 그러기에 우리는 태풍에 휩

쓸려 수만 명이 목숨을 잃거나, 어제까지 건강하던 사람이 갑자기 사고를 당해 평생 장애를 안고 살아가는 등, 우리 인식의 범위 내에서는 인과를 구성하기 어려운 사건들을 만나면 당황한다. 스피노자에 의하면, 우리가 해석 불가능하다고 생각하는 이러한 사건들뿐만 아니라, 우리가 그 원인이 분명하다고 생각하는 모든 현상이나 사건들도 무수히 중첩된 인과들이 겹쳐서 일어나는 것이다. 그러니 그것이 어떤 일이든, 누구에게나 일어날 수 있는 일이며, 이러한 필연성 안에서는 그때 이랬다면 저랬다면 하는 건 망상일 뿐이다. 이 세상에서 일어나는 일들이 우리 인간의 좁은 소견머리로 간단히 헤아려질 수 있는 게 아님을 인식한다면, 우리의 인식이 만들어 내는 많은 번뇌에서 자유로울 수 있다는 것이다.

어머니가 당한 이번의 사고와 수술 그리고 후유증에 시선을 고정시켰을 때는 좀처럼 평정심을 얻기가 힘들었다. 그런데 어머니의 일생으로 시야를 넓히자 현재를 전체적인 시간성 속에서 볼 수 있는 여유가 생겨서 조금은 안정을 찾았다. 그런데 스피노자는 이 시선을 우주 자연으로까지 확대시켜 주었다. 거기에 지금 어머니와 우리들 앞에 펼쳐진 이 상황을 위치시키자 같은 상황이 전혀 다르게 보였다. 특별한 나의 어머니로서가 아니라 자연 안에서 한 생명체가 겪는 생로병사의 차원에서 지금의 사태를 볼 수 있는 여유가 생겼다.

아버지가 여행지에서 갑자기 돌아가셨을 때도 이 비슷한 경험을 한 적이 있다. 장례 기간에도 여전히 배가 고프고 잠이 오는 나를 보면서 '이래도 되나?' 하는 죄책감을 느꼈다. 그런 상황에서 육체적 욕구 하나 제어하지 못하는 나약한 인간이라는 수치심과 죄책감을 꽤 오래 품고 있었다. 그러다가 카뮈의 『이방인』에서 주인공 뫼르소가 "나에게는 육체적 욕구가 흔히 감정을 방해하는 경우가 있다", "엄마의 장례식이 있던 날, 나는 매우 피곤해서 졸음이 왔었다"라고 말하는 구절을 읽고 크게 위안을 얻었다. '고전이라는 이름으로 인구에 회자되는 소설에서 그려 놓은 것이라면 그건 인간의 보편적인 모습이겠지' 하는 생각이 들면서 마음이 가벼워졌다.

다른 사람의 부모가 이런 상황이라면 보다 쉽게 납득이 갔을 거다. 그 정도 사셨으니 이제 생을 마감하시는 단계로 생각하라고 위로를 할 수도 있었을 것이다. 그런데 내 어머니만은 그런 일을 겪지 않고 가셨으면 좋겠다는 바람이 번뇌를 일으킨다. 단순히 바람으로만 그친다면 무슨 괴로움이 있겠는가. 누구나 자기 혈육에게는 각별한 마음을 가지는 게 인지상정 아닌가. 바람이 당위가 될 때 괴로움이 따른다. 바람이 이루어지지 않을 때 일어날 감정의 회오리를 감당하기 어렵기 때문이다. 이런 상황에서, '필연성'을 인식하여 실제로 완전히 자유로울 수 있는가 하는 것과는 별개로, 그런 법칙 안에 우리가 살고 있고 그 법칙이 적용되는 범위를 무한대로 넓힌다면 그 안에는 인생사의 모든 것들이 들어올 수 있다는 걸 아는 것, 그것만으로도 위안이 되었다. 『에티카』를 잘못 이해했다 하더라도 당시 그건 내게 복음이었다.

마지막 생신

그렇게 내 마음을 다독이며 중심을 잡으려 애쓰던 중, 어머니 생신이 다가왔다. 올케와 조카들을 따라 KTX를 타고 대구로 갔다. 어머니는 우리가 모두 모이자 그 힘으로 약간 생기를 내시는 것 같았다. 그런데 그 많던 살은 어디로 갔는지 몸은 야윌 대로 야위어 있었다. 어머니가 어느 순간 열도 내리고 부기도 다 빠졌다는 걸 전해 들어서 알고는 있었다. 그러나 눈앞에서 마주한 어머니의 모습은 참 낯설었다.

침대에 누우신 어머니는 평온해 보였다. 어머니 스스로 평온을 유지하고 계신다기보다는 어떤 생명의 불씨도 남아 있지 않음에서 오는 고요함, 물체가 삭아서 소멸해 갈 때 보이는 건조한 고요 같은 것이 느껴졌다. 지난 3월에만 해도 어떻게든 해 볼 마음이 생길 만큼의 에너지는 있으셨다. 그때는 평소 좋아하시던 누룽지를 끓여 드리거나, 과일을 갈아 드리거나, 곶감 속을 긁어 드리면 조금씩 받아 드실 만큼의 기운은 있었다. 그러나 이제는 그마저도 마다하셨다. 겨우 한두 술을 뜰까 말까.

평소 어머니는 정말 식성이 좋으셨다. 1년 365일 삼시 세끼를 거르는 법이 없었고 규칙적이었다. 물론 연세가 들면서 식사량이 줄기는 했지만 보통의 노인들보다는 많이 드셨다. 아흔서넛쯤이었던 것 같다. 어느 해 여름 "내가 왜 이클(이렇게) 오래 사는동 몰따(모르겠다). 내가 다른 욕심은 별로 없는데 식탐이 좀 있제. 그걸 없애야 부처님이 데래(데려) 가실라는둥"이라고 하시며 일주일 정도 절식을 하다가 도저히 안 되겠다며 포기하신 적이 있을 만큼 식욕이 왕성하셨다. 그런데 이제는 음식을 보고도 먹을 생각을 안 하시다니! 생존에 필요한 기본적인 욕구마저도 사라져 버린 상태, 물기라고는 없는 고목 같은 몸, 이런 어머니의 모습은 상상해 본 적이 없다.

마른 몸과 반듯이 누운 모습이 측은하고 불편해 보였다. 어머니는 평소 조금 높은 베개를 베고 모로 누워 주무셨다. 반듯이 눕는 걸 불편해하셨다. 그런데 살이 빠지고 기운이 없다 보니 모로 누운 자세를 유지하기가 어려웠다. 욕창이 날까 봐 뒤에 쿠션을 받치고 가끔 옆으로 눕히기는 하지만 다시 반듯이 누운 자세로 되돌아가곤 했다. "엄마, 이렇게 바로 누우면 힘들지 않아요?"라고 하자, "힘들면 눠(누워) 있어 내나? 안 힘드이께네 눠 있지." 그런데도 내 맘은 불편했다. "엄마 살이 너무 빠졌네." 다시 어머니가 대답하신다. "죽을 때 지 살 가주가는 사람 없다." 살아 있을 때 자기가 가지고 있던 몸피를 그대로 유지한 채 죽는 사람은 없다는 말씀이다. 다 맞는 말씀이고 머리로는 수긍이 가지만 보는 내내 맘이 아팠다.

기차 시간이 다 되었다. 한 사람 한 사람 어머니께 인사를 드렸다. 그저 고개를 끄덕이실 뿐 별 말씀이 없으시다. 내가 마지막으로 인사를 하자, 그제야 한마디를 하셨다. "니도 하마(벌써) 가나?" 나는 하룻밤 자고 갈 줄 아셨던 모양이다. 눈시울이 뜨끈하다. 순간 망설여졌다. 그런데 자신이 없었다. 혼자 서울까지 갈 엄두가 나질 않았다. "엄마, 갔다가 곧 또 올게요." 작별을 하고 돌아서 오는 발걸음이 너무도 무거웠다. 인간은 누구나 이기적이다.

돌아오는 기차 안에서

흔들리는 마음을 조카와 올케에게 의지하며 진정시켰다. 지나간 시간들이 주마등처럼 스친다. 어머니는 어떻게 그렇게도 꿋꿋하셨을까? 그 오랜 세월 내 앞에서 한 번도 눈물을 보이지도, 낙담을 하지도, 짜증을 내지도 않을 수 있었을까? 나 때문에 상심해서 몸져누우신 일도 없었는데, 난 겨우 몇 달간의 간병에 이렇게 지쳐 나가떨어지다니. 이게 정말 체력만의 문제일까? 내가 너무 어머니에게 감정적으로 매여 있었던 게 아닐까? 오랜 세월 어머니와 함께 살면서 정서적으로 어머니와 너무 밀착되어 있었던 게 아닐까. 어머니의 마음이 불편하면 내 마음도 따라서 불편해졌고, 그걸 해소해 드려야 마음이 편했다. 내가 힘들 때 어머니가 내게 든든한 버팀목이되어 주셨던 것처럼, 나도 힘이 되어 드리고 싶었다. 그리하여 가시는 날까지 어머니가 편안하시기를 바랐다.

그러나 그건 욕심이었다. 어머니도 어머니가 감당하실 몫이 있는데 그것까지 내가 어떻게 해 보려니 힘든 게 아닐까? 그럴 수도 없는 일인데…. 내 생활이 온통 어머니한테로 쏠려 있었구나! 누워 계신 어머니를 보며 나는 살아 있는 공부를 하는 중이었다. 의지로는 육체를 더 이상 어떻게 할 수 없는 인간의 한계를 보기도 했고, 평소 그렇게 자애롭던 어머니마저도 얼마나 자기중심적으로 행동하게 되는지도 보았다. 그리고 그러한 모든 과정을 보면서 정작 인생에서 중요한 게 무얼까를 생각했다. 죽는 그 순간까지 자기 결정권을 가지는 것이 무엇보다 중요하다는 생각이 들었다. 어머니가 겪는 다양한 고통과 그것을 보는 나의 감정과 그것의 변전 과정은 참 많은 걸 생각하게 했다. 사랑하는 사람 곁에서 그 사람의 고통을 함께하면서도 감정의 얽힘 없이 내가 할 수 있는 일을 담백하게 하는 일이 얼마나 어려운지 새삼 절감했다.

2013년 여름 어머니가 편찮으실 때 당신이 막내딸인 나에게 짐이 된다는 생각을 하시며 "더 살면 니한테 짐만 되는데. 인제는 아무 꺼도 걸리는 게 없는데…"라고 하실 때, 솔직하게 말씀드렸다. "엄마, 엄마가 이렇게 힘들어도 끝까지 살아 내시는 걸 나에게 보여 주는 것만으로도 큰 힘이 돼요"라고. 어머니 옆에서, 어머니가 삶을 마무리하는 여정을 함께 할 수 있다는 게 크나큰 축복처럼 느껴졌다. 물론 힘들기도 했고 순간순간 그걸 피하고 싶은 마음도 들었지만, 누구나 가야 할 길이라면 그 길이 어떤 길인지를 지켜보고 싶었고 힘든 그 길을 가는 어머니 곁에서 기꺼이 함께해 드리고 싶었다. 그러나 때때로 외로웠고, 고통스러웠다. 어떻게 할 수 없다는 무력감 때문에, 그저 지켜볼 수밖에 없는 한계 때문에, 그리고 그걸 감당하기에는 힘든 이 몸 때문에. 나도 그랬지만, 그 길을 가시는 어머니도 외롭고 힘들기는 마찬가지였으리라. 그러나 그 와중에도 한 가지 위안이 되었던 것은 어머니가 당신 스스로 지금 어디로 가고 있는지를 알고 있고, 힘들지만 그 여정을 받아들이고 계시다는 사실이었다.

18.
소멸에
대하여

영정 사진 속 어머니

2015년 7월 14일 화요일 오전. 감이당 '화요낭송스쿨' 암송 오디션이 한창이었다. 작은오빠에게서 전화가 왔다. 가슴이 철렁한다. 밖으로 나와 전화를 받았다. 어머니가 돌아가신 것 같다고 했다. 돌아가신 '것 같다'고? 나중에 들은 그날 아침의 상황은 이랬다. 여느 날처럼 아침 7시쯤 죽을 드렸는데 고개를 가로저으며 아예 입을 벌리지도 않으셨다. 두어 번 더 권했지만 계속 입을 다문 채 고개를 가로저으셨고 올케가 두 다리를 주무르자 평소 구부러졌던 다리가 쭉 펴지며 바닥에 닿았다. 뭔가 느낌이 이상해서 보니 어머니는 평온한 얼굴에 눈을 감은 채 아무 말씀이 없었다. 어머니는 그렇게 말없이 가셨다.

어머니의 마지막 모습을 보고 싶은 마음과 안 보고 싶은 마음이 왔다 갔다 했다. 결국 나는 다음 날 예정대로 도서관 강의를 끝내고 어머니를 만났다. 이미 입관을 한 뒤였다. 큰오빠와 언니에게 내가 갈 때까지 기다려 달라고 하면서도 한편으로는 내가 가기 전에 입관의례를 하기를 바라는 마음이 함께 있었다. 큰오빠가 전화를 했다. 그곳 상황이 내가 갈 때까지 기다릴 수가 없으니 서운하겠지만 어쩔 수가 없다고. 서운하기도 했지만 차라리 다행이라는 생각도 들었다. 아버지가 돌아가신 뒤 한참 동안 자꾸만 잠자는 듯한 그 모습이 떠올라 힘이 들었기에 어머니는 살아 계실 때의 그 모습으로 기억하고 싶었다.

영정 사진 속 어머니는 염주를 들고 미소를 짓고 계셨다. 그런데 평소 모습이 아니다. 어머니는 스물네 살에 구안와사를 앓으셨다. 입은 정상으로 돌아왔지만 눈꺼풀의 신경이 죽어서 연세가 드신 이후로는 한쪽 눈꺼풀이 많이 쳐져서 거의 덮인 채 생활하셨다. 그리고 오른쪽 이마에는 콩알만 한 혹이 하나 있었다. 그런데 사진에는 눈도 반듯했고 혹도 사라지고 없었다. 큰오빠는 그렇게 반듯하게 해 놓으니까 얼마나 좋으냐며, 어머니도 생전에 그런 모습을 갖고 싶으셨을 거라고 했다. 그럴지도 모르겠다. 그러나 어머니의 삶 한 귀퉁이가 사라져 버린 것 같았다. 평소의 그 모습 속에는 어머니의 삶이, 많은 분들의 애환이 담겨 있었는데….

넓은 영안실은 사람들로 가득했다. 어디에도 슬픈 구석은 없어 보였다. 그럴밖에. 흔히 말하는 호상이니까. 향년 아흔일곱. 게다가 아들 내외의 봉양을 받으며 집에서 돌아가셨으니 편안히 죽음을 맞이하신 게 아닌가. 오랜만에 친척들과 지인들이 군데군데 모여 앉아 이야기꽃을 피우고 있었다. 이런 일이 있으면 늘 어머니가 주관하셨는데… 지금은 말없이 영안실에 누워 계신다. 오빠들은 문상객을 맞이하느라 여념이 없고, 올케들과 조카들도 모두 발걸음이 분주하다. 문상객이 뜸한 틈을 타서 다시 빈소로 갔다. 영정 사진 속 어머니의 모습이 여전히 낯설다.『법화경』을 읽을 때 한 손으로 왼쪽 눈꺼풀을 들어 올리고 책을 읽으시던 그 모습이 그립다.

관이 광중에 닿던 순간

7월 16일, 음력 유월 초하루, 절기로는 소서(小暑). 어머니를 모시고 고향으로 향했다. 바람이 불고 하늘은 드높고, 흡사 가을 날씨 같았다. 유독 더위를 많이 타는 오빠들을 위해서 날씨가 큰 부조를 해 준다. 어린 시절 방학이면 어머니와 참 자주 가던 길이다. 아버지가 퇴직하신 뒤 고향에 계실 때도 자주 가던 길이고, 할머니가 돌아가셨을 때도, 아버지가 돌아가셨을 때도 이 길을 갔지만, 그땐 그래도 어머니가 계셨기에 그렇게 허전하진 않았다. 이제는 고향이 사라진 듯한 느낌이다. 언제 다시 내가 이 길을 가게 될까? 어머니도 아버지도 안 계신 이 먼 고향을 다시 올 날이 있을까. 아마도 이 길이 마지막이 아닐까. 산도 길도 그 옆을 흐르는 물도 다 그대로인 듯한데 이제 어머니가 안 계시는구나.

고향집 앞에는 꽃상여가 기다리고 있었다. 친척과 동네 사람들이 어머니를 맞이해 주었다. 영구차에서 내려 어머니를 태운 상여가 집을 한 바퀴 돌았다. 대문을 통과하여 마당을 한 바퀴 돌고, 사랑마루를 지나, 이제는 고목이 된 감나무가 서 있는 곳, 그 옆의 상방, 어머니가 시집와 거처하던 그 방을 지나 뒤뜰을 돌아 안방을 지난다. 그 옆엔 지금은 베어 버린 배나무가 있던 자리, 서울 가신 아버지가 보고 싶을 때면 한참을 서성이셨던 그곳, 정지(부엌)를 돌아 고방을 거쳐 마당에서 다시 잠시 머물렀다. 열일곱에 시집와서 네 분 어른들 모시고 젊은 날을 보내셨던 곳이다.

할아버지 정자를 한 바퀴 돌고 앞산 아래 공터에서 노제를 지냈다. 우리가 왔다가 돌아갈 때면, 두 분이 우리가 탄 차가 보이지 않을 때까지 서 계시던 그 자리. 아버지가 돌아가셨을 때와 같은 장소에서 같은 의례를 행하는데 그때와는 달리 왜 이리도 쓸쓸한지. 그때만 해도 집안 어른들이 고향을 지키고 계셨다. 그러나 이제 어머니와 고락을 함께 하던 분들은 모두 가셨다. 어머니가 워낙 고령이시라 친지들을 모두 앞세우셨다. 그제야 어머니가 말년에 느꼈을 외로움이 실감이 난다. 친척이자 친구였던 분들이 하나둘 세상을 떠나실 때, 그 상실감이 얼마나 크셨을까. 언젠가부터 어머니의 시외전화도 뜸해졌었지. 오래 산다는 건 그만큼 오래도록 외롭게 지내야 한다는 뜻이기도 하다.

노제가 끝나고 어머니를 태운 상여가 장지로 향했다. 상두꾼이

메고 가는 상여 뒤를 천천히 따른다. 고향집이 점차 멀어지고 아버지와 할아버지, 할머니가 누워 계신 그곳으로 가신다. 지금 이 길이 어머니와 함께 걷는 마지막 길이구나. 상두꾼 소리가 이 산 저 산에 울린다. "인제 가면 언제 오나, 어~어야 어~어야……" 조카들의 부축을 받으며 가파른 산길을 올랐다. 포크레인으로 닦은 흙길이 울퉁불퉁하다. 다칠까 봐 조심조심, 관절을 걱정하는 내가 우습다. 이게 유명을 달리한다는 건가? 죽은 자는 말이 없고, 산 자는 제 몸을 걱정하고.

어머니의 유택은 뒤에는 병풍처럼 산이 둘러져 있고, 앞이 트인 아늑하고 양지바른 곳에 마련되었다. 7월의 흙은 부드러웠고 묘소 주변은 녹음이 싱그러웠다. 지관이 하관 장면을 보면 안 되는 사람들을 호명한다. 거기에 내가 없는 게 다행이었다. 천천히 내려가는 어머니의 관을 지켜보고 있었다. "턱" 하고 관이 광중에 닿는다. 순간, 눈물이 날 줄 알았는데 마음이 편안하다. 어머니가 이제야 그 고단한 삶을 마치셨구나 하는 안도감이 든다. 어쩌면 나도 은연중 이런 순간이 오기를 바랐던 게 아닐까. 어머니의 고통에 마침표가 찍힐 그날, 어머니를 보는 나의 괴로움이 멈추어질 순간을 기다렸던 게 아닐까. 상주들의 취토가 이어졌다. 내 차례가 왔다. 삼베 치마에 흙을 받아 세 번에 나누어 어머니 관 위에 뿌렸다. "취토, 취토, 취토!" '엄마, 아무 염려 말고 이제 편히 쉬세요' 하고 마음속으로 마지막 인사를 드렸다. 어머니 무덤에 흙 한 줌을 뿌렸다는 게 이렇게 위로가 되다니. 장례 절차는 남은 자들이 스스로를 위로하기 위해 마련한 시간이 아닌가 싶다.

사랑 앞마루에 앉아

장지에서 내려와 고향집으로 갔다. 안채로 들어가 옷을 갈아입고 침대에 누웠다. 이 방에 이렇게 들어와 보는 것도 마지막일 테지. 어머니가 열일곱에 시집와 거처하시던 방이고, 내가 요양차 왔을 때 기거하던 그 방인데 뭔지 모를 서먹함이 느껴진다. 인연이 끝난다는 게 이런 느낌인가?

정화, 정의, 영민이와 사랑 앞마루에 앉았다. 조카들이 어렸을 때 스무고개 놀이를 하던 그 마루다. 나지막한 돌담 너머로 저 멀리 다리 건너 장싯골이 훤히 바라다 보인다. 그 앞 영해로 넘어가는 신작로에 오가는 차들도 한눈에 들어온다. 퇴직을 하신 뒤 아버지와 어머니는 이곳에서 7년을 지내셨다. 우리가 서울에서 오는 날이면 두 분은 여기 이 마루에 앉아 신작로를 바라보고 계셨지. 앞산 중턱의 향나무도 여전히 건재하다. 저 나무에서 연상하여 할아버지 호를 지었다는 그 나무다. 초등학교 6학년 겨울방학, 창호지로 따스한 햇살이 비치던 어느 날 오후, 아버지는 한자가 가득 적힌 책을 펴 놓으시고 할아버지 정자에 '송원정'이라는 명을 붙인 내력을 내게 설명하셨다. 이후 죽 잊고 살았는데 왜 갑자기 저 나무가 눈에 띌까.

대문 오른편의 라일락도 잎이 무성하다. 마구간 옆 담 모퉁이에 아버지가 심으신, 해거리를 하던 대추나무 이파리가 햇살을 받아 유난히 반짝인다. 대문에서부터 사랑과 안채, 변소로 이어지는 디딤돌은 붉은빛이 많이 바랬다. 비가 오면 진창이 되곤 하던 마당에 어느 해 여름 오빠, 언니, 조카들이 모여 웃고 떠들며 저걸 까느라 어둑해져서야 저녁을 먹었지. 그날 그 저녁 어스름의 왁자지껄하던 광경이 스쳐간다. 디딤돌 사이사이로 작은 풀들이 줄지어 자랐고, 담 밑에도 뒤뜰에도 잡초들이 무성하다. 기와 위에도 풀이 삐죽삐죽 올라왔다. 우리 동네에 '멸종위기 동식물 복원센터'가 들어선다고 한다. 이 집도 어머니와 함께 우리 곁을 떠난다. 어머니가 그렇게도 아끼던 집이 어머니와 그 운명을 같이 하게 되다니 사람과 사물 사이에도 기운이 흐르나 보다.

구식 여자라 소박맞을까 봐 초하루 보름으로 아버지께 편지를 쓰며 마음을 졸이시던 어머니, 그런 며느리가 안쓰러워 장에 갔다 오실 때면 십전소설*을 사다 주셨던 할아버지, 기나긴 겨울, 한가한 밤이면 동네 친척들에게 소설을 읽어 주며 함께 웃고 울던 날들. 내가 태어나기도 전의 그날들이 눈에 보이는 듯 선하다.

이곳을 우리들도 조카들도 모두 좋아했다. 여름이면 저녁을 먹고 이 마루에 앉아 수박을 먹고, 밤이 깊어지면 머리 위로 쏟아질 듯 하늘 가득 총총한 별을 보며, 북두칠성, 카시오페아를 찾다가 때

---

* 십전소설(十錢小說)은 해방 전에 나온 한글 문고판 고전소설로, 한 권에 십전이면 살 수 있어서 붙여진 이름이다.

로는 별똥별을 보며 소원을 빌곤 했지. 추석이면 마당 가득 할아버지가 남기신 고서들을 펼쳐 통풍을 시키는 것도 재미있었고, 수십 짝이나 되는 문에 창호지를 바를 때는 또 얼마나 신이 났던지. 어느 해 여름인가, 갑자기 고향집에 오고 싶어 작은오빠를 졸라 하룻밤을 지낸 그 날, 하루살이의 날갯짓이 창호지에 부딪는 소리까지 들리던 고즈넉한 그해 그 여름밤이, 어제인 듯 선명하다.

이제 어머니도 고향집도 우리 곁을 떠났는데, 어머니가 살아계실 때는, 고향집이 건재했을 때는 잠자던, 그런 소소한 기억들이 또렷해진다. 어머니께 듣고 또 들어서 흡사 내가 그곳에 있었던 양 착각을 일으키는 일들이 문득 눈앞을 스쳐간다. 어머니가 하시던 말씀들이 내 안에서 내 말이 되어 나온다. 어쩌면 죽음은, 소멸과 동시에 결코 소멸하지 않는 무엇을 남기고 가는 게 아닐까. 소멸에는 아직은 내가 말로는 표현할 수 없는 그 무엇이 있는 듯하다.

19.
어머니,
'살아 있는 텍스트'

"신외무물이다!"

몸에 대해 어머니가 가지고 계셨던 생각은 두 가지다. 어떤 상황에서도 어지간하면 자기 스스로의 힘으로 움직여야 한다는 것. 그리고 몸보다 소중한 건 없다는 것. 내가 아픈 동안에도 먹는 거며 약이며 지극정성으로 해다 주셨지만, 내가 침대에서 누워 지내는 시간이 좀 오래다 싶으면 여지없이 한 말씀을 하신다. "삼백예순다섯 뼈마디를 조 마야(주워 모아야) 된다. 있는 대로(될 대로 되라는 태도로) 그래 늘쳐 노면(늘어지게 두면) 한정이 없다. 사람 몸도 기계 같애서 자꾸 써야 되제 안 쓰면 녹이 쓴다(슨다)." 전신 관절이 아픈 날이면 일어나기도 힘든데 이런 말씀을 하면 그렇게 야속할 수가 없다. "엄마가 안 아파 봐서 그러는 거지 엄마도 아파 보면 운동을 하기가 얼매나 어려운지 알 텐데…." 그러면 "니가 만약 시집을 갔으면 엉금엉금 기서라도 살림을 살아야제 별 수가 있나. 그 요량하고 애를 써 봐라"라고 하시거나, "운동이 어려우면 앉아라도 있어야제. 사람이 자꾸 눠 있으면 기(氣)가 상한다"고 하셨다.

때로는 야속하기도 하고 억울하기도 했지만, 나중에는 오래도록 병상에 있는 게 죄송해서 달리 할 말이 없었다. 그러니 어머니 말씀이 납득되지는 않았지만, 외출했다가 오시는 소리가 나면 얼른 일어나 침대에 걸터앉아 이런저런 운동을 한다. 한참 전부터 그렇게 하고 있었던 것처럼. 처음엔 어머니 말씀을 거역하기 어려워서, 시간이 지나면서는 죄송해서 아픈 걸 참고 운동을 했는데, 그러다 보니 나중에는 어머니가 그런 말씀을 안 하시면 오히려 내가 걱정이 되어 누웠다가도 일어나 운동을 하곤 했다. 그러다 보면 누워 있을 때는 도저히 움직일 수 없을 것 같던 몸이 전혀 다른 몸이 되는 경험을 하게 된다. 그러면서 차츰 어머니의 말씀을 믿게 되었다.

어렸을 때부터도 어머니로부터 몸을 관리하는 방법들을 일상적으로 듣고 살았다. 저녁 한 끼 굶는 것은 산삼보다 낫다며, 형제나 조카들이 자면 저녁 시간이 되어도 깨우지 않았다. 모기에 물린 자리를 긁어서 덧났을 때, 자던 침(밤새 자고 일어나 말하기 전의 침)을 바르라든가(위생의 측면에서 보면 해로울 것 같은데 어쨌든 효과는 있었다), 개는 주둥이가 따뜻해야 되고 사람은 발이 따뜻해야 된다든가, 머리는 항상 차게 하라든가, 겨울철 감기에 걸렸을 때는 체온 조절이 중요하니 목욕을 삼가라 등등. 그렇지만 그때도 역시 어지간하면 움직이라는 말씀을 빼 놓지 않으신다. 몸을 둘둘 싸고 지나치게 조심을 하면 감기가 자꾸 찾아온다고 하셨다. 어머니는 감기에 걸려도 자리 깔고 누우시는 적이 잘 없다. 쌍화탕 한 병 마시고 푹 자고 나서 어지간히 병세가 잡히면, 꼭 필요한 일이 아니면 외출은 삼가시지만 집안일은 평상시처럼 하신다. 아버지의 조리법은 반대다. 일단 자리를 펴고 누우면 감기가 다 나을 때까지 움직임이 별로 없으시다. 그런데도 아버지는 자주 감기에 걸리셨고 한 번 걸리면 잘 낫질 않았다.

"몸은 너무 안양(安養)을 하면 점점 약해진다. 감기는 댕기면서 나을 생각을 해야지, 겁을 먹고 자리 보존하고 있으면 나가던 감기도 도로 들어온다." 이게 어머니 지론이시다. 이럴 때 들려주시는 이야기가 있다. "너그 큰외아지매(큰외숙모)가 몸을 그클(그렇게) 안양을 했는데, 감기 뻴(나갈) 날이 없었다. 그래 가주고 겨울이 오면 감기가 이 집 저 집 문을 빨쯤히 열어 보다가, 아이고, 이 방 아랫묵(아랫목)에 영덕댁이 앉았네. 이번 겨울도 저 드가서(저기 들어가서) 나야 될따 카고 쏙 들어가더라(들어가곤 했단다)." 지금도 나는 감기가 상승세를 탈 때는 샤워는 물론 머리 감기도 발 씻기도 미룬 채, 생강이나 대추, 파뿌리를 넣고 달여서 보온병에 넣어 두고 수시로 마시면서 감기를 다스린다. 이 밖에도 자라면서 어머니께 들은 갖가지 처방들이 그때그때 내 안에서 나도 모르게 나온다.

어머니의 그 많은 양생법 중 그 어떤 것보다 강렬하게 남아 있는 게 있다. 몸은 아주 지쳐서 여기서 더 무리를 하면 안 된다는 신호를 보내는데, 생각은 이걸 하고 나서 쉬어야 한다며 고집을 부릴 때면 이 말씀이 생각난다. 밤늦은 시간, 내 방에서 불빛이 새어 나가면, 화장실에 다녀오시다가 방문을 열고, 조용히 던지고 가시던 짤막한 경고성 멘트, "신외무물(身外無物)이다!" '몸 이외에 아무것도 없다. 즉 몸보다 소중한 건 없다'는 뜻이다. 하긴 자기 몸을 해치면서까지 해야 하는 일이 세상에 있을까.

어머니의 시조 외기

기미생(己未生)이신 어머니와 신유생(辛酉生)이신 아버지는 열일곱과 열다섯이 되던 1935년 봄에 결혼을 하셨다. 아버지는 약학을 전공하셨고 어머니는 어머니의 큰아버지가 지으셨다는 『소녀필지』(少女必知) 한 권을 베끼며 한글도 깨치고, 당시 아녀자가 갖추어야 할 여러 덕목을 익히셨다. 신학문을 한 신랑과 학교라고는 문전에도 못 가본 신부, 전형적인 신식신랑과 구식신부의 만남이다. 아버지는 결혼 뒤 2년 만에 한양으로 유학을 가고, 어머니는 시어른 네 분을 모시고 식솔들 거느리고 집안 대소사를 챙기며 지냈다. 그 와중에도 행여 구여성이라 버림을 받을까 봐, 시집 와서 할아버지께 틈틈이 배운 한자를 군데군데 섞어 가며 한 달에 두 번, 초하루와 보름에 꼬박꼬박 편지를 쓰셨단다.

3년간 공을 들인 뒤 아버지한테서 처음으로 답장이 왔다. 무려

일곱 장이나 되는 분량에 펜으로 또박또박 쓴 편지였다. 하도 읽어서 거의 외우다시피 한 편지를 누가 볼세라 평고리(간단한 소지품을 넣어 두던 대나무 상자)에 넣어 두고 외가엘 다녀오셨는데, 그것으로 문을, 그것도 큰할아버지(증조부)와 할아버지가 거처하시는 사랑문을 발라 버렸더란다. 부끄러워서 얼른 다른 종이를 구해다가 그 위에 덧바르셨는데 두고두고 알쪼근했다며(아쉬워서 두고두고 마음에 남았다며), 지금 같으면 문짝을 통째로 떼어서라도 보관했을 거라신다. 그 말씀 끝에는 그 편지의 두 구절을 꼭 들려 주셨다. "다음부터 애서(슬픈 정서)에 접근하는 문구는 쓰지 말 것." "잠 안 오는 밤, 공상 망상에 빠지지 말고 더 현실적인 것에 마음을 둘 것." 어머니가 어떻게 하면 답장을 받아 볼까 하고 이렇게도 써 보고 저렇게도 써 보았는데, 아버지의 감성을 건드리는 문구가 있었고 그 때문에 신혼에 혼자 떨어져 지내던 아버지도 힘이 드셨던 모양이다.

유난히 땀이 많은 어머니는 여름방학이 되어 아버지가 오시면, 행여 땀내라도 날까 봐 적삼을 곱게 다려서 주욱 걸어 놓고 수시로 갈아입으셨다. 일 년에 두 번 오는 방학을 기다리며 그렇게 8년을 사시다가 아버지가 졸업을 하고 취직을 한 연후에야 큰오빠를 데리고 서울로 살림을 하러 가셨다. 그간에 어머니의 외로움을 달래 준 것 중 하나가 바로 시조나 가사였다. 어머니는 평소 집안일을 하면서도 곧잘 시조와 가사를 외셨다. 내가 아픈 동안에도 여전했다. 그 소리를 듣고 있노라면 나 때문에 심히 괴로우신 건 아닌가보다 싶어 다소 안심이 되었다. 그런데 나중에 보니 심란한 마음을 달래

느라 이런 것들을 외셨던 모양이다.

어머니가 그 많은 시조를 외게 된 건 어릴 적에 하던 가투놀이 덕분이다. 가투는 시조 100수의 전문이 적힌 공책과 각 시조의 종장만 적어 놓은 종이를 가지고 하는 놀이다. 술래가 공책을 들고 시조를 외기 시작하면, 나머지 사람들은 해당 시조의 종장을 찾아서 줍는다. 그러니 그 시조를 외고 있는 사람이면 한 구절만 들어도 종장을 찾을 수 있다. 그러다 보니 자연스레 시조를 많이 외게 됐고, 그렇게 놀이로 시작한 시조 외기는 돌아가실 때까지도 어머니의 일상이 되었다. 나도 학교에서 배운 시조보다 어머니에게서 들으며 외게 된 시조들이 더 많다.

돌아가시기 몇 달 전, 어머니께 "길 아래 두 돌부처"하고 운을 떼 보았다. 그러자 어머니는 힘없는 목소리로 "벗고 굶고 마주서서 찬이슬 눈비를 일 년 내 맞을망정 평생에 이별루(이별의 눈물) 없으니 그를 좋아하노라"를 이어서 외신다. 아버지가 돌아가신 뒤에도 늘 어머니의 시조 외는 소리를 들었다. 밥을 먹듯 물을 마시듯 어머니에게서는 끊임없이 시조가 흘러나왔다. 가끔은 내게 하고 싶은 말을 시조로 대신하기도 하셨다.

오늘은 오랜만에 좀 느긋하게 일어나서 아침을 먹었다. 엄마는 기도를 하시고, 나는 그 옆에서 트임(당시 내가 운영하던 중학교 동창 카페)에 올라 있는 최신가요를 들으면서 일주일 동안 여기저기 쌓아 두었던 책들을 정리하고, 이 방 저 방, 그래봤자 콧구

멍만 한 방 둘이지만, 밀대로 밀고 창문을 활짝 열어놓고 책상 앞에 앉았다. 유리상자의 '사랑해도 될까요?'가 흘러나온다. 엄마 기도에 방해될까 봐 최대한 볼륨은 줄이고 카페에 글 한 자락을 올리고 있다. (……) 기도를 끝내고 일어서시면서 나보고, "또 컴퓨터 하나? 니는 컴퓨터 새다" 하시면서 갑자기 "어버이 살아실제 섬기기란 다하여라"라는 시조를 외며 나가신다. 예사로 듣고 있는데 계속 반복하신다.

글을 쓰다 말고 찔리는 데가 있어서 "엄마 그거 저 들으라고 하시는 거지요? 가사 다듬어 달라고." 그랬더니, 겸연쩍은 듯이 웃으면서 "그래" 하신다. 갑자기 죄송한 마음이 든다. (……) 엄마가 작년 겨울 동안 지은 가사가 있다. 작년 설에 내가 부르고 오빠가 워드로 치고 해서 겨우 한 작품 프린트해 드렸더니, 친구들한테도 부치고 아주 즐거워하셨다. 남은 글도 그렇게 하고 싶으신 모양인데, 내가 맨날 바쁘다고 하니, 자꾸 조를 수는 없고 속으로는 조바심이 나셨나 보다. 그러고 보니 아까 밥 먹으면서 "식목일에는 수업 안 하제?" 그러셨는데 아마도 그거 정리해 주면 좋겠다는 뜻이셨나 보다. (2002. 3. 30. 토)

올 들어 첫눈이 내렸다. 점심을 먹은 뒤, 엄마가 미장원에 가자셔서 현관문을 나서는데 눈이 어쩌나 탐스럽게 내리는지. 행여 눈이 그칠세라, 무작정 거리로 나섰다. (……) 어느새 분당 율동호수로 접어든다. (……) 호숫가 키 작은 소나무에 눈꽃이 하얗게 피었다. 엄마가 시조 한 수를 읊으신다.

"송림에 눈이 오니 가지마다 꽃이로다 /한 가지 꺾어 내여 임에게 보내고져 / 임께서 보신 후에야 녹아진들 어떠리"

나도 따라 읊는다.

"송림에 눈이 오니 가지마다…."(2004년 1월 12일 첫눈 내림)

이런 어머니의 모습이 은연중 내게도 새겨진 걸까. 나도 아플 때 시집을 소리 내어 외곤 했다. 그렇게 죽 외고 나면 기가 확 도는 것 같아 기분이 좋아졌다. 라디오에서 흘러나오는 다양한 장르의 노래를 따라 부르는 것도 즐겨했다. 그러면 소화도 잘 되고 시간도 잘 가고 통증도 잊을 수 있었다. 감이당 대중지성 1학년 1학기 첫 텍스트인 『열하일기』를 암송하던 그때가 지금도 생생하다. 그 이후 늘 암송하는 게 즐거웠다. 맘에 드는 부분을 외고 또 외워서 막힘없이 암송하고 나면 그렇게 후련할 수가 없다. 몸에서도 마음에서도 이런저런 찌꺼기들이 씻겨진 듯 가뿐하다. 어머니도 그랬을 것 같다. 시조를 외면서 외로움, 그리움, 막막함을 풀어내고 다시 힘을 내셨으리라.

"엄마의 광복절"

"태극기 달아라" 하시는 엄마 소리에 눈을 뜨니 10시 10분, 어제 너무 일이 많아서 그랬는지 도무지 몸이 말을 안 들어 이리 뒤척 저리 뒤척 하다가 텔레비전을 켰다. 이선희가 무슨 노래를 열창하고 이어서 광복절 노래를 부르고 안춘생 광복회 고문이 만세 삼창을 하고 식은 끝났다. 근데, 화면에 비친 모든 게 석고 상처럼 보인다. 광복절 노래를 부르는 학생도 어른도 태극기를 흔드는 손들이, 달싹이는 입들이 꼭 움직이는 인형 같기도 하고 미이라 같기도 하고. 그 굳은 분위기, 어색한 표정, 썰렁~한 분위기. 저런 식의 행사가 무슨 의미가 있을까도 싶고 오히려 광복의 의미를 퇴색시킨다는 생각도 들고.

내가 태극기를 안 달고 미적거리니 엄마는 또 그 광복절 이야기를 들려주신다. 하도 들어서 외워 버린.

돌아가신 할아버지께서 우리나라가 해방되던 날, 그날이 칠월 칠석이었단다(오늘이 칠월 칠석이라며 더 좋아하신다). 낮에 읍에 내려가셨다가 밤이 돼서야 오시더니 큰할아버지 빈소(殯所)*에 들어가서, "아이고 아배요, 해방됐니더. 아이고 아배요, 해방됐니더" 하며 곡을 하시더란다. 할아버지는 그날 밤 식구들과 일꾼들을 다 불러 놓고, "내일은 전부 일하지 말고 놀아라"라고 하시고, 다음 날 날이 새자 친척들 집을 일일이 다니시며 오늘은 일하지 말고 모두 읍에 놀러 가라 하셨단다. 온 집안에 일대

---

* 여기서 큰할아버지는 증조부를 일컫는다. 그리고 요즘은 장례 기간(3일~5일)이 끝나면 더 이상 빈소를 모시지 않지만, 이때만 해도 삼년상을 치렀기에 빈소가 있었다.

해방이 선포된 것. 엄마도 큰오빠를 업고 친척 아지매들하고 읍에 구경을 가셨는데, 그때는 얼마나 흥분이 되셨는지…. 일본놈들은 도망가고, 일제에 부역한 사람들은 몽둥이를 피해 도망 다니고 한바탕 난리가 났었단다. (……)

근데 솔직히 엄마는 해방이 되면 뭐가 달라지는지 잘 모르셨다고 한다. 3·1 운동이 있던 해에 태어나, 날 때부터 일제강점 하에 살았으니 그러실 만도…. 그래도 할아버지가 기뻐하시니 그게 엄청 좋은 일이고 이제 아주 좋아지나 보다 뭐 그렇게 생각하셨다고. 어찌됐든 엄마한테는 그날의 해방이 정말 색다른 의미가 있었단다. 그 시절 농촌살이란 참 일도 많았는데, 그 고된 노동으로부터 하루 온종일 해방이라니….

엄마는 다른 날은 안 그러는데 광복절에는 꼭 태극기를 챙기신다. 점심에는 해방 기념으로 맛난 것 먹자고 하신다. 그날 엄마의 그 '특별한 해방'을 기념하며.(2002. 8. 15. 목)

어머니는 평소에도 이야기하는 걸 즐겨하셨다. 주로 당신이 직접 경험하거나 자라면서 들은 이야기며 유머성 이야기들도 참 많이 해 주셨다. 어머니에게서 듣는 그 시절 이야기는 색다른 재미가 있었다. 일제 강점기를, 소 판 돈을 가지고 밤길을 걸어도 안전할 만큼 치안이 잘 되어 있어서 좋았던 시절로 회상하기도 하고, 목화나 놋그릇 따위를 모두 공출하라며 집을 샅샅이 뒤진 날강도들이 날뛰던 시대로 회상하기도 하셨다. 거기에는 그저 하루하루 살아가는 어머니의 소중한 일상이 있을 뿐, 이념이나 사상, 애국 같은 거대 담론은 없다. 그래서 어머니에게서 듣는 역사에는 교과서에서 배운, 일상과 유리된 화석화된 사건들의 나열과는 다른, 생생함이 있었다.

독서와 글쓰기 그리고…

언젠가부터 어머니가 책을 읽거나 공책을 펴고 뭔가를 쓰고 계신 모습이 자주 눈에 띄었다. 아마도 아버지가 돌아가신 이후였던 것 같다. 아버지 가신 지 십 년 정도 흐른 뒤 지나가는 말로 슬쩍 비추셨다. 아버지가 돌아가시고 너무 외롭고 허전했지만 나이 든 사람이 주책이란 말을 들을까 봐 내색을 못했다고. 어머니는 마음을 달래려고 책도 읽고 글도 쓰고 하셨던 것 같다.

책은 글자가 굵은 초등용을 주로 읽으셨다. 어머니가 살아온 그 시대의 이야기여서 더 실감이 난다시며, 『백범 김구』, 『동학 농민 전쟁』, 『몽실 언니』 등등 역사 관련 책들을 좋아하셨다. 『소설 목민심서』를 읽으신 뒤에는 남양주에 있는 다산 기념관에도 다녀오시고, 남한산성에 가면 역사관에 들러 벽에 써 붙여 놓은 이런저런 기록들을 하나하나 빠짐없이 읽으셨다. 80대 중반에는 법정 스님의 『무소유』를 읽으신 뒤 감명을 받으셨는지 옷가지며 소지품들을 모두 정리하시고는 무척 홀가분해하셨다. 돌아가신 뒤 유품은 이

부자리와 늘 입고 벗던 옷 몇 벌, 신발 한 켤레, 지팡이 하나, 작은 손가방, 약간의 소지품들, 『법화경』과 『소녀필지』, 그리고 어머니가 쓰신 글 몇 편이 다였다.

처음 글을 쓰신 건 2001년 겨울이다. 물론 편지를 더러 쓰시긴 했지만, 특별한 대상 없이 당신의 감회를 적은 글은 이때가 처음이다. 외가에 다녀오신 감흥을 담아 가사 한 편을 써서 친구분께 부쳤더니 그분이 달력 뒷장에 가사 한 편을 써서 보내오셨다. 그 이후로 몇 편의 글을 더 쓰셨다. 여행을 다녀오시거나 고향집에 다녀오신 뒤 감회를 글로 적으셨고, 어린 시절에 놀던 이야기, 60년 결혼생활을 가사에 담기도 하셨다. 그 가사를 읽다 보면 전혀 다른 시공간에서 펼쳐진 삶을 보는 듯 낯설기도 하지만 어머니가 겪은 이야기라 재밌는 텍스트를 읽는 듯했다. 어머니는 시력이 그다지 좋지 않아 글을 쓰는 게 쉬운 일은 아니었지만 쓰는 걸 어려워하지는 않으셨다. 사위의 극진한 마음씀에 편지로 고마움을 전하기도 하고, 여든여덟 생신에 드린 내 편지에도 편지로 답해 주셨다. 뉴스를 보다 이해가 안 가는 용어가 나오면 그때그때 적어 두었다가 물어보셨다. 노무현 대통령 탄핵사건이 있었을 때는 수업을 마치고 늦은 밤 집에 오면 어머니의 질문이 적힌 수첩이 책상 위에 더 자주 놓여 있곤 했다.

어머니는 마흔에 나를 낳으셨다. 그러니 철이 들 무렵에 어머니는 이미 쉰을 넘기셨다. 쉰둘에 며느리를 보았고 곧이어 손주들이 연이어 태어났으니 일찌감치 할머니가 되었다. 그래서인지 나

역시 다른 사람들과 마찬가지로 어머니를 하나의 독립된 개체로 생각해 본 적이 별로 없는 것 같다. 그런 어머니가 책을 읽고 글을 쓰시는 모습은 내게 참 다르게 다가왔다. 존경심이 생겼고, 존엄함이 느껴졌다. 그리고 내가 어떤 모습으로 늙어 갈 것인가를 생각하게 해 주었다.

아흔이 넘어서는 황반변성으로 글을 쓰는 것도 어렵고 책을 읽는 것도 힘들었다. 그 무렵 외사촌 올케가 어머니께 『법화경』 일부를 필사한 책을 선물했다. 어느 절에서 신도들이 돌아가며 손으로 베껴 쓴, 글자 크기가 큰 경전이었다. 그것을 읽고 또 읽으셨다. 신식 교육을 전혀 받지 못한 어머니는 거기에 나오는 '비유품'의 '비유'가 무슨 뜻인지 잘 모르셨던 것 같다. 그 책을 두어 번 읽고 나서 그 의미를 이해하시고는 나에게 '화택(火宅: 불난 집)의 비유'를 설명해 주셨다. 그건 부처님이 우리 중생들이 살아가는 모습이 흡사 집에 불이 붙었는데 그것도 모르고 그 안에서 나올 생각을 하지 않고 살고 있는 것과 같다는 걸 깨우쳐 주기 위해서 한 비유인데, 참 맞는 말씀이라며 감탄하셨다. 하루도 빠짐없이 침대에 앉아 바퀴 달린 작은 책상을 당겨 놓고 굽은 등을 숙인 채, 한 손으로 덮인 눈꺼풀을 들고 『법화경』을 읽고 또 읽으며 마음에 드는 구절은 외기도 하고 삐뚤빼뚤 손수 필사도 하고 손녀가 오면 필사를 부탁하기도 했다. 돌아가실 때까지 그렇게 일흔 번 가까이 읽으셨다. 나중에는 우리 얼굴을 못 알아볼 정도로 시력을 잃었는데도, 불법에 너무 늦게 맛들인 것을 아쉬워하며 맛있는 음식을 드시듯 읽기를 계속

하셨다. 하도 여러 번 읽다 보니, 글자가 또렷이 보이지 않아도 그 내용이 보이는 것 같았다.

어머니는 암산은 나보다도 빨랐지만 아라비아 숫자를 써서 셈을 하는 방법을 배우지 못했다. 그래서 가계부를 적고 싶을 때면 한글로 수입과 지출을 기록했다. 그러면서 늘 문서 기록을 공부처럼 하라셨다. 그리고 여수(與受: 주고받는 것)가 분명해야 한다며, 어머니 부탁으로 물건을 살 때는 천 원이라도 돈을 주셨고, 거스름돈이 남으면 백 원이라도 꼭 챙기셨다. 그리고 돈이라는 건 써야 채워지는 것이며, 아깝다고 꼭 쥐고 있다 보면 손가락 새로 다 빠져나가고 나중에 손을 펴 보면 아무것도 없으니 쓸 땐 잘 써야 한다는 걸 늘 강조하셨다. 또한 돈이 사람을 따라야지 사람이 돈을 좇으면 무리수를 두게 되니 그걸 경계하라 하셨고, 돈도 자기를 귀하게 여기는 사람에게 가니, 백 원이라도 소홀하게 취급하지 말고 귀하게 여기라고 하셨다. 이런 말씀에 세뇌가 되어 길바닥에 떨어진 동전을 발견하면 그게 10원짜리여도 나도 모르게 손이 간다. 지난겨울 뉴욕에 갔을 때 맨해튼에 강풍이 불어 함께 걷던 두 분 선생님의 팔을 붙들고 가다가 바닥에 떨어진 동전을 발견했다. 나도 모르게 "저기, 동전 주워야 돼요!"라고 소리쳐서 이 와중에 동전까지 챙기냐며 한바탕 웃은 적이 있다. 같이 가던 선생님이 그 동전을 주웠다.

어머니가 마지막까지 놓지 못해 힘들어했던 것은 기대와 그에 따르는 집착과 서운함, 원망 같은 감정이었다. 그럴 때마다 『법화경』을 읽으며 마음을 다스렸지만, 체력이 떨어지면서 더 이상 당신

힘으로는 다스리기가 쉽지 않아 보였다. 그런 모습을 보면서 젊고 힘이 있을 때는 다른 활동들을 하면서 그 감정들을 이겨낼 수가 있지만, 어머니처럼 눈도 어둡고 귀도 어둡고 보행도 어려운 상황이 되면, 오롯이 자신이 그간 닦아 온 정신의 깊이로 그런 감정들을 감당해야 하는구나, 얼마큼의 내공을 길러야 저런 것들로부터 자유로울 수 있을까 하는 생각이 들었다. 그 무렵에 내게 하셨던 "기대가 젤 나빠. 다 아는데 안 그랠라 캐도 잘 안 된다. 니는 공부해서 내 그치 살지 마라. 아무 기대도 하지 마고 살아라"라는 어머니의 이 말씀은 아마 나에게도 평생 가져갈 미션이 될 것이다.

오랜 시간 어머니와 함께 살면서 삶의 지혜는 물론 죽음의 과정까지도 공유했다. 어머니 덕분에 우리들도 우왕좌왕하지 않고 어머니 가시는 길을 끝까지 곁에서 지켜볼 수 있었고, 어머니도 병원을 들락거리며 고생하지 않고 생을 마감하실 수 있었다. 그 덕분에 많은 걸 배웠다. 자기 삶의 결정권을 가지는 것이 참으로 중요하다는 것, 자기 삶을 결정하는 일이 곧 죽음을 결정하는 일이기도 하다는 것, 결국 어떻게 살 것인가는 어떻게 죽을 것인가와 같은 문제라는 것 등등. 이제는 내 곁을 떠나셨지만, '어머니'는 두고두고 새롭게 읽을, 내게는 더없이 소중한 '텍스트'다.

다음 생에는 결혼하지 않고 오로지 불법을 배우고 싶다는 원을 발하셨으니, 어머니는 틀림없이 그 길을 가시리라 믿는다. 부디 원을 이루시어 이 생에서 다 버리지 못한 그 모든 것들로부터 자유로워지시기를 진심으로 기원한다.

5부 길 위에서

(2015~)

20.
뜻밖의
뉴욕행

40년간의 '습'을 끊다

을미년(2015)은 한마디로 카오스였다. 많은 일들이 한꺼번에 들이
닥치듯 몰려왔다. 과연 삶에서 내 의지라는 게 작동을 할까 싶을 정
도로 혼란스럽고 힘에 겨웠다. 거기다가 약 복용을 다시 중단하는
무모함까지 보탰으니….

대상포진으로 입원했다가 퇴원을 한 이후 체력이 말 그대로 바
닥이구나 싶었다. 어머니한테 계속 맘이 쓰였고, 이런저런 일들로
편히 쉴 수 있는 상황이 아니어서 체력은 좀처럼 회복되지 않았다.
섭생에도 신경을 쓰고 잠자는 시간도 늘렸다. 그러면서 다시 『면역
혁명』을 읽었다. 그리고 마음을 다잡았다. 다시 한 번 더 시도해 보
자. 물론 무모한 도전일지도 모른다는 생각을 하지 않은 건 아니다.

그러나 더 이상 약을 먹고 싶지 않았다. 대상포진으로 입원했을 때 항생제 주사와 약을 복용하면서 관절 통증이 한결 가벼워졌다. 그 때 그 편안함에 안주하고자 하는 욕망이 순간적으로 일었다. 그러나 다시 생각해 보면 그건 아니었다. 그런 느낌에 다시는 빠지고 싶지 않았다. 내 힘으로 조절해 보고 싶었다.

그러나 약을 끊었을 때 갑자기 류머티즘의 활동성이 증가할 수 있다는 우려가 불안감으로 남아 있었다. 심리적으로 안정을 취할 처방이 필요했다. '캣츠클로우'라는 천연 소염제를 먹기 시작했다. 『면역혁명』의 저자 아보 도오루가 소개한 약이다. 류머티즘 환자들을 치료할 때 진통을 위해 처방하는 약이었다. 침·뜸 치료도 계속했다. 그러면서 2015년 5월 1일부터 약 복용을 완전히 중단했다. 이후 석 달은 아침이면 강직 증세가 있어 힘들긴 했지만 그럭저럭 지낼 만했다.

어머니 장례를 치르고 8월이 되자 일상생활을 하기가 어려울 만큼 통증이 심해졌다. 진통제가 들어가다가 안 들어가니 몸이 못 견디겠다고 아우성을 치고 있었다. 이미 각오는 했다. 2013년 11월 이었던가, 한 번 약을 끊어 본 경험이 있었기 때문이다. 알고 당하는 것과 모르고 당하는 건 천양지차다. 그때도 복약 중단 후유증이 심했는데 고비를 넘기지 못하고 다시 약을 먹었다. 이번에는 한 번 견뎌 보고 싶었다. 물론 병원에는 정기적으로 다녔다. 석 달에 한 번 검사하고 진료를 받았다. 7월 말 검사를 했을 때, 염증 수치가 조금은 올라간 듯했지만 약을 더 처방해야 할 만큼은 아니었는지 주치의는 계속 같은 처방을 했다. 주치의한테 알리지 않고 약을 끊는 게 못내 걸리기는 했다. 그러나 몇 년 전부터 몇 번 운을 떼어 봤지만 복약을 중단시킬 의사가 없는 것 같아서 혼자서 결단을 내렸다.

샤워도 어렵고, 설거지도 어렵고, 곳곳에서 장애에 부딪혔다. 일상을 살아가는 데 이렇게까지 신체 부분들의 세세한 움직임이 필요했나 싶었다. 그 옛날에 다 겪었던 어려움인데 새삼스러웠다. 순간순간 마음을 고쳐먹지 않고서는 애발라서 살 수가 없으니, 마음을 내려놓을 수밖에 없었다. 그 자체가 수행이라는 생각이 들었다. 하는 수 없이 가사도우미의 도움을 받았다. 가을이 되어도 통증은 줄어들지 않았다. 감이당에서 공부하는 내과의사 선생님께 상담을 했다. "지금까지 그렇게 살아왔는데 굳이 어려운 길을 가려고 하시느냐? 그냥 약을 먹으면서 하고 싶은 일을 하는 것도 하나의 방법이지 않을까요?" 하고 조언해 주셨다. 그 말씀도 일리가 있었다. 지금까지 40년을 그렇게 살았는데 새삼 지금 와서 내가 이러는 이유가 뭔지를 곰곰이 다시 생각해 봤다.

사실 몇 년 전부터 약을 끊어 보려 시도했던 데에는 몇 가지 이유가 있다. 몸이 자꾸 차가워지는 것도 힘들었고, 최근 들어 류머티즘 이외의 병증들이 하나둘 생겨나는 것도 불안했다. 그러나 가장 큰 이유는 몇 십 년을 습관처럼 약을 먹고 있는 내 태도가 싫어서였다. 하도 오래 약을 먹다 보니 오늘 아침에 약을 먹었는지 어쨌는지 생각이 안 날 때도 많았다. 꽤 오랜 세월을 그렇게 아무 생각 없이 약을 먹어 왔다. 약을 먹더라도 생각을 하면서 스스로 판단을 하면서 먹고 싶었다. 그러기 위해서는 일단 오래 묵은 이 습을 벗어야 한다고 생각했다. 그리고 침·뜸 치료를 시작한 지도 거의 7년 가까이 되면서 스스로 내 몸을 관리하는 요령도 좀 생겼고 해서 다시 한 번 시도해 볼 용기가 났던 거다. 게다가 이번에는 긴 시간을 두고 약을 서서히 줄여 왔으니 안 되면 다시 먹더라도 한 번 해 보고 싶었다. 석 달이 지난 11월 중순 무렵 이제 고비는 넘겼구나 하는 느낌이 들었다. 겉으로 드러나는 변화는 없었는데 내 안에서 그런 생각이 일어났다. 그러면서 마음에 안정을 찾았고, 더 이상 약 먹는 문제로 고민하지 않았다.

그러면서 미뤄 뒀던 치과 진료를 받았다. 주치의는 겨울 석 달 동안 몸을 좀 보하고 봄부터 시작하는 게 좋겠다고 했다. 그 말을 듣고 2016년 한 해는 치과 치료를 하면서 몸이 하자는 대로 하리라 생각했다. 대중지성 3학년 수업은 잠시 접기로 하고, 니체 전집 읽기 세미나 하나를 신청하고 나니 맘이 편했다. 같이 공부하던 학인들이 거의 다 3학년 공부를 다시 하는데 혼자서 빠지는 게 좀 서운했지만, 지금은 잠시 쉬어갈 때라는, 몸이 주는 메시지를 따랐다.

내게 이런 용기가?

2016년 2월 어느 날, 감이당에서 밥을 먹고 있었다. 옆에는 곰샘이 며칠 전 뉴욕에 구해 놓고 온 감이당의 베이스캠프에 대해 이런저런 이야기를 하고 계셨다. 그 끝에 "이제 집도 크고 하니 많이들 이용하라"고 하시면서 옆에 있는 나를 보고 "창희샘이 좀 가시죠" 하셨다. "네?" "할 일도 없으시잖아요." 그때까지만 해도 난 가족들과 함께가 아니라 혼자서 해외에 간다는 건 생각해 보지 않았다. 지금까지 간 해외여행도 모두 오빠네 식구들과 함께거나 언니와 함께였다. 물론 한때 해외에서 한 일 년 살아보고 싶어서 어학연수를 생각했던 적이 있긴 했지만, 그때도 속으로는 어떤 조카를 데려갈까 생각했었다. 몸도 남들 같지 않은 내가 언어도 안 통하는 낯선 곳에 가족 없이 혼자서 간다는 건 생각해 본 적이 없었다.

그런데 그날따라 '한번 가 볼까' 하는 생각이 들면서 망설임 없이 "네"라고 대답했고, 바로 같이 갈 사람을 물색했다. 감이당에서 같이 공부하던 친구 중 젊고 해외여행 경험도 있는 용재를 파트너로 구하고 여행 준비를 했다.

그런데 출발 사흘 전 임플란트를 위해 뼈 이식을 한 부위가 붓고 상태가 안 좋았다. 입국 절차를 밟을 때 여권 사진과 내가 동일인임이 증명될까를 걱정할 만큼 한쪽 뺨이 많이 부었다. 그런데 나는 가고 싶었고 가도 될 것 같았다. 의사는 오른쪽 뺨 전체에 100% 멍이 들 거라는 걸 알고 있으라고 했다. 혹시 몰라 영문으로 된 의사 소견서도 준비했다. 주치의는 또 만약 출국 당일 부기가 빠지지 않으면 여행을 취소하라고 당부했다. 그런데 무슨 근거 없는 낙관인지는 모르나 그런 일은 일어나지 않을 것 같았다. 당일 아침에 일어나니 부기가 많이 빠졌다. 열네 시간 비행 내내 별 탈이 없었고,

두 번쯤 자고 다큐멘터리를 보고 기내식 먹고 하다 보니 어느새 케네디 공항에 도착했다.

Queens 워밍업과 센트럴파크 신고식

감이당의 베이스캠프가 있는 곳은 퀸스(Queens)의 잭슨하이츠로, 뉴욕에서도 이민자들이 가장 많이 모여 사는 지역이다. 동네는 조용하고 깔끔했다. 집은 아파트 6층인데 엘리베이터도 있고 내가 생활하기에 불편함이 없었다. 버스 정류장도 바로 집 앞에 있었다. 도착한 다음 날인 2016년 4월 22일 베이스캠프(일명 '크크성')에서 살고 있는 해완이가 친구들과 콜롬비아로 떠나고 우린 느닷없이 크크성의 임시 주인이 되었다.

먼저 설거지용 고무장갑과 전기 주전자, 그리고 약간의 야채를 사기로 했다. 길 찾기는 유심 칩을 넣어간 내 담당이다. 인터넷을 검색해 가까운 쇼핑몰에 가기로 하고 집을 나왔다. 지하철역까지 10여 분을 걸어가 Q29번 버스를 탔다. 숫자 앞의 대문자 알파벳은 그 버스가 다니는 지역을 표시한다. 그러니까 이 버스는 퀸즈 내를 운행한다. 버스 정류장 간격이 조밀하게 배치되어 있어서 수도 없이 서고 떠나기를 한 다음 목적지에 도착했다. 그래도 지하철 계단을 오르내리는 수고를 덜 수 있으니 얼마나 다행인가.

지하 푸드코트는 시끌벅적하니 학생들로 붐볐다. 이민자들의 거주지답게 다양한 피부색의 학생들이 한 테이블에 섞여 있었다. 우리는 밥과 함께 나오는 데리야끼를 주문했는데 장내가 시끄러운데다가 우리의 발음이 시원찮았는지 직원은 메뉴판을 내밀었다. 간단하게 1번과 5번을 시켜 점심만 먹고, 식품 매장이 없어 야채도 못 사고 고무장갑도 전기 주전자도 사지 못했다. 첫날은 버스를 타고 목적지에 다녀오는 정도의 워밍업을 하는 걸로 만족했다. 용재가 시차 적응을 못해 토요일은 종일 집에서 쉬었다.

사흘째 되는 날, 드디어 맨해튼의 센트럴파크로 갔다. 미국 여행 계획을 세울 때 우리는 크게 두 가지 미션을 정했다. 센트럴파크에 틈나는 대로 가서 오가는 사람들 구경하며 한가하게 산책하기와 보스턴 콩코드의 월든 호수를 걷는 것. 집 앞에서 Q32번 버스를 타고 40여 분을 달려 센트럴파크 최남단에 내렸다. 센트럴파크는 맨해튼 한가운데에 인공으로 조성된 공원이다. 공원을 동서로 가로지르는 차도가 네 개나 있을 정도로 그 크기가 어마어마하다. 우린 최남단에서 시작해 틈나는 대로 북으로 올라가기로 했다. 크크성에서 한 번에 오는 버스가 있다니, 어째 일이 술술 풀리는 느낌이다. 오전 11시가 좀 넘어서 도착했는데 일요일이어선지 사람들이 많다.

공원의 나무들도 고층 빌딩과 어금버금할 정도로 키가 크다. 우리나라에서는 볼 수 없는 높이다. 사주명리에서 배운, 그저 직진을 외치는 갑목(甲木)이 이런 거구나 싶다. 호숫가에서는 인도인으로 보이는 신랑신부가 웨딩 촬영을 하고 있고, 공원 남단의 작은 연못에는 오리와 물고기, 거북이까지 한가로이 휴일을 즐기고 있다. 동물을 유난히 좋아하는 용재가 열심히 카메라에 담는다. 나는 연못가 벤치에서 잠시 휴식을 취하고 용재는 버스 카드를 충전하러 가더니 기계 고장으로 허탕을 치고 돌아왔다.

슬슬 걸으며 미리 점찍어 두었던 '십 메도'(Sheep Meadow: 센트럴파크에서 가장 넓은 잔디밭)로 갔다. 상상했던 것만큼 넓지는 않았다. 잔디밭을 한 번 쓰윽 둘러보니 어디에도 벤치가 없다. 한 번 앉으면 일어서기가 어려우니 우선 사진을 찍은 다음 바닥에 앉기로 했다. 그런데, 디카가 보이질 않는다. 순간, 아까 앉았던 그 연못가 벤치 위에 동그마니 놓여 있던 디카가 전광석화처럼 스친다. 퍼뜩 그 안에 있는 어머니 사진이 생각났다. 병석에 누우시기 직전 건강하신 마지막 모습, 몇 년 전 설날 한복을 입고 둘이서 찍은 사진 등등. 갑자기 눈물이 핑 돈다. 수많은 사람이 오가는 이 넓은 공원 어디에서 찾나. 갑자기 이 세상 한 모퉁이에 홀로 버려진 듯한 외로움과 슬픔이 와락 몰려온다.

그 벤치로 갔던 용재는 터덜터덜 빈손으로 돌아오고 둘이서 "그래, 꼭 그 사진이어야 하는 건 아니지"라며 마음을 달랬다. 그때 귓가에 한국말이 들렸다. 그 아주머니는 고맙게도 인터넷을 한참 뒤져서 공원 내 경찰서에 전화를 해 주었다. 그러나 분실 신고가 들어온 디카가 아직은 없으니 우리더러 수시로 전화해서 확인을 하란다. 얼굴 보고 얘기해도 못 알아들어서 음식도 번호로 시킨 판에 전화로 물어보라니…. 그건 그렇고 심기일전하여 다시 센트럴파크를 즐기자며 그 연못을 뒤로 하고 사진도 찍고 산책도 했다. 그러나 허전함이 쉽게 사라지지는 않았다.

주민과 관광객을 오가며

꼬박꼬박 밥을 해 먹다 보니 쌀이 거의 떨어졌다. 장보기도 하고, 고무장갑, 전기 주전자를 살 요량으로 일찌감치 아침을 먹고 청소를 마치고 집을 나섰다. 한국인이 운영하는 가게에 가기로 하고 구글을 검색했더니 가까운 곳에 한인마트가 있고, 다행히 Q32번이 거기까지 간다. 이 버스는 이미 우리 자가용이 되었다.

입구에 놓인 두부에서 김이 모락모락 나는 것이 군침이 돈다. 순두부 한 통, 콩나물, 양파, 샐러드 거리, 연어, 쌀 8kg을 샀다. 우리말이 통하니 속이 시원하다. 언어 소통의 가부가 기를 살리기도 하고 죽이기도 한다. 말이 안 통하는 채 몇 달만 살면 울화병이 생길 것 같다. 출입문 저편을 보니 고무장갑이! 어젯밤에 찾아 놓은 'latex gloves'라는 말을 사용할 기회가 없어져 버렸다. 집에 와서 다시 찾아보니 요건 의료용에 주로 쓰이고 가정용 고무장갑은 'rubber gloves'라고 한단다. 하마터면 마트에 가서 수술용 고무장갑을 찾을 뻔했다. 아, 습관적으로 쓰는 우리말도 외국인에게는 이처럼 낯설고 난해하게 다가가겠지.

전기 주전자 파는 곳을 물으니 자기네 가게에 있는 상품을 보여 주었지만, 우린 어젯밤 검색해 놓은 매장에 가 보기로 했다. 우리나라로 치면 '하이마트' 같은 곳이라 하니 훨씬 다양한 물건이 있을 거라 상상하면서 장바구니를 맡기고 홀가분하게 출발했다. 말이 통하니 참 편리하다. 버스를 다시 갈아타고 또 걸어서 찾아간 곳, 제법 먼 길을 걸어간 그곳에는 딱 두 가지 제품뿐이었다. 그것도 어찌나 비싼지 다시 한인마트로 와서 아까 그 주전자를 샀다.

집에 돌아와 장보기한 것들을 정리하고 아침에 싸 가지고 나갔던 주먹밥을 꺼내 간단히 점심을 먹었다. 이제 다시 관광객 모드로 전환하여 카메라를 찾으러 '센트럴파크'로 갈 차례다. 한국에 있는 조카가 어제 센트럴파크 경찰서에 전화를 걸어 그런 카메라가 있다는 걸 확인은 했다지만, 디카가 다 거기서 거기인지라 정확한 모델명을 알려 준 게 아닌 이상 안심할 수가 없었다. 그게 내 카메라가 아닐까 봐 불안했다.

센트럴파크 내 경찰서는 공원 중간쯤에 있었다. Q32번을 타고 공원 남단에 내려, 다시 M자를 앞에 단, 공원을 순환하는 버스를 타고 경찰서에 도착했다. 경찰서 문을 열고 들어가니 서너 명의 경찰이 있다. 잃어버린 카메라를 찾으러 왔다고 하자 잠시 기다리라고 한다. 둘이서 경찰서 내부를 둘러보며 건물 구조에 대해 이야기하면서도 마음은 콩밭에 가 있다. 경찰이 부르자 용수철처럼 튀어서 데스크로 갔다. 카메라 색상을 묻는데, 묻지도 않은 케이스 색깔까지 말해 주었다. 옆방으로 들어가더니 비닐 봉투를 하나 들고 나오며 카메라를 꺼내 번쩍 들어 보인다. "이게 니 '도끼'냐?" 얼핏 보기에 비슷하지만 눈에 익은 '도끼'가 아니다. 가슴이 '쿵' 하고 내려 앉는다. 카메라를 내 앞에 가져다 놓는다. '아닙니다. 아니라고요.' 경찰이 잃어버린 장소와 시간을 묻는다. "어제 남쪽 연못가 벤치에 서"라고 말하자 고개를 젓는다. 내 카메라라고 하고 싶지만, 그 안에는 어머니 사진이 없으니 무슨 소용이란 말인가.

그러던 중 저편에 앉아 있던 여자 경찰이 "그런 카메라 들어온 게 있는 것 같은데"라는 말을 하는 것 같았다. 귀가 있어도 듣질 못하니 이렇게 답답할 데가! 돌아가면 당장 영어 공부를 하리라! 여자 경찰과 남자 경찰을 번갈아 바라보며 상황을 파악하려고 안테나를 바짝 세운다. 다시 들어가더니 비닐 봉투를 들고 나온다. 그걸 보자마자 단박에 알았다. 용재와 나는 환호성을 지르며 박수를 쳤다. 그곳에 있던 경찰들도 모두 박수를 쳤다. 여권을 보여 주고 사인을 하고 고맙다는 인사를 연발하며 날아갈 듯 경찰서 문을 나왔다. 차도를 건너 언덕을 오르자 그곳엔 넓은 호수가 있었고, 그 호수 한가운데에 있는 분수에서는 축하의 빵빠레가 솟아오르고 있다. 이렇게 센트럴파크 신고식은 해피엔딩으로 끝을 맺었다.

하루에도 수많은 관광객들이 찾는 곳이고, 일요일이라 유독 더 많은 사람들이 붐볐던 터라 한강 백사장에서 바늘 찾기일 거라고 생각했는데…. 사실 운도 좋았지만 그 안에 담긴 어머니 사진을 꼭 찾고 싶다는 간절함이 있었기에 가능한 일이었던 것 같다. 그날 센트럴파크 경찰서의 분실물 보관실은 꽤 넓어 보였다. 수많은 물건들이 주인을 기다리고 있었지만 물어물어 그곳을 찾아가 분실물을 찾는 사람이 얼마나 될까. 더군다나 우리처럼 영어에 서툰 사람들이라면 찾는다는 엄두를 내지 못할 것 같다. 우리도 그날 그 한국인 아주머니를 만나지 못했더라면 더 힘들게 경찰서를 찾아야 했을 테고 어쩌면 그 과정에서 지쳐 포기했을지도 모른다. 그런 상황에서 카메라를 찾고 나니 돌아가신 어머니가 우리와 함께하시는 듯했다. 우리는 용기백배했다. 앞으로는 무슨 일이 일어나도 다 헤쳐 나갈 수 있을 것만 같았다.

21.
월든 호수 탐방과
맨해튼 가이드

소로를 만나러

이번 여행의 두 가지 미션 중 하나가 월든 호수 탐방이다. 내가 소로(Henry David Thoreau)를 처음 알게 된 건, 대구 송현동에 살던 시절인 85,6년쯤이다. 이런저런 책들을 읽다가 위인전으로 관심이 옮겨 가면서 간디 자서전과 붙어 있던 『시민의 불복종』을 읽었다. 소로가 이 책을 쓸 당시 미국은 한창 서부로 영토 확장을 꾀하고 있었고, 그 일환으로 텍사스 지역을 빼앗기 위해 멕시코와 전쟁 중이었다. 그는 미국이 멕시코를 상대로 일으킨 전쟁은 부당하다고 생각했고, 자신이 낸 세금이 그 전쟁의 무기 구입에 쓰이는 걸 거부했다. 그리하여 인두세(지금의 주민세)를 내지 않았다. 이 일로 그는 하룻밤을 감옥에서 보냈으며 그때의 경험을 바탕으로 이 글을 썼다. 우연히 손에 들게 된 이 책은 첫 페이지를 읽기 시작하자 단숨에 읽어 내려갈 만큼 강렬했다. 문체도 힘이 있었지만 그 내용은 더 힘이 있었다. 나도 모르게 소리 내어 읽었고 속이 후련했다. 그때 내 나이는 이 글을 쓸 당시의 소로의 나이와 비슷했다. 이 나이에 어떻게 이런 생각을 할 수가 있을까 싶을 만큼 충격적이었다. 한 구절 한 구절이 다 가슴에 와 박혔다.

나는 6년 동안 인두세를 물지 않았다. 그 때문에 나는 하룻밤을 감옥에 갇히게 되었다. 두께가 60~90센티미터쯤 되는 단단한 돌벽과, 30센티미터 두께의 나무와 쇠로 된 문과, 햇빛이 스며들어오는 쇠창살을 바라보며 서 있노라니, 나를 단지 살과 피와 뼈로 된 존재로만 여겨 잡아 가두는 이 제도의 어리석음에 그저 경악할 뿐이었다. (……) 정부는 한 인간의 지성이나 양심을 상대하려는 의도는 결코 보이지 않고 오직 그의 육체, 그의 감각만 상대하려고 한다. 정부는 뛰어난 지능이나 정직성으로 무장하지 않고 강력한 물리적 힘으로 무장하고 있다. 나는 누구에게 강요받기 위하여 세상에 태어난 것은 아니다. 나는 내 방식대로 숨을 쉬고 내 방식대로 살아갈 것이다. 누가 더 강한지는 두고 보도록 하자.(헨리 데이비드 소로, 『시민의 불복종』, 이레, 1999, 39~41쪽)

비단 이 부분만이 아니라 글 전체에서 이십대 후반 젊은이의 결기가 그대로 전해진다. 그는 당시 월든 호숫가에 오두막을 짓고 살았고, 구두를 수선하러 마을로 나갔다가 6년간 인두세를 미납한 죄로 체포 투옥되었다. 불행히도(?) 고모가 "그릇된 호의"(48쪽)를 베풀어 벌금을 납부하는 바람에 하루 만에 풀려났다. 그때 쓴 글이 20세기 지성사에 큰 획을 그은 『시민의 불복종』이다. 톨스토이, 간디, 마틴 루터 킹도 소로의 영향을 크게 받았다고 한다. 내가 이 책을 읽은 그 무렵 우리나라에서도 범국민적으로 KBS 텔레비전 시청료 납부 거부 운동이 한창이었다. 그러기에 한 세기도 더 전에 이런 생각을 하고 실천에 옮긴 그가 더욱 위대해 보였다.

한참 뒤 소로의 『월든』을 읽고 나서는 기회가 된다면 그가 살았다는 이 호수에 한번 와 보고 싶었다. 그가 직접 지었다는 오두막과 늘 산책하던 호수 그리고 그가 태어난 마을을 둘러보면 그의 그 담백한 삶이 그려질 것 같았고, 냉철한 지성을 더 가까이 느낄 수 있을 것 같았다. 그러다가 이번 여행을 오기 전 우연히 이 호수가 보스턴에 있다는 걸 알았다.

용재와 나는 맨해튼과 숙소 주변을 대충 익힌 다음 월든 탐방을 계획했다. 사실 뉴욕에 오기 전 여차하면 차를 빌려서 다녀와야겠다고 생각했기에 국제 면허증을 준비해 왔다. 10여 년 전 셋째오빠네 가족과 동유럽을 여행할 때 운전을 해 본 경험이 있어서 크게 걱정하지 않았다. 뉴욕에 도착한 이후 도로 사정을 유심히 살폈다. 그러나 교통은 생각한 것보다 더 복잡했고 신호체계도 우리와 다른 데다가 이정표도 영어다 보니 한글처럼 금세 눈에 들어오질 않았다. 그래서 여행사를 따라가는 게 안전하겠다는 생각을 했다. 그러나 우리가 알아본 한인 여행사의 어떤 상품에도 월든 호수 탐방은 없었다. 그러니 우리가 그곳에 꼭 가고 싶다면 직접 운전해서 가는 수밖에는 달리 방법이 없었다. 일주일 정도 버스를 타고 다니며 신호 체계를 익혔고, 소형차 한 대를 빌렸다.

마침내 5월 1일 일요일 아침 10시가 좀 넘어서 보스턴으로 향했다. 뉴욕에 도착한 사흘째 되던 날부터 갑자기 추워지기 시작한 날씨는 좀처럼 풀리지가 않았다. 그날은 비까지 내렸다. 옷을 수없이 껴입고 조심조심 핸들을 잡았다. 출발한 지 얼마 되지 않아 타이어 공기압에 문제가 있다는 경고등이 들어왔다. 짧은 영어에다 어색한 발음 때문에 사람들이 우리가 하는 말을 잘 알아듣질 못했다. 우여곡절 끝에 정비소를 찾아 공기압을 체크하고 숙소가 있는 첼시에 도착하니 오후 4시가 넘었다. 보스턴에도 비가 내리고 있었고 뉴욕보다 조금 더 추웠다. 장시간 운전을 한 데다가 낯선 길을 오느라 긴장해서인지 컨디션이 좋질 않았다. 비 내리는 보스턴의 밤길 운전이 좀 불안하긴 했지만, 물어물어 한국음식점을 찾아 뜨끈한 김치찌개를 먹고 나니 그제야 살 것 같았다. 내일을 위해 쑥뜸을 뜨고 발목에 침을 몇 개 놓은 뒤, 월든 호수 가는 길을 익혔다. 그리고 용재와 'Walden Pond'(월든 호수)를 비롯한 몇 개 단어의 발음 연습을 하다가 잠이 들었다.

비 내리는 월든 호수

이튿날도 여전히 비가 내렸다. 소로를 만나러 가는 날이니만큼 아침은 어젯밤 사 온 밥에 미소된장국, 먹다 남은 샐러드 약간, 그리고 약고추장으로 소박하게 먹었다. 어제 미리 길을 익혀 둔 덕에 25분 정도 달려 목적지에 무사히 도착했다. 주차장 옆에는 소로가 살았던 집을 본따서 지은 오두막이 있었고, 그 옆에서는 소로 기념관을 짓느라 분주했다. 호수는 그곳에서 차도를 가로질러 계단을 조금 내려간 곳에 있었다. 안내도를 보니 오두막 터는 호수 저편 끝자락에 있었다. 비는 그치지 않고 내렸고 날씨는 점점 더 추워졌다. 가져온 옷을 있는 대로 껴입고 겨울 숄까지 둘렀건만 한기를 막기에는 역부족이다.

호수는 생각보다 넓고 조용했다. 세 사람의 낚시꾼과 가족으로 보이는 방문객 대여섯이 전부였다. 저편 오두막 터까지 가기에는 무리라는 생각이 들었다. 용재는 오두막 터를 보고 싶다며 먼저 그곳으로 갔고, 나는 호숫가 오솔길을 걸었다. 오솔길은 한 사람이 걸어갈 수 있을 정도로 좁은 흙길이다. 군데군데 물웅덩이가 걸음을 더욱 더디게 했다. 물웅덩이를 피해 가며 한참을 가다가 호수로 내려와 모래사장을 따라 걸었다. 호수 가장자리의 물은 바닥의 돌들이 보일 정도로 맑다. 센트럴파크 호수의 우중충한 물과는 빛깔이 다르다.

3,40분을 걷고 나니 발목이 아파 앉을 곳을 찾았지만 그 넓은

호수 어디에도 벤치는 없었다. 아마도 소로가 살았던 그 당시 모습 그대로를 보존하려는 뜻에서인 것 같았다. 우산을 썼지만, 이미 바지는 무릎까지 빗물이 배어 올라왔다. 비에 젖은 방파제용 바윗돌에 잠시 앉아 다리를 쉰 다음 갔던 길을 되돌아왔다. 오던 길에 우연히 오두막이 있었던 '터'를 알리는 이정표를 발견했다. 좀 힘들긴 했지만 언제 다시 또 와 보랴 하는 생각에 표지판을 따라 올라갔다. 터는 호수에서 언덕으로 조금 올라간, 물이 불어도 수해의 위험이 없는 안전한 곳에 자리하고 있었다. 당시 소로가 썼던 주춧돌 몇 개가 듬성듬성 남아 있었는데, 서너 사람이 들어서면 꽉 차지 않았을까 싶을 정도로 좁았다.

소로는 28세에서 30세까지 2년 2개월 동안 여기서 살았다고 한다. 아까 주차장 옆에서 창으로 들여다본 오두막 내부는 무척 소박했다. 내가 본 '집' 중에서 가장 작았다. 저렇게 작은 공간으로도 집을 지을 수 있나 싶을 정도였다. 작은 침대 하나, 작은 책상 하나, 의자, 벽난로가 전부였다.

『월든』은 이 호수에서 지낸 2년 2개월의 생활을 기록한 책이다. 다음은 그 중 인상 깊었던 대목이다.

참, 커튼 값으로는 한 푼도 들어가지 않았다는 얘기도 해야겠다. 그것은 해와 달 이외에는 아무도 내 집 창문을 들여다볼 사람이 없었고, 해와 달이 들여다보는 것은 내가 환영하는 바였기 때문이다. 달이 비침으로써 상할 우유나 고기도 없었고, 해가 비쳐서 휘어질 가구나 색이 바랠 양탄자도 없었다. 태양이 때로 너무 뜨겁게 내리쬘 때는 가계부에 지출 항목을 하나 늘이느니보다 자연이 제공하는 커튼인 나무 그늘로 자리를 옮기는 것이 경제적으로도 더 나은 것이다. (소로, 『월든』, 80쪽)

우리의 인생은 사소한 일들로 흐지부지 헛되이 쓰여지고 있다. 정직한 사람은 셈을 할 때 열 손가락 이상을 쓸 필요가 거의 없으며, 극단의 경우에는 발가락 열 개를 더 쓰면 될 것이고 그 이상은 하나로 묶어 버리면 될 것이다. (……)
간소하게, 간소하게, 간소하게 살라! 제발 바라건대, 여러분의 일을 두 가지나 세 가지로 줄일 것이며, 백 가지나 천 가지로 되도록 하지 말라. 백만 대신에 다섯이나 여섯까지만 셀 것이며, 계산은 엄지손톱에 할 수 있도록 하라. (앞의 책, 108쪽)

2008년 부러진 뼈는 붙지 않고, 미국발 경제위기가 닥쳐 우리 경제가 요동칠 때 2년 동안 가계부를 더 꼼꼼하게 기록한 적이 있다. 모든 걸 최소한으로 한다면 얼마의 돈이 드는지 가늠해 보기 위해서였는데, 이 오두막을 보면서 내 딴에는 줄이고 줄였다고 생각했던 그때의 뿌듯함이 무색해졌다. 게다가 소로가 말하는 "간소하게, 간소하게, 간소하게 살라!"는 이 외침에는 단순히 돈의 액수나 환경을 생각하는 것과는 차원이 다른 의미가 함축되어 있다. 그는 말한다. 모든 사람에게 악을 근절하는 데 자신의 몸을 바쳐야 할 의무가 있다고는 할 수 없지만, 최소한 그 악과 관계를 끊을 의무는 있다고. 비록 악 자체에 관심을 기울이지 않는다 하더라도 자기도 모르게 그 악을 실질적으로 지원하고 있지는 않은지를 살펴야 한 다는 것이다. 지금 무슨 일을 하고 있다면 자신이 행여 남의 어깨에 올라타고 있는 건 아닌지, 만약 그렇다면 우선 그 어깨에서 내려오 라고 한다. 이런 철학 위에서 그는 "간소하게 살라!"고 외치고 있는 것이다.

월든 호수 탐방에 2박 3일을 투자할 때는 나름 구체적인 계획 이 있었다. 최소한 하루는 종일토록 호수에 머물면서 『월든』을 다 시 한 번 읽고, 가능하면 맘에 드는 구절을 외워서 암송도 해 보리 라 등등. 그러나 이미 양말까지 다 젖고 신발 안엔 모래가 가득했 다. 발걸음이 무거웠고, 시간이 갈수록 젖은 몸에 한기가 들었다. 아침을 너무 소박하게 먹어서인지 배도 무척 고팠다. 게다가 엉덩 이 붙일 만한 곳 하나 없으니 도리가 없었다. 우선 몸을 녹이고 시 장기를 다스리는 게 급했다. 역시 인생사 뜻대로 되는 게 없구나 생 각하며 콩코드 중심가에서 해물이 잔뜩 들어간 따끈한 스튜를 배 불리 먹고 숙소로 철수했다.

이튿날 다시 한 번 호수에 들렀지만 여전히 흐리고 추웠다. 어 서 크크성으로 돌아가 편히 쉬고 싶었다. 기념품으로 모자와 책 한 권을 산 뒤, 아쉬움을 남긴 채 2박 3일의 비 내리는 월든 호수 탐방 을 마쳤다.

맨해튼 가이드

월든 호수에 다녀온 이틀 뒤인 5월 5일, 곰샘과 마리아 선생님이 도 착하셨다. 곰샘은 뉴욕에 거주하는 한인들과 함께 루쉰 전집을 읽 는 세미나를 하기 위해 오셨다. 뉴욕에 베이스캠프를 마련한 뒤 처 음 열리는 세미나였다. 마리아 선생님은 곰샘과는 20대부터 알고 지낸 사이로 일주일간의 휴가를 얻어 뉴욕 탐방을 오신 거다. 마리 아 선생님은 뉴욕이 초행이었고, 머무는 기간도 길지 않아서 누군 가의 가이드가 필요했다. 뉴욕에 거주한 지 3년이 넘은 해완이가 가이드엔 안성맞춤이었다. 그러나 학기 중이라 주중에는 학교에 가고 없었고, 일요일에는 크크성에서 세미나가 있으니 자리를 비 울 수가 없었다. 용재는 곧 한국으로 떠날 참이었고, 재홍이는 어떻 게 연이 닿아 이번 뉴욕 세미나에 참석하게 된 청년인데, 마리아 선 생님보다 하루 늦게 도착하기도 했고, 우리 모두와 초면이어서 부 탁을 하기가 어려웠다. 그렇다고 보기 드문 길치인 곰샘이 가이드 를 할 수도 없었다. 마리아 선생님은 나이도 나와 비슷했고 그분 역 시 무릎이 안 좋아 쑥뜸을 뜨는 중이라고 했다. 뉴욕에서 뜸 동지를 만나다니, 무척이나 반가웠다. 그날 저녁부터 주방 식탁에서 함께 뜸을 떴고 우린 곧 친해졌다.

그 이튿날부터 마리아 선생님 가이드를 시작했다. 나 역시 2층 버스 투어로 전체 뉴욕을 휘 둘러봤을 뿐이라 이참에 가이드 겸 맨 해튼 탐방을 하기로 했다. 내가 믿는 건 스마트폰의 구글 지도와 그걸 보며 길을 찾아갈 정도는 되는 나의 방향감각뿐이었다. 말이 가이드지 한 일이라곤 목적지를 찾아가고 끼니 해결하고 무사히 귀가하는 것이 전부였다. 사실 방향감각이라고 할 것도 없었다. 뉴욕은 거리 표지판이 모두 숫자로 되어 있어서, 동네 이름으로 이정표를 만들어 놓은 우리나라와는 달리 길 찾기가 매우 쉬웠다. 교통편도 스마트폰을 검색하면 시간까지 나올 정도로 구체적이고 정확했다. 단지 지도를 보고 지금 선 곳에서 어디로 가야 하는지 그 방향을 파악하는 게 좀 헷갈릴 때가 있었다. 물론 뉴욕에 처음 와서는 버스 정류장 표지판도 눈에 들어오지 않았다. 그런데 이미 한 일주일 매니저 없이 용재와 둘이 크크성에 살면서 생필품도 사러 다니고 관광도 하면서 맨해튼과 숙소 주변의 도로 교통 시스템을 어느 정도 익힌 뒤라 길을 찾는 데는 큰 문제가 없었다.

먼저 구겐하임 미술관으로 갔다. 집 앞에서 버스를 타고 센트럴파크에서 내려 다시 한 번 버스를 타고 미술관에 도착했다. 날씨는 여전히 비가 오고 추웠다. 미술관 앞에는 이미 많은 사람들이 우산을 받쳐 들고 길게 늘어서 있었다. 5월인데 겨울 파카를 입은 사람들도 많았다. 기다리는 동안, 끝나고 어디서 뭘 먹을 만한 데가 있나 싶어 주변을 둘러보았다. 가이드라면 이 정도는 파악하고 있어야 하는 거라는 생각을 하며 길거리 음식을 파는 가게의 메뉴판을 보고 있는데, 그 앞에 서 있는 유독 몸집이 큰 여자가 눈에 들어왔다. 뉴욕에 와서 내 눈길을 끈 것은 몸집이 큰 사람들과 거대한 나무였다. 버스에도 길거리에도 심한 비만으로 보이는 사람들이 참 많았다. 우리나라 사람 중 비만인 사람과는 그 정도가 아주 달랐다. 센트럴파크에서 본 나무들도 위로는 공원을 둘러싸고 있는 고층 빌딩에 거의 가 닿을 것 같았고 옆으로는 한 구역을 온통 덮을 만큼 가지를 넓게 드리우고 있었다. 그리고 가지들이 뻗은 모양 또한 정돈되지 않은 채 제멋대로 자란 듯했다. 우리나라에서는 그렇게 무작정 크기만 한 나무를 본 적이 없다. 하긴 지역마다 토질이 다르니 나라마다 식물도 사람도 그 형체가 다른 건 당연하겠지. 미국 땅은 뭐든 무작정 크고 넓게 키우는 기운을 품고 있나 하는 생각을 하며 입구에서 몸수색을 당하고 안으로 들어갔다.

구겐하임 미술관은 층 사이에 계단이 없는 나선형 구조를 한 건축물로 유명하다. 나도 그런 식으로 경사로를 따라 미술품을 관람해 보고 싶었으나, 하필이면 세로로 반을 갈라 한 편이 모조리 수리 중인지라 나선형으로 돌며 관람을 하지 못할 뿐만 아니라, 모든 층의 한 쪽에선 공사 중이니 실내가 무척 어수선했다. 이런 상황에서도 관람료를 받고 입장을 시키는 그 태도가 오만하다는 생각이 들었다. 게다가 둘 다 미술작품에 조예가 깊은 것도 아니었고, 영어가 짧은 내가 작품 설명을 독해하며 미술품 가이드를 할 계제도 못되었기에 별 재미가 없었다. 엘리베이터로 층을 이동하며 한 번 휘둘러보고는 이렇게 어수선한 곳에서 이런 걸 보여 주고 15달러씩이나 받느냐고 투덜대며 구겐하임 관람을 간단히 끝냈다.

밖으로 나온 뒤, 길거리 음식을 먹어 보자며 아까 봐 둔 가게에 가서 요기가 될 만한 소시지가 든 빵 두 가지를 샀다. 그 음식들이 어찌나 달고 짠지, 그리고 한 끼로 먹기엔 어찌나 큰지 부담스러웠다. 비는 오고 길거리에서 산 음식이라 포장이 되어 있는 것도 아니고 해서 꾸역꾸역 먹고 나니 뱃속이 편치 않았다. 이 나라 사람들이 이렇게 달고 짜게 많이 먹어서 몸집이 큰 것 같다는 분석(?)을 하며 다음 목적지는 패트릭 성당으로 정했다. 스마트폰을 켜고 다시 지도를 검색했다. 마리아 선생님은 그런 내가 신기한 듯 감탄을 했다. 슬쩍 장난기가 돌아서 스마트폰을 내밀며 어느 방향으로 가면 되는지 한 번 안내해 보라고 했다. 마리아 선생님은 잠시 머뭇거리다가 내가 재차 권하자 호기심이 좀 생기는지 지도와 주변을 번갈아가며 살폈다. 그러다가 손가락으로 건너편을 가리켰다. 내가 그와는 반대 방향을 가리키자 웃음을 터뜨렸다. 지도를 들고 정류장을 찾아가 버스를 타고 패트릭 성당과 타임스스퀘어를 잠깐씩 둘러보며 기념사진을 찍었다. 그리고 첫날의 가이드를 무사히 마치고 귀가했다. 몸은 피곤했지만 내 신체가 확장된 듯해서 기분이 좋았다.

가이드를 마치며

토요일, 일요일에도 나의 맨해튼 가이드는 계속됐다. 토요일엔 맨해튼 서남쪽 첼시마켓, 일요일엔 센트럴파크를 산책하고 맨해튼의 남쪽, 9·11 테러가 일어났던 그라운드제로를 탐방했다. 숙소에서 센트럴파크까지 Q32번 버스를 타고, 거기서 다시 맨해튼 순환 버스를 이용해서 남쪽으로 내려갔다. 그런데 맨해튼은 교통 체증이 심해서 오가는 데에 시간이 너무 많이 걸렸다. 지하철을 이용하면 시간이 훨씬 단축되지만 가이드인 내가 지하철의 계단과 환승할 때 먼 거리를 걸어야 하는 게 부담스러워서 줄곧 버스를 이용했다. 마지막 날은 버스를 타자 졸음이 쏟아졌다. 피곤하기도 했고 어느새 버스 안에서 편히 졸 만큼 맨해튼과 숙소를 오가는 길이 익숙해진 것이다. 한참을 졸다가 보니 이미 날은 어두워졌고, 버스 안엔 퇴근하는 사람들로 가득했다. 그들 역시도 졸거나 스마트폰을 하거나 무표정하니 앉아 있었다. 아프기 전 버스를 타고 다닐 때 참 많이 보던 풍경이다.

요 며칠간 마리아 선생님과 함께 맨해튼 여기저기를 다닌 시간들이 꿈만 같았다. 나의 가이드는 그야말로 바이엘 피아노 교본을 배우기 시작하고서 곧바로 누군가에게 바이엘을 가르치는 격이었다. 나 역시 뉴욕은 초행이었고, 단지 한 열흘 먼저 와서 길을 익혔을 뿐인데 이렇게 누군가를 안내하고 다닌다는 게 스스로 생각해도 신기했다. 물론 유난히 힘차게 걸어 다니는 뉴요커들로부터 나를 보호해 준 마리아 선생님이 있었기에 가능한 일이었지만, 차를 운전해서가 아니라 두 다리로 걸어서 버스를 타고 또 타며 누군가 가고 싶어 하는 곳을 안내했다는 게 대견하고 뿌듯했다. 서울에선 대중교통을 이용하기가 너무 불편해서 운전을 하기 시작한 이후로는 시내에서 버스를 타고 이동해 본 적이 없다. 그럴 엄두를 내지 못했는데, 여기서는 늘 이렇게 살았던 것처럼 익숙하다. 옆을 보니 마리아 선생님도 졸고 있다. 초짜 가이드인 나를 믿고 있는 모양이다.

지금 이 글을 쓰면서 생각해 보면, 전신 관절에 다 문제가 있는 내 몸 안에도 상황과 조건이 달라지면 그 상황에 맞춰 전혀 다른 모습으로 살아갈 수 있는 잠재력이 있었던 걸까 하는 생각이 든다. 나 스스로 '나는 다리가 불편하니 대중교통을 이용하는 건 위험해'라고 단정해 놓고 다양한 조건 속에 놓일 수 있는 기회를 스스로 차단해온 건 아닐까 싶다.

2005년 여름, 셋째오빠네 가족과 동유럽을 여행했었다. 그때만 해도 독서지도나 강의 같은 활동은 왕성하게 하고 있었고 집안에서 생활하는 건 별 무리가 없었지만 바깥 활동, 특히 걸어서 어딜 가야 하는 일은 부담스러웠다. 오빠는 어떤 여행사에서도 나를 받아주지 않을 거라고 했다. 그러니 이 기회에 자기들과 함께 가지 않으면, 해외여행이 어려울 거라며 함께 갈 것을 제안했다. 그도 그럴 것 같았다. 나 역시 그런 패키지여행은 생각해 본 적이 없다. 그런 여행이 취향에 맞지도 않았고 그들을 따라다닐 자신도 없었다. 계획은 오빠가 세웠고, 여행에 필요한 물품들은 올케가 준비했다. 나는 휠체어와 몸만 가지고 갔다. 차를 렌트해서 다녔는데, 내가 한 일이라곤 오빠가 피곤할 때 운전을 하는 게 고작이었다. 조금만 걸으면 발목 통증이 심해서 평지에서는 주로 휠체어를 타고 다녔고 지형이 가파르거나 한 곳에서는 오빠네가 다녀올 때까지 휠체어에 앉아서 쉬고 있었다. 발목 통증이 심한 어느 날엔가는 조카가 나를 업고 계단을 오르내리기도 했다.

그로부터 십 년이 지났다. 엑스레이상으로 볼 때는 발목 관절은 여전히 연골이 아예 다 망가져 아래위 관절이 거의 붙어 버린 상태 그대로다. 몇 년 전, 주치의는 발목 인공관절 수술은 예후가 좋지도 않고 수명이 짧으니 그냥 견디라고 했다. 그러다가 통증이 심하면 아예 접합하는 수술을 하자고 했었다. 그래서 나는 아예 더 잘 걷는다는 건 기대하지 않았고 현상 유지에 목적을 두고 늘 조심하며 아껴왔다. 물론 무리하지 않도록 조심하는 건 내게 꼭 필요한 자세다. 그러나 그것이 은연중 내가 할 수 있는 일의 종류를 스스로 제한하는 것으로 작용했던 것 같다. 그때 뉴욕에서 나는 그동안 한 번도 생각지도 않은 모습으로 움직이고 있었다. 말도 안 통하고 지리도 모르는 낯선 나라에서 지도를 들고, 버스를 타고 누군가에게 길을 안내하며 다녔다. 첫날 맨해튼 가이드를 마치고 내 신체가 확장된 것처럼 느꼈던 것은 아마도 나도 모르고 있었던 내 안의 어떤 힘을 발견했기 때문이 아니었을까 싶다.

그때의 며칠간의 가이드 경험은 내 몸에 대해서, 또 그 몸에 대해 가지고 있던 내 고정관념에 대해서, 이런저런 생각들을 하게 했다. 그동안 세상도 많이 변했고 내 생활도 많이 변했다. 감이당에 온 이후, 점심식사 후면 함께 공부하는 친구들과 남산 산책을 하며 나도 모르게 다리에 조금씩 근력이 붙었고, 동서양의 고전들을 읽으며 건강에 대해 병에 대해 그간에 가졌던 생각들에 조금씩 변화가 일어났고, 보행이 힘든 사람들도 불편 없이 버스를 이용할 수 있는 도시 뉴욕에서 한 달여를 주민처럼 살아볼 수 있는 기회가 주어졌다. 게다가 스마트폰이라는 첨단 기기를 가지고 누구나 쉽게 길을 찾을 수 있는 시대에 내가 살고 있다. 이런 조건의 변화들이 내게서 이전과는 전혀 다른 모습을 만들어 냈다면, 앞으로도 모든 건 끊임없이 변해 갈 것이고 그에 따라 내 삶도 몸도 또한 변해 갈 것이다. 그러니 그 어떤 것도 규정하지 말고 다양한 조건 속에 나를 던지면서 살아가는 것, 그것이 건강한 삶의 태도가 아닐까.

지금도 그때 다녔던 맨해튼의 거리들이 지도를 그릴 수 있을 정도로 훤히 떠오른다. 주소만 알고 스마트폰만 들고 가면 어디든 찾아갈 수 있을 것 같다. 뭐든 자기 몸으로 직접 부딪친 그만큼 몸에 새겨지는가 보다.

22.
뉴욕에서
만난 나

세 시간의 산책

기후도 물도 땅도 다르면 몸도 다르게 반응하는 게 너무도 자연스런 일이다. 뉴욕은 기후도 지형도 서울과는 많이 달랐고, 뉴욕에서한 달여를 지내면서 그 차이를 새삼 몸으로 느꼈다.

　뉴욕에 온 며칠 뒤 갑자기 한파가 몰아닥쳤다. 해완이는 콜롬비아에 가고 없었고 그곳의 통신 사정이 좋지 않아 연락도 닿지 않았다. 이런 날씨를 예상하지 못했는지 중앙난방식인 아파트는 난방을 해 주지 않았고, 우린 아파트 주민들의 민원이 들어가기만 기다리고 있었다. 그러나 감감무소식이었다. 그러다 보니 닷새 정도는 냉골에서 지냈다. 류머티즘이 한기와는 상극인지라 불안했다. 얇은 패딩을 입고 두꺼운 이불을 덮었지만 코가 시릴 정도로 방 안

공기가 찼다. 지금까지의 경험으로는 이런 냉골에 잤다가는 아침에 일어나면 온몸이 뻣뻣해질 게 뻔했기 때문에 무척 걱정이 됐다. 그러나 그런 상태로 하루 이틀을 잤는데 별 이상이 없었다.

그뿐 아니라 출발 전 치과 치료 후 심하게 부었던 얼굴도 멀쩡했다. 주치의는 백퍼센트 멍이 들 거라고 했는데 아무렇지도 않았다. 그리고 시차도 거의 느끼질 못했다. 열네 시간 비행 동안 반은 잠을 잤고 도착해서도 점심을 먹고 한 차례 푹 자고 밤 열한 시쯤 일어났다가 두어 시간쯤 뒤 다시 한 차례 자고 나니, 평소 기상 시간보다 좀 이른 아침이었다. 그러면서 바로 뉴욕의 시간에 적응을 했다. 시차로 힘들어하던 용재는 그런 내 몸을 신기해했다.

늘 걷는 데 가장 장애가 됐던 발목 관절도 의외로 상태가 좋았다. 뉴욕은 오르막도 내리막도 없는 평지가 대부분이다. 숙소가 있던 부근도 그랬고 맨해튼도 그랬다. 맨해튼 가이드를 할 수 있었던 데에는 뉴욕의 지형도 일조를 했다. 다리가 불편하면 경사진 길을 걷는 게 힘이 든다. 특히 내려올 때면 발목과 무릎에 몸무게가 실려서 여간 힘든 게 아니다. 그 때문에 서울에서는 먼 거리를 걸을 기회가 더 없었는지도 모르겠다. 그래서 가끔 한강 시민공원 잔디밭을 걸었다. 어머니가 계실 때는 어머니를 모시고 자주 갔지만 돌아가시고 나니 그도 흐지부지되었다. 요즘 남산을 산책하는 거리가 차츰 늘고는 있지만 내리막은 여전히 부담스럽다. 그런데 뉴욕의 지형은 내가 걷기에 안성맞춤이었다.

용재에 이어서 마리아 선생님까지 떠난 뒤, 곰샘과 나는 주로 동네 산책을 했다. 맨해튼을 걸을 때와는 또 다른 느낌이었다. 흡사 잭슨하이츠 주민이 된 것 같은 여유로움, 그런 느긋함이 좋았다. 사실 서울에서도 이렇게 한가하게 그것도 걸어서 내가 사는 집 주변을 돌아볼 기회는 별로 없다.

5월 14일 토요일, 그날은 뉴욕에 온 이후 모처럼 날씨가 맑고 따뜻했다. 아침을 먹고 좀 길게 산책을 하기로 하고 집을 나섰다. 이번에는 맨해튼과는 반대인 동쪽으로 방향을 잡았다. 우리가 살고 있는 집에서 남쪽으로 두 블록 정도 내려간 뒤 남미에서 온 이민자들이 많이 살고 있는 동쪽으로 쭉 걸어갔다. 쉬다가 가다가를 반복하다 보니 우리가 살고 있는 82번가에서 114번가까지 걸었다. 출발한 지 한 시간이 훌쩍 넘었다. 근처 공원에서 따끈따끈한 벤치에 누워 모처럼 태양 볕으로 온몸 구석구석 찜질을 했다. 뉴욕의 이상 기온 때문에 움츠러들었던 근육들이 풀리는 것 같았다. 집으로 돌아올 땐 발목 통증 때문에 걸음이 느려졌다. 갈 때보다 더 자주 쉬면서 집으로 왔다.

이튿날인 5월 15일 일요일은 두번째 루쉰 세미나가 있는 날이다. 점심을 먹고 세미나를 마치고 나서도 해가 제법 남아 있어 다시 산책을 나섰다. 어제 그렇게 걷고 나서 더 아프면 어쩌나 걱정했는데, 족욕을 하고 침을 놓고 뜸을 뜨고 푹 쉬어서인지 그런 대로 걸을 만했다. 그런데 그 다음 날 일어나니 발목이 더 아팠다. 이틀을 쉬면서 침과 뜸으로 자가 치료를 하고 나니 통증이 가라앉고 보행에 큰 불편이 없었다.

류머티즘을 앓기 시작한 이후 이렇게 먼 거리를 걷기는 처음이다. 세 시간이 아니라 한 시간을 걸어 본 적도 없는 것 같다. 아예 그런 생각을 하지 않았다. 그날도 그렇게 오랜 시간을 걸으리라고는 생각하지 않고 산책길에 나섰다. 평소에는 집에서 100여 미터 떨어진 문구점에 가는 것도 부담스러울 때가 있었다. 그러다 보니 될 수 있으면 외출해서 돌아오는 길에 차를 세우고 볼일을 보았고, 어딜 가도 차를 가지고 갔다. 그런데 그날은 걷다 보니 걸을 만했다. 돌아갈 때 택시를 탈까도 생각했지만, 한 번 걸어 보고도 싶었다.

그동안 내게는 어떤 신념 같은 게 있었다. 최소한으로 걷는 것이 발목 관절을 보호하는 최선이며, 그러기 위해서는 어느 정도 거리 이상을 걸어서는 안 된다는 그런 믿음이 있었던 것이다. 그리고 그것을 한 번도 의심해 본 적이 없었다. 내가 만들어 온 그런 신념이 활동에 한계를 만들었고, 그 안에서만 움직이며 살았다. 그런데 그날 그 세 시간의 산책이 이런 믿음을 흔들었고, 스스로 가졌던 심리적인 한계를 무너뜨렸다.

감이당에 온 이후 천지와 인간이 서로 감응을 한다고 배웠다. 쉽게 말해 자연과 인간이 기운을 주고받으며 산다는 것이다. 그렇게 배웠고, 그 원리를 이해하고 당연히 그럴 거라고 생각했으면서도 정작 그것이 내 몸에서 일어날 것이라고는 생각지 않았다. 그 이치를 내 삶과 연결하지 못한 것이다. 그건 내 몸은 이런 한계가 있다고 스스로 설정해 놓았기 때문이다. 그래서 내 몸이 불편해하는 곳에 가는 건 불안했고 꺼려졌다. 그런 불안감 때문에 미리 한계를 그어 놓고, 새로운 조건들을 차단해 버린다면 몸은 늘 같은 습관을 되풀이하고, 새로운 상황에 처하면 마음은 늘 전전긍긍할 수밖에 없지 않을까.

일상 속의 내 모습

크크성의 일상은 참 단순했다. 그래도 할 건 다 한다. 끼니 차려 먹고, 청소하고, 책 읽고, 산책하고, 가끔 이곳저곳 탐방도 하고, 감이당 홈페이지에 후기도 올리고, 주말엔 세미나도 한다. 그런데도 늘 여유가 있었다. 이렇게 한 달여를 살면서 내 생활에는 잉여가 참 많구나 하는 생각이 들었다.

곰샘이 요리하는 모습을 보면서도 그런 걸 느꼈다. 크크성에 머무는 동안 특별한 약속이 있거나 맨해튼 탐방을 가지 않는 날에는 집에서 밥을 해 먹었다. 용재와 마리아 선생님이 떠난 뒤에는 곰샘이 자주 주방에 들어가 끼니를 준비하셨다. 선생님은 새로 장을 보기보다는 그때 냉장고에 있는 재료를 가지고 요리를 한다. '이 요리는 이런 재료를 가지고 이런 식으로 해야 해'라는 고정관념이 없다. 덕분에 때로는 기괴한(!) 요리가 탄생하기도 하지만, 준비 과정도 요리 과정도 심플했다. 냉장고에 재료가 쌓이는 일도 없다. 그에 비하면 난 끼니 준비에 너무 많은 시간을 들인다. 그리고 수시로 필요한 재료들이 생각나서 장을 본다. 감이당에서 점심과 저녁을 해결하고 아침 한 끼를 먹는 날이 대부분인데도 냉장고가 늘 차 있다. 마음먹고 한참 장을 보지 않고 냉장고 비우기를 해 보지만, 그것도 잠시뿐 머지않아 다시 원상태로 돌아간다.

이런 내 스타일은 요리에만 국한되는 게 아니었다. 선생님은 아침에 일어나 세수하고 아침 먹고 차 한 잔 마시고, 어느새 책상 앞에서 책을 읽고, 그런가 하면 벌써 외출 준비를 마치고 기다리신다. 물론 나는 류머티즘 때문에 옷을 갈아입을 때도 짐을 쌀 때도 하다못해 신발을 신을 때도 시간이 걸린다. 그러나 그건 단순히 그 때문만은 아니었다. 나는 어딜 갈 때면 일단 뭔가를 많이 준비한다. 트렁크를 봐도 그 차이는 확연하다. 선생님의 트렁크에는 옷 몇 가지 책 몇 권 간단한 소지품이 다다. 그러니 무슨 옷을 입을까 고민할 일도 없고, 가방을 쌀 때도 풀 때도 시간이 걸릴 것도 없다. 난 이것도 있으면 편리할 것 같고 저것도 가져가면 좋을 것 같아서 꼭 필요하지 않은 것들도 챙겨 넣는다. 그러니 준비에도 정리에도 시간이 많이 걸린다.

이런 식의 패턴이 내 생활 전반에 걸쳐 있다면, 낭비되는 시간도 시간이지만 얼마나 많은 에너지가 소모되겠는가. 몸을 돌보기 위해 끼니를 꼬박꼬박 챙겨 먹고, 운동도 하고 잠도 충분히 자는 등 많은 노력을 하고 있다. 그렇지만 그렇게 애써서 만들어진 에너지를 어떻게 쓰고 있는지를 생각해 본 적은 한 번도 없다. 그저 할 일이 너무 많다는 둥, 에세이를 한 번 쓰고 나면 진이 다 빠진다는 둥, 불평을 하면서 어떻게 하면 일을 줄이고 몸을 돌볼까 하는 쪽으로

만 고민을 했다. 전기를 절약해야 한다는 건 몸에 뱄는데, 내 몸의 소중한 에너지가 이처럼 허투루 쓰이고 있는 데 대해서는 어떤 생각도 해 본 적이 없다. 여행 이후 내 삶을 바꿔 보려 애를 썼지만 쉽지 않았다. 오랜 시간 몸에 밴 습의 저항이 너무도 완강하다. 그러다가 어느 날 간신히 그 비스무리하게라도 하루를 보내고 나면 몸도 맘도 그렇게 가뿐할 수가 없다. 그날 하루가 충만하다.

뉴욕에서 지낸 한 달여 동안 낯선 문화를 체험한 것도 재미있었지만 무엇보다 뿌듯했던 것은 우리나라에서는 전혀 생각지도 못했던 '나'를 발견한 것이다. 땅도 기후도 낯선 곳에서 내 몸의 변화를 느껴 보는 것, 그리고 다른 사람들과 함께 살면서 거기에 비춰지는 내 모습을 만나는 것, 이런 것들이 여행이라는 낯선 길 위에서 얻을 수 있는 즐거움이 아닐까.

23.
뉴욕
그 이후

북한산 산행

뉴욕 체류 한 달, 그 이후 내 몸엔 새로운 감각이 열렸다. Q32번 버스 타기, 얼떨결에 한 세 시간의 산책, 낯선 사람들과 함께 살기, 자가 치료, 내 몸에서 이런 일련의 '사건'들이 서로 부딪치며 잠자고 있던 감각이 깨어났다. 수십 년간 류머티즘이라는 강력한 제동장치 덕분에 맘껏 게으름을 부렸던 근육도 감각도 갑작스레 마주친 새로운 환경에서 자신들도 모르게 기지개를 켰다.

귀국 후 달포가 좀 지난 유월 중순 어느 날, 아침에 일어났는데 내 몸이 한 단계 업그레이드가 된 것 같았다. 대상포진 이후 치과 치료, 이어지는 뉴욕행으로 체력 소모가 많았다고 생각했는데 뜻밖이다. 작년 11월엔 몸이 약을 먹지 않고도 견딜 수 있겠다는 자신감 같은 게 문득 생겼는데, 이어 이런 느낌이 드는 게 신기하다. 그렇게 많은 약을 먹으면서도 변화를 감지하지 못하자, 어머니는 "니는 어예 약을 먹어도 변화를 모르노?" 하시며 이상하게 여기셨는데 내 몸의 감각이 살아난 건가? 그동안에는 약에 찌들어 변화에 둔감했나?

여름이 되면서 곰샘과 함께 북한산에도 가고 남산 산책도 전보다는 좀더 길게 했다. 무리하지 않는 범위 내에서 조금씩 걷는 거리도 시간도 더 늘렸다. 그러면서 내 몸의 리듬을 만들어 갔다. 북한산은 그동안 내가 딛고 다닌 땅과는 전혀 다른 땅이었다. 그렇게 울퉁불퉁하고 바위가 군데군데 박히고 나무뿌리들이 땅 위로 드러난 그런 길을 걸은 적이 언제였던가. 내 몸의 온갖 근육들은 예기치 못한 낯선 지반에서 균형을 잡으려고 집중 또 집중했다. 다음 날이면 여기저기가 결렸다. 익숙한 관절통이 아닌, 조금은 낯설고 참신한, 기분 좋은 근육통이었다.

그러나 오버는 금물이다. "이렇게 걸어도 돼?" "정말 많이 좋아졌어." 주변에서 놀라워해 주는 데에 편승해서 무리다 싶은데 더 걷고 나면 어김없이 대가를 치르게 된다. 발목이 붓고 열이 나면서 걷기가 어렵다. 심하면 집안에서도 바퀴 달린 의자를 타고 다녀야 할 정도로 후유증에 시달린다. 그러니 몸이 건네는 말에 귀 기울이기, 명심하고 또 명심할 일이다.

탁구 대회

2015년 가을, 감이당에 탁구대가 등장했다. 그것도 우리가 있는 공작관(2층 공부방) 옆 푸코홀에.

중학교 2학년 때이니 1972년 무렵인가 보다. 그때도 우리 교실 옆 빈 교실에 탁구대가 있었다. 우리 학년 거의 모두가 탁구에 열광했다. 아니, 전 국민이 탁구에 열광하던 때였다. 탁구의 마녀라 불리는 이에리사 선수가 탁구 열풍을 일으키면서 전국에 우후죽순 탁구장이 생겼고 사람들로 북적였다. 그 열기가 오지 중의 오지에 있는 우리 학교, 영양여중에까지 불어닥친 것이다.

수업시간이 채 끝나기도 전에 이미 내 손엔 탁구라켓이 들려 있고 한 발은 책상 옆으로 삐져 나가 있다. 선생님이 "이것으로 오늘 수업을…" 하는 순간 이미 내 몸은 탁구장으로 달려간다. 점심시간이면 경쟁은 더 치열해진다. 일요일이면 탁구장에 가서 지칠 때까지 쳤다. 오빠들을 따라 탁구장을 드나들던 고등학교 시절을 지나 대학에 다닐 때는 과 대표로 나가기도 했다. 그 정도로 좋아했던 운동이자 취미였는데 류머티즘을 앓으면서 탁구는 내게 너무 먼 나라 이야기가 되어 버렸다.

그러던 차에 바로 옆방에 탁구대가 들어오고 탁구공 소리가 나자, 내 몸이 움직이기 시작했다. 탁구를 치는 일이 잦아졌고 까마득히 오래전 그 감각들이 살아났다. 신기했다. 몸에 새겨진다는 게 이런 건가? 탁구를 친 이튿날이면 발목이 더 아프기도 하고, 안 아프던 발가락에 통증이 새로 생기기도 했지만 재미있었다. 내가 할 수 있는 스포츠가 있다는 게 기뻤다. 조심조심 틈나는 대로 탁구를 즐겼다. 그러다가 이듬해인 2016년 연말 학술제에 탁구 단식 리그전이 펼쳐졌다. 어쩌다 보니 여자부에서 우승을 했다. 탁구를 치면서 새로운 친구를 사귀기도 하고, 어색하던 사이가 편안해지기도 하고, 그 사람을 더 잘 알게도 되고 이런 것들이 다 재미있었다.

그러나 순간순간 나를 절제하지 않으면, 탁구대를 앞에 두고 상대와 마주하는 그 공간은 운동과 친교의 장이 아니라, 승부욕과 과시욕이 난무하는 장이 되기 십상이다. 그날그날 내가 어떤 자세, 어떤 마음으로 탁구를 쳤느냐 하는 것은 그 다음 날 내 신체의 변화가 피드백을 해 주었다. 내가 감당할 수 없는 공이 올 때는 순간적으로 마음을 내려놓아야 하고, 함께 즐긴다는 마음으로 라켓을 잡아야 한다. 그걸 놓치는 순간 때로는 발목이 때로는 손목이나 어깨가 통증을 호소한다. 자기가 거기 있다고, 지금 이런 상태라고, 너무 욕심을 내는 거 아니냐고 경고를 보낸다. 그러니 욕심껏 칠 수가 없다. 통증은 내 몸 상태를 순간순간 자각하게 하고 수행자처럼 살기를 요구한다. 그러니 후폭풍에 시달리지 않으려면 탁구 또한 수행하듯 즐길 수밖에!

24.
두번째
뉴욕행

또 다른 설렘을 안고

2017년 1월 10일 화요일. 짐도 가뿐하게 쌌고 잠도 푹 잤다. 2016년 처음 뉴욕행 비행기를 탈 때와는 아주 많이 달랐다. 그땐 미지를 여행하는 설렘과 동시에 약간의 불안이 있었다. 이번엔 불안 대신 안도감이 들었고, 그때와는 다른 설렘이 있었다. 오랜 친구를 만나러 가는, 내가 살던 곳을 찾아가는, 그리고 새로운 친구들과 함께 지낸다는 데서 오는 설렘! 지난봄과 같은 열네 시간의 비행이 짧게 느껴진다. 물리적으로는 같지만 심리적으로는 전혀 다른 시간이다. 이번 여행에는 지난봄에 사귄 뉴욕 친구들을 만나고, 캠프 참가 학인들과 시끌벅적 살아보는 것을 미션으로 갖고 왔다. 그러고도 여력이 있으면 센트럴파크 산책도 하고 맨해튼도 어슬렁거려 보리라.

친구들은 그런다. 그런 걸 하러 그 먼 미국까지 가느냐고. 그런데 지난봄 뉴욕에서 내 몸에 새로운 감각을 일깨운 건 일회성 구경거리들이 아니라, 낯선 곳에서 보낸 한 달여의 일상이었다. 단순히 관광차 다녀온 여행은 시간이 흐르면 사라져 버린다. 메모를 해 두지 않으면 어딜 갔다 왔는지도 모르는 경우가 허다하다. 사진을 봐도 거기가 거기인 듯하다. 그러나 장을 봐서 밥을 해 먹고 동네를 산책하고 친구들을 만나며 일상을 살았던 경험은 내 몸에 기억된다. 이렇게 새겨진 감각이 묘하게도 다시 나를 이곳으로 이끌었다. 내 신체 조건에도, 취향에도 맞다. 그래서 이번에도 나는 망설임 없이 뉴욕행을 결정했다. 이번에는 감이당 대중지성 프로그램을 2013년부터 함께한 친구인 혜숙샘과 동행했다.

공부로 만난 친구

1월 12일 목요일, 뉴욕에 도착한 지 사흘째 되는 날 혜숙샘과 나는 엘리사벳 선생님을 만나러 갔다. 엘리사벳 선생님은 2016년 봄, 감이당 뉴욕 베이스캠프에서 첫 세미나를 열었을 때 만난 분이다. 뉴욕에 온 지 20년이 넘은 선생님은 오래 전부터 혼자서 공부를 하다가 뉴욕에서 감이당 세미나가 열린다는 걸 알고 바로 달려오셨다. 그런데 선생님이 신청한 주중 프로그램이 사정상 취소되는 바람에 세미나를 함께하지는 못했다. 그때 만들어진 세미나 팀이 늘 주말에 함께 공부를 해 오고 있었지만 주말에 시간 내기가 여의치 않아서 거기에도 참석을 하지 못했다. 그 이후 다른 선생님들은 한국에 올 일이 더러 있어 감이당에서 만나곤 했지만 선생님은 그럴 기회도 없었다. 간간이 메일을 주고받으며 이런저런 이야기들을 나누었는데, 그마저도 자주 하지는 못했다. 그래서 이번에는 엘리사벳 선생님을 만나서 그간의 회포를 풀어야겠다고 마음먹었기에 도착 후 첫 일정으로 선생님을 만났다.

택시를 타고 동쪽으로 20분쯤 달려 약속 장소에 도착하니 먼저 와 기다리고 계셨다. 오랜 친구를 만난 듯 반갑다. 메일을 주고받아서인지 자연스레 이야기가 오간다. 브런치를 간단히 먹고 선생님이 늘 걷는다는 만을 따라 걸었다. 날씨는 포근했다. 지난해에는 봄이었는데 겨울 같더니 이번엔 겨울이 봄날 같다. 이야기는 끝이 없었다. 요즘은 무슨 책을 읽고 있는지, 감이당 식구들은 잘 있는지, 궁금한 게 많다. 선생님은 책을 참 많이 읽는다. 맨해튼에 있는 한국 서점 단골이다. 메일을 주고받을 때도 선생님은 늘 당신이 지금 무슨 책을 읽고 있는지를 이야기하고, 내게 요즘 무엇에 관심을 두고 어떤 공부를 하고 있는지 묻는다. 이 세미나 저 세미나 바쁘게 다니다가 그런 질문을 받고 나면 내가 지금 무슨 공부를 하고 있는지를 새삼 생각하게 된다.

선생님은 일과 집을 왕복하며 책과 산책으로 중심을 잡으려 애쓰며 지낸다고 했다. 뉴욕 생활의 삭막함과 외로움을 공부로 버틴다는 말이 실감날 만큼 하루를 공부로 시작하고 공부로 마무리한다. 『논어』, 『노자』, 『주역』 등 동양고전들을 읽고 필사하기를 아침·저녁 빠짐없이 하고 있었다. 선생님이나 우리나 공부를 삶의 중심에 놓고 있다는 점에서 할 이야기가 많았다. 초면인 혜숙샘과도 공통 관심사가 있으니 금세 친해졌다. 저녁 어스름이 되어서야 맨해튼에서 다시 한 번 더 만나자는 약속을 하고 버스를 탔다.

서울과 뉴욕의 합동 캠프가 끝나고 학인들이 모두 돌아간 뒤 혜숙샘과 나는 다시 엘리사벳 선생님을 만났다. 약속 장소는 지난 봄 선생님을 만났던 맨해튼에 있는 고려서적이었다. 거기서 만나 점심을 먹고 일명 엘-곰 로드를 걸었다. 이 길은 지난해 봄, 곰샘과 뉴욕 세미나 1기 학인들이 처음 걸었던 길이고, 그 이후 감이당, 그리고 감이당과 네트워크를 이룬 공동체 학인들이 뉴욕을 방문했을 때 엘리사벳 선생님이 그들과 걸었던 길이다. 그래서 어느 날 이 길에 이름을 붙이기로 하고, 엘리사벳과 곰숙의 첫 글자를 따서 엘-곰 로드라 명명했다. 맨해튼 중심가에 우리들만의 길이 생겼다. 지도에는 없는 우리들의 이야기가 있는 길이다.

선생님과 어깨를 나란히 하고 셋이 걷다가 문득, 이역만리 타국에서 겨우 두어 번 만난 사이인데, 어찌 이리 금세 가까워졌을까, 어찌 이렇게 끝없이 이야기가 이어질까 하는 생각이 들었다. 비단 엘리사벳 선생님만이 아니라 뉴욕에서 만난 다른 친구들에게서도 같은 느낌을 받는다. 공부를 매개로 만나서일까. 만남이 참으로 편안하다. 공부는 개인에게는 그 삶을 잡아 주는 무게중심이 되기도 하고, 사람과 사람 사이에서는 서로를 담백한 관계로 이어 주는 홀

류한 매개가 되기도 한다. 아마 다음에 만나면 선생님은 그간의 일상과 함께 또 다른 책 이야기를 할 테고, 우리 역시 올 한해 공부한 내용을 말하면서 시간 가는 줄 모를 게다.

대가족생활의 즐거움

이번 감이당의 뉴욕 겨울 캠프는 뉴욕에서 열리는 병신년의 마지막 행사다. 이번에는 참가자도 많고, 일정 중에 지난봄 연을 맺은 뉴욕 거주 학인들과 합동 세미나도 포함되어 있다. 우리나라에서 비행기를 타고 온 멤버가 모두 열한 명이다. 감이당과 직접적이거나 간접적으로 연을 맺고 있는 분들이다. 그 중 대구에서 오시는 세 분과 감이당 학인의 자녀 둘, 그리고 미국에 다니러 와 있던 중 합류하신 또 한 분은 처음 만나는 사이였다. 크크성은 큰 방 하나, 큰 거실 하나, 주방, 화장실이 각각 하나씩인 서민 아파트다. 도착 날짜와 출발 날짜가 조금씩 다르지만 최소 일주일간은 이 공간에서 최대 인원 열한 명이 함께 지내야 한다.

크크성에 살면서 학교에 다니고 있는 해완이가 이미 철저하게 준비를 해 놓아 생활에 필요한 물건들은 거의 준비가 돼 있었다. 남은 건 11명이라는 대가족이 한집에서 지내기 위해 꼭 필요한 규칙을 정하는 일이었다. 기상 시간에서부터 취침 시간, 식사, 청소, 낭송, 독서 토론 등의 일정을 정해 놓고 나머지 시간은 각자 자유롭게 쓰기로 했고 식사 당번도 미리 정해서 주방 칠판에 적어 두었다. 감이당에서도 식사 준비며 청소며 모두 학인들이 당번을 정해서 한다. 그리고 각자 앉았던 자리나 먹은 그릇은 스스로 정돈한다. 그리고 세미나든 강의든 모든 프로그램은 정해진 시간을 1분도 넘기지 않고 시작한다. 이번 캠프 참가자의 반 이상이 이런 생활을 익히 해온 분들이라 이 정도의 윤리는 어느 정도 몸에 익은 상태였다. 그러나 여긴 감이당에서 한참 먼 곳이고, 뉴욕을 탐방하는 것도 목적 중 하나이기에 이런 규칙들을 공유하지 않으면 갈등이 생기기 십상이다. 그리고 감이당에서는 이렇게 서로 다른 몸들이 한 공간에서 함께 살아가는 기술을 터득하는 것도 중요한 공부라고 생각한다.

가장 중요한 건 먹고 자는 것과 관련된 규칙을 정하는 거다. 이 욕구가 안 채워질 때 가장 신경이 예민해지기 때문이다. 신체리듬이 다 다르다 보니 잠 습관도 다르다. 야행성도 있고 아침형도 있다. 자고로 잠을 방해받으면 신경이 날카로워진다. 그래서 잠자는 공간인 방과 거실에는 밤 11시가 되면 불을 끄고, 아침 7시 전에는 불을 켜지 않기로 했다. 예외의 사정이 있는 사람은 눈치껏 하도록 각자에게 맡겼다. 식사 준비는 그날 당번이 주방 매니저와 상의해서 하기로 했다. 주방 매니저는 동작이 재빠른 미정샘이 자청했다.

어느 날 아침의 크크성 풍경이다.

아침에 일어나 보니, 화장실 문 앞 좁은 통로에는 두 사람이 끼어 앉아 소곤소곤 이야기를 나누고 있고, 주방에서는 후기 당번이 어젯밤 마무리를 못했는지 거의 유체이탈 상태로 모니터를 들여다

보고 있다. 감이당에서는 캠프에 참여하거나 여행을 가면 당번을 정해서 후기를 쓰고, 그것을 홈피에 올려 모든 학인들이 공유한다. 아마도 사진 올리기가 서툴러서 밤새 씨름을 했나 보다. 그 옆에서는 세미나 교재인 니체의 『안티 크리스트』를 읽는 이도 있고 가족들이 먹을 사과를 깎는 이도 있다. 이부자리 정리를 마치면 당번은 식사 준비를 하고 나머지 멤버들은 각자 자유시간을 가진다. 거실에서는 못다 쓴 후기를 마무리하느라 초췌해진 얼굴들이 노트북과 씨름하고, 방에선 맨해튼 탐방 후일담으로 와자하다.

그러다가 식사 준비가 다 돼 가는 듯하면 밥상을 펴고 수저를 놓는다. 식사 당번이 "식사 준비 다 됐습니다~아~!" 하고 외치면 다들 주방으로 몰려간다. 모두 까치발을 하고 걷는다. 해완이가 쿠바로 떠나면서 아랫집 아주머니가 예민하니 소음을 내지 말라고 신신당부했기 때문이다. 그래도 목조 바닥이라 진동이 크다. 그런데다가 오늘 메뉴는 카레였는데 카레를 끼었기도 전에 밥그릇을 날라 버린 탓에, 카레 안 얹었다는 당번의 외침에 다시 한 번 밥그릇을 들고 주방으로 몰려가는 소동이 일었다. 소동 끝에 부엌에 한 상, 거실에 한상이 먹음직스럽게 차려졌다. 먹고 난 그릇은 각자 씻고 나머지 뒷정리는 당번 몫이다. 역시 감이당에서 늘 하던 일이다.

그리고 나면 청소 시간, 화장실 청소만 당번이 정해져 있고 나머지는 각자 알아서 한다. 오늘은 민선이가 청소기를 꺼내오면서 일제히 청소가 시작됐다. 따로 정한 것도 없는데 다들 알아서 척척 제 할 일들을 한다. 청소기 미는 사람, 밀대로 바닥 닦는 사람, 이곳저곳 먼지를 닦는 사람, 모두들 부산하다. 주방에선 뒷정리가 한창이다. 그러다가 선글라스를 끼고 밀대를 마이크 삼아 포즈를 취하는 소담이 덕분에 한바탕 웃고 나서 청소 도구를 정리했다. 마지막으로 지현샘이 화장실 청소를 마치면서 오늘 청소가 모두 끝났다.

다음은 아침 낭송 시간이다. 낭송 또한 감이당 학인들이 모이는 자리에서는 빼놓을 수 없다. 처음 대중지성 수업을 할 때 매번 암송 숙제가 있었고 돌아가면서 일어나 자기가 외운 부분을 암송했다. 난 그 시간이 즐거웠다. 감이당에서는 고전을 외기 좋게 다듬어 스물여덟 권의 낭송집을 냈고, 일 년에 두 번 따로 낭송 대회를 열기도 한다. 참가자들은 자기가 선정한 글을 모두 외워서 들려준다. 눈으로 읽는 것과 소리로 듣는 것은 참 다른 맛이 난다. 초등학생들이 입을 모아 『논어』를 외는 소리는 정말 아름답다.

낭송집을 가져다 밥상 위에 쌓아 놓자, 다들 책상에 둘러앉는다. 이번 캠프에서 선정한 낭송집은 『낭송 흥부전』, 『낭송 춘향전』, 『낭송 토끼전』이다. 뉴욕에서 열한 명이 둘러앉아 하는 고전소설 낭송은 또 다른 맛이 있다. 두 명씩 짝을 지어 한 문단씩 읽기도 하고, 한 문장씩 읽기도 하고, 다양한 방법으로 끊어 읽으면서 변화를 주며 읽다 보면 지루할 새가 없이 시간이 금방 간다. 낭송이 끝나면 그날 아침 전체 일정이 마무리되고 각자 자유시간을 갖는다. 한 팀은 메트로폴리탄으로, 또 한 팀은 하이라인을 걸으러, 또 다른 팀은 할렘가 탐방에 나섰다. 나와 혜숙샘은 집에 남았다. 일요일인 내일은 아침식사 당번이기도 하고 뉴욕 학인들과 합동 세미나가 있는 날이기도 해서 혜숙샘과 함께 장보기를 하러 한인마트에 다녀왔다. 나머지 시간에는 책도 읽고 아침에 찍어 둔 사진을 정리해서 후기도 올리고 낮잠도 자면서 여유로운 주말을 보냈다.

저녁이 되자 맨해튼으로 나갔던 사람들이 이야기보따리를 안고 돌아왔다. 갑자기 집안이 시끌벅적해진다. 편안히 집에 앉아서 각 팀들의 이야기들을 듣는 게 재미있다. 흡사 아침에 나갔던 가족들이 하루 일과를 마치고 돌아와 저마다 있었던 이야기를 나누는 것과 같은 그런 분위기가 좋다. 이렇게 이야기꽃을 피우며 크크성의 하루가 저물어 간다.

이번 캠프는 많은 사람이 좁은 집에서 잘 지낼 수 있을까 하는 우려가 기우였다는 생각이 들 만큼 재밌었다. 물론 어려움이 전혀 없었던 건 아니다. 그러나 소소한 어려움을 상쇄하고도 남을, 대가족이 주는 큰 기쁨이 있었다. 생전 처음 만나는 사람들이 낯선 곳에 모여, 함께 살던 사람들처럼 생활한 게 뿌듯했다. 함께 아침밥을 먹고 함께 청소하고 같이 낭송하고 책도 읽고 토론도 하며 하나의 리듬을 만들었기에, 그리고 다양한 연령대가 서로 할 수 있는 일을 기꺼운 마음으로 감당했기에 가능하지 않았을까. 농경사회의 대가족도 이런 리듬으로 살았을 것이다. 그들이 절기를 중심으로 하는 노동으로 리듬을 만들었다면, 우리는 낭송과 청소, 세미나로 우리의 리듬을 만들어 갔다. 문제는 인원의 많고 적음, 공간의 좁고 넓음이 아니었다. 공통의 미션을 중심으로 생활의 리듬을 함께 만들어 가는 것, 그것이 대가족 즉 공동체생활의 즐거움을 누리는 비결이다.

에필로그

———

낮선
리듬
속으로

관성 워밍업

그간의 삶을 10년 단위로 정리하고 보니, 내가 류머티즘과 어떻게 관계를 맺어 왔는지 전체적인 흐름이 좀더 명료하게 보인다. 그리고 2017년부터 십 년간은 낯선 관성의 기운과 함께 살아갈 것이라는 것도 생각해 보게 된다. 사주에서 관성의 기운이란, 사회적 관계로 보면 조직과 관련된 운이다. 그러니 이 운이 들어오면 취직을 하기도 하고 새로운 감투를 쓰기도 한다.

이미 2015년 말부터 슬슬 '관운'(?)이 들어오기 시작했다. 쉽게 말해 감투운이 들어오기 시작했다는 이야기다. 감이당 2층에 공작관이라는 공부방이 만들어지면서 공작관장이라는 이름이 붙었다. 관장이라고 하면 거창한 것 같지만, 방 이름 끝에 '관'자가 들어가기 때문에 그렇게 부를 뿐이다. 공간 규모에 맞게 수정을 하면 '방장'인 셈이다. 이 방의 식구라고 해 봐야 열 명 안팎이고, 다른 멤버들에 비해 시간 여유가 있고 나이도 좀 있는지라 맡게 된 일이다. 감이당엔 여느 조직에나 있는 그런 직책이 없기 때문에 굳이 방장이 필요한 건 아니다. 그래도 공간이 있으면 그 공간에 필요한 소소한 일들이 있고 그럴 때 누군가 대표가 있으면 그런 일들을 처리하기 편리하기 때문에 그렇게 붙여 놓았다.

그러다가 2017년 여름, 감이당 청년펀드를 관리하게 됐다. '감이당 청년펀드'는 감이당 또는 감이당과 네트워킹을 하고 있는 인문학 공동체에서 공부하는 청년백수들을 경제적으로 지원하기 위해 마련되었다. 청년백수들에게 공부도 되면서 돈도 벌 수 있는 일 거리를 제공하여 그들의 경제적인 자립을 돕는다.

또한 지금 우리 아파트 선거관리위원장도 맡고 있다. 우리 아파트는 이사가 잦은 아주 작은 아파트다. 그러니 오래도록 사는 사람이 그리 많지 않다. 그런 곳에 십 년이 넘도록 살다 보니 맡게 된 일이다. 동 대표를 뽑을 때 잠깐 모여서 회의(?)를 하고 선거 후 개표를 할 때 모이는 정도가 활동의 전부다. 실제 일은 관리사무소에서 거의 다 한다. 우리 아파트에서 이런 일을 하는 사람이 있다는 걸 아는 사람은 거의 없을 것이다. 나도 아파트에 살면서 이런 걸 맡은 건 처음이고 이런 직책이 있다는 것도 처음 알았다.

사주에서 관성은 조직을 뜻하기도 하지만 여자에게는 남자를 의미하기도 한다. 그래서 내심 가로 늦게 남자운이 들어오는 게 아닌가 하는 호기심이 있었다. 단순히 호기심이다. 젊은 시절에도 그다지 없던 남자에 대한 욕망이 폐경이 된 이 시점에 뜬금없이 생겨날 리 만무하니 큰 기대는 없었다. 아니, 혹시라도 그런 관계가 거역할 수 없는(?) 운으로 들어올까 봐 은근히 신경이 쓰였다. 그런데 이런 자질구레한 관운이 대거 몰려오는 걸 보면 그건 기우였나 보다. 다행이다. 사실 타고난 사주 여덟 글자에 관성이 없다 보니 그 기운을 쓰는 게 어색하고 서툴다. 사주에 많이 타고난 식상 기운을 주로 쓰면서, 내가 좋아하는 것을 사적인 관계에서 주고받는 것에 즐거움을 느끼며 살았다. 학원을 같이 운영해 보자는 동료들의 제안도 번번이 거절하며 조직에 엮이는 건 최대한 피해 왔다. 신경 써야 할 공간과 책임져야 할 사람들이 있다는 게 부담스러웠다. 그런데 이제는 정말 피할 수 없는 운명이 닥친 듯하다. 그러니 이런 자질구레한 감투들로 관성의 기운을 잘 쓸 수 있는 워밍업을 하는 것도 나쁘지만은 않을 것 같다.

류머티즘과 사주팔자

처음 감이당에 올 때는 류머티즘을 스스로 관리할 수 있는 공부를 하자는 생각이었다. 그래서 『동의보감』 강의를 1년 동안 들었다. 그 바탕에 깔린 음양오행 이론이 흥미롭기도 하고 어렵기도 했다. 그러다가 『동의보감』과 연결되는 사주명리에도 관심이 갔다. 사주명리를 배우고 보니 다양한 측면으로 내 병을 바라볼 수 있어서 재미있었다.

나를 나타내는 비겁을 중심에 놓고 관계도를 그리면 상생 상극의 관계가 그려진다. 그런데 내 사주의 배치를 보면 내가 극하는 기운인 재성도, 나를 극하는 기운인 관성도 없다. 그러니 사주상으로 보면, 내가 무언가를 제어하는 기운도 없고 나를 제어하는 기운도 없다. 게다가 내가 좋아하는 것만 하려는 식상의 기운은 과다하다. 그러니 내 사주의 배치가 힘의 균형을 맞추면서 순환하려면 나를 컨트롤할 수 있는 무언가가 필요하다. 그것도 사주팔자에 새겨진 여덟 글자처럼 일생 동안 나와 함께할 수 있는 것이라야 한다.

이런 역할을 하는 많은 것들을 만나며 살아왔겠지만 류머티즘만큼 그 역할을 충실히 해 준 건 없는 것 같다.

류머티즘과 씨름하며 종국에 맞닥뜨린 것은 결국 어떻게 살 것인가 하는 문제였고, 어머니의 마지막을 보면서 그건 어떻게 죽을 것인가 하는 물음과 별개가 아니라는 걸 알게 됐다. 이는 사람으로 태어난 이상 누구도 피해 갈 수 없는 질문이다. 그런데 놀기 좋아하고 먹는 것 좋아하고 친구들 좋아하는 내가 류머티즘을 만나지 않았더라면, 물론 류머티즘이 아니어도 또 다른 고민들을 만났겠지만, 잠시 잠깐 고민하다가 당장 즐거움을 주는 곳으로 달아나지 않았을까. 이놈처럼 끈질기게 나를 물고 늘어져 주지 않았다면 나 스스로 질문을 하며 여기까지 왔을까 하는 생각이 든다.

"손가락 다 펴서 뭘 하려고요?"

류머티즘은 그 병세가 참으로 변화무쌍하다. 아침에는 이런 상태였다가 저녁에는 또 달라지고, 금방 꼼짝도 할 수 없다가 얼마 지나지 않아 풀리기도 하고, 여기서는 이랬다가 저기서는 또 다른 몸이 되기도 한다. 그러니 컨디션이 좋으면 좋은 대로 힘들면 힘든 대로, 그 상태로 할 수 있는 일을 하면서 사는 것이 최선이다. 그렇지만 물건을 자꾸 놓치거나 병뚜껑이 안 열리거나 책을 넣었다 뺐다 하는 게 힘들거나 할 때면, 순간적으로 짜증이 올라오고 불안이 스친다. 그럴 때면 손가락이 다 펴졌으면, 팔꿈치가 잘 굽혀졌으면 좋겠다는 생각이 절로 든다. 그럴 때 퍼뜩 떠오르는 말이 있다.

어느 날 인공관절 정기검진을 받으러 가서 "손가락 관절이 점점 더 오그라지는 것 같은데 이건 방법이 없죠?"라고 묻자, 주치의가 "좋아지는 건 어렵고 나빠지는 속도를 늦추는 게 최선입니다" 했다. 이런 대답을 들을 줄 알았지만, 불편하기도 하고 나중에 아예 못 쓰게 되면 어쩌나 불안하기도 해서 했던 질문이다. 그런데 이어서 뜻밖의 질문이 돌아왔다. "손가락 다 펴서 뭘 하려고요?" "네? 뭐… 특별히 뭘 하려는 게 아니라…." 미처 대답을 다 못하고 주치의의 웃음에 나도 얼떨결에 어색하게 웃으며 진료실을 나왔다. '자기 손 아니라고 참 쉽게 말씀하시네…' 하는 서운한 마음을 안고.

그런데 그날 이후 또 다시 그런 불평이 올라올 때면 나도 모르게 그 질문을 스스로에게 한다. '손가락 다 펴지면 뭐 특별히 할 게 있어?'라고. 물구나무서기? 박수 치기? 뭐 딱히 없다. 그걸 못한다고 해서 내 삶이 크게 훼손되는 것도 아니고, 쓰다가 변형이 되면 또 거기서 움직일 수 있는 만큼 쓰면서 살고 못하는 일은 도움을 받으면 된다. 그런데 왜 오그라졌다는 그것에 마음이 머물까. 물론 불편하다. 세수를 하기도 로션을 바르기도 설거지를 하기도 장갑을 끼기도 어렵다. 그렇다고 하더라도 뭐 어쩌겠는가. 만약 손이 아예 없다 하더라도 또 거기에 적응하며 살아갈 텐데, 웬 쓸데없는 걱정! 중요한 건 지금 하고 있는 이 활동 속에 온전히 사는 것이 아닌가.

뉴욕은 뉴욕이고 지중해는 지중해

병신년(2016년) 봄 뉴욕에 갔을 때 세 시간이나 산책을 하고, 스마트폰 지도를 나침반 삼아 맨해튼 가이드를 하고, 밤이면 침을 놓고 뜸을 뜨면서 통증을 관리하고, 그렇게 한 달을 보낸 뒤 서울로 돌아와 탁구도 치고 등산도 하며 내 신체 능력이 확장되는 듯한 기분 좋은 경험을 했다. 그때는 '아, 내가 그동안 지나치게 위축되어 있었구나, 스스로를 한계 안에 가두고 살았구나. 내 안에 이런 감각이 있었다니!' 하면서 감격했다. 그때의 경험이 강렬해서 2017년 봄 지중해 여행을 할 때도 모종의 기대 같은 게 있었다. 거기서 나도 몰랐던 내 안의 또 다른 능력을 발견하게 되지 않을까 하는 기대였다. 어머니가 기대가 젤 나쁘다고 하셨는데도 말이다.

그러나 지중해에서는 전혀 다른 상황이 펼쳐졌다. 뉴욕처럼 버스를 자가용같이 타고 다닐 수도 없었고, 첫날부터 사기를 당하고 나니 택시도 마음 놓고 탈 수가 없었다. 200년 남짓한 역사를 지닌 현대적인 도시 뉴욕과 몇 천 년의 역사를 가진 그리스는 관광지의 지형도 달랐다. 끝없이 평지가 이어져서 멀리 걸어도 발목에 그다지 무리가 가지 않던 뉴욕과 달리 그리스나 아테네에서 우리가 주로 갔던 곳은 신전이다. 깎아지른 듯한 절벽 위에 자리한 아크로폴리스로 가는 길은 군데군데 계단이 많았고 좁고 가팔랐다. 학인들의 도움을 받으며 발밑의 돌멩이를 하나하나 세듯이 조심조심 걸었다. 숙소에 돌아오면, 다시 걸을 마음이 나지 않을 만큼 발목이 아팠고, 험한 길을 걷느라 긴장했는지 쥐도 자주 났다. 그럴 때면 심호흡을 몇 번 하고 침을 꽂고 풀리기를 기다렸다. 그래도 힘들 때면 뜨거운 물에 발을 담그기도 하고 쑥뜸도 뜨면서 그렇게 조심조심 여행을 했다.

그러나 크레타를 거쳐 마지막 여정인 스페인에서는 바르셀로나 공항에서부터 그동안의 긴장과 피로가 누적된 탓인지, 걷기가 많이 불편했다. 집에 혼자 남아 집 구조를 찬찬히 살펴보기도 하고, 글도 쓰고, 책도 읽고, 큼지막한 집에서 홀로 낮잠도 자고 내가 할 수 있는 걸 하면서 나름의 여행을 즐겼다. 그러다 마지막 날, 부축을 받으며 나들이를 나갔고, 걷는 게 여전히 불편해 중간에서 몇몇과 담소를 나누며 일행을 기다렸다. 그런데 뜻밖에 일행 중 한 명이 핸드폰을 날치기 당하는 사건이 터졌다. 현장에 함께 있던 사람들은 무척 놀랐고 당황스러웠을 텐데, 멀찌감치 떨어져 있던 나는 그 덕분에 생각지도 못한 스페인 경찰차를 타고 식당까지 가는 행운을 누렸다.

뉴욕에서 보낸 한 달이 스스로가 그어 놓은 한계선을 넘어 내 안의 새로운 감각을 발견하는 시간이었다면, 지중해에서 보낸 열흘은 내 몸의 상태와 변화에 초집중한 시간이었다. 자칫 방심했다가는 큰 사고를 당할까 봐 조심스러웠고, 행여 컨디션이 안 좋으면 민폐를 끼칠까 봐 조심 또 조심했다. 그러는 과정에서 여러 사람의 도움을 많이 받았다.

그러면서 사소한 몸짓 하나, 작은 사건 하나도 수많은 인연들이 중중무진 겹쳐져서 만들어진다는 우주자연의 법칙을 구체적으로 생각해 보게 되었다. 걷는 게 힘들어질수록 나도 모르게 점점 더 든든한 팔뚝을 찾아갔고, 그것이 뜻하지 않게 남산 산책길에서 늘 함께 다니던 친구들의 마음을 살짝 서운하게 만들기도 했다. 한편 소매치기를 당할 뻔한 당사자에게는 당혹스러운 사건이 나에게는 아픈 발로 걷지 않아도 되는 행운이 되어 주기도 했다. 생각해 보면 거기서 하나의 조건만 달라져도 나의 팔뚝 편력도 소매치기 사건도 전혀 다른 모습으로 펼쳐졌을 것이다.

상황에 개입하는 조건들은 찰나도 고정되지 않은 채 변화한다. 그러니, 무수한 인연들이 중중무진으로 펼쳐지는 변화무쌍한 이 상황들을 어찌 내 의지로 피할 수 있겠으며, 그것이 내 뜻대로 되기를 바란다는 건 또 얼마나 부질없는 일인가. 이제 십 년간 함께 할 새로운 대운, 그 낯선 기운이 또 하나의 조건으로 작동하면, 내 삶에는 어떤 변화가 일어날지, 류머티즘과 이 낯선 기운은 또 어떻게 관계를 맺어갈지 자못 흥미롭다.

*덧달기
— 작은오빠에게

오빠한테 편지 쓰는 거 참 오랜만이네.
10년 전 교통사고 이후 첨인 것 같아.
오늘은 오빠에게 기쁜 소식 전하려고 노트북을 켰어.
어제 북드라망 대표님이 메일을 보내셨어.
『아파서 살았다』3쇄를 찍으려고 하는데, 혹시 작은오빠 이야기와 관련해서… 뭔가 더할 말이 있는가 하고.
그 메일을 읽는 순간, 갑자기 오빠한테 뭔가 할 말이 있는 것 같았어.
그리고 작년 초, 책이 나왔을 때 오빠가 했던 말이 곧바로 생각이 나더라.
책이 서점에 나왔다는 소식 듣고 전화했더니, 오빠가 정말정말 반가워하면서 나한테 했던 첫 질문 말이야.

　　"근데, 책에 내가 교통사고로 뉘(누워) 있다가 인제 다 나아서 댕긴다는 거 썼나?"

내가 감이당 MVQ에 '아파서 살았다' 연재할 때 오빠가 교통사고 당한 이야기를 썼는데, 책에는 그보다 더 많은 뒷이야기가 있다는 말을 듣고 오빠는 그게 젤 궁금했던 모양이야.

　　"어?? 어… 그거는 안 썼는데…."
　　"그걸 써야지. 안 그래면 사람들이 내가 안죽도(아직도) 댕기지도 못하고 뉘 있는 줄 알 거 아이가."
　　"어… 근데에… 글 흐름상으로 봐서… 어… 그걸 밝혀야 된다는 생각을 못했는데…."
　　"그래도 그걸 써야지 임마~."
　　"어… 아~~, 그 뒤에 보면… 엄마 편찮으실 때, 오빠하고 언니하고 의논했다는 말이 있잖아. 그걸 보면 사람들이 알지 않을까…."

전혀 예상치 못한 질문을 받고 순간 어찌나 당황스러웠는지.
전화 끊고 나서, 사람들은 다 자기 일에 관심이 많구나 싶어서 웃음이 났어.
그런데… 출판사에서 이렇게 내 마음을 세심히 헤아려 주셔서 오빠가 정말 기뻐할 소식을 전하게 되었는데… 그런데, 그런데 그게 말이야…
오빠가 다 나아서 잘 댕긴다는 것까지만 말하고 싶은데, 우리 곁을 떠났다는 소식까지 전하게 된 게 너무너무 슬프다.

대구에 비가 오면, 서울은 비 안 오냐 운전 조심해라, 추우면, 옷 단디 입고 댕겨라, 눈이 오면, 절대 나가지 마라, 횡단보도에서 신호 기다릴 때는 차도 가까이 나와 있지 말고 가로수나 전봇대 뒤에 서 있어라. 등등. 그렇게도 나보고 조심하라더니….

내가 뭐라고 했어. 내 걱정 말고 오빠나 조심하라고 했지. 걱정 말라며 큰소리치더니, 작별 인사도 없이 자다가 그렇게 슬쩍 가버리는 법이 어딨어.

오빠도 들었지?

그날 오빠 무덤 앞에서 큰오빠가 힘겹게 절을 하고 일어나며 하던 말,

"내가 내 절 받을라고 먼저 갔구나."

그 말에 내 가슴이 콱 막혔어. 동생을 먼저 보내는 마음은 나랑은 또 다를 수 있겠구나 싶어서. 하여간 지나간 일이고 인력으로는 어찌할 수도 없고 오빠도 일부러 그런 건 아닐 테니, 다 용서할게.

다만 한 가지, 오빠가 살아서 이 소식을 들을 수 있었으면… 얼마나 좋을까 싶은 맘이 자꾸 드는 건 나도 어쩔 수가 없어. 눈물이 다 나온 줄 알았더니 그게 아니었나봐. 그렇지만 걱정 마. 생각보다 슬픔에서 빨리 빠져나오더라고. 역시 일상의 힘이 크다는 걸 다시 한 번 실감했어.

그동안 잘 지냈는데, 오늘 다시 편지를 쓰다 보니 오빠랑 함께했던 많은 시간들이 새록새록 생각나서 눈물이 흐르는 거야.

어쨌든, 저간의 오빠 사정 요약 정리해 볼 테니 들어봐.

"우리 작은오빠는 교통사고 후 나아서 십 년 동안 잘 댕기다가 올해 3월 17일 새벽, 자다가 갑자기 심장마비로 세상을 떠났으며, 지금은 평소 오빠가 좋아하던 엄마 아버지 곁에 누워 있습니다. 이번에는 아파서 누워 있는 게 아니라 고향 선산에 아주아주 '편안~하게 뉘' 있답니다."

어때? 맘에 들지? 오빠 소원 들어주고 나니 내 맘도 후련~하네.

오빠…, 그럼 안녕~~~.

2019년 6월 5일 막내동생 창희 씀.